摇光

青颜如风 著

文鼎中原

河南省作家协会
重点作品
扶持项目

郑州大学出版社

河南文艺出版社

图书在版编目（CIP）数据

摇光／青颜如风著. —郑州：郑州大学出版社：河南文艺出版社，2021.1（2022.3 重印）
（文鼎中原）
ISBN 978-7-5645-7573-1

Ⅰ. ①摇… Ⅱ. ①青… Ⅲ. ①幻想小说 – 中国 – 当代 Ⅳ. ①I247.5

中国版本图书馆 CIP 数据核字（2020）第 240042 号

摇光
YAOGUANG

策　　划	孙保营　马　达		封面设计	小　花	
责任编辑	孙精精　郭　阳		版式设计	小　花	
责任校对	刘晓晓　殷现堂		责任印制	凌　青　李瑞卿	
丛书统筹	李勇军				

出　　版	郑州大学出版社　河南文艺出版社
发　　行	郑州大学出版社
地　　址	郑州市大学路 40 号（450052）
出 版 人	孙保营
网　　址	http://www.zzup.cn
发行电话	0371-66966070
经　　销	全国新华书店
印　　刷	河南新华印刷集团有限公司
开　　本	890 mm×1 240 mm　1 / 32
印　　张	10.5
字　　数	205 千字
版　　次	2021 年 1 月第 1 版
印　　次	2022 年 3 月第 2 次印刷

书　　号	ISBN 978-7-5645-7573-1	定　　价	35.00 元

编委会

目　　录

引子

七星联盟这个机构，似乎并没有多少人听说过。

它却真实存在于茫茫宇宙间。

随着科技的不断进步，人类探索地外文明的手段越来越高超。是偶然，也是必然，在辽阔无垠的宇宙中，苦苦寻求知音的地球发现了第一个外星文明，人类的智者将其命名为天权星。尽管相距遥远，尽管在茫茫浩瀚中它们不过渺如一粟，但至少它们明白，自己并不孤独。

在后来的上千年里，又有五个地外文明被相继发现，然而，"有人类的地方就有战争"这句话被放大到宇宙中，就变成了"有生命的地方就有战争"，接连不断的战火在各星球之间爆发，此消彼长虽是规律，但随着时间推移，和平却成了七大星球生命体共同的梦想和目标。

于是，有人提出了"七星联盟"的概念，经过艰难漫长的交涉、谈判甚至局部战争，七个星球终于同意结盟，"七星联盟"正式成立。

联盟每一百年更换一次联盟长。地球最高统领作为首任联盟长，在智者指点下，以北斗七星的古称为六大星球分别命名，曰：天权、天玑、天璇、天枢、玉衡、开阳。

由于七大星球在气候、环境、生命形态、文明程度，尤其是时空度量方面迥异，故七星联盟设立一个专门协调各星球文明时间的管理机构——时间管理局。时间管理局在七大星球设有基地，主要任务是管理各星球之间因时间感知、形式等不同而产生的各种问题。时间管理局地球基地被秘密设置在中国西南某大山深处，名曰"摇光"。

中国古书《冠子·环流》曰："斗柄东指，天下皆春；斗柄南指，天下皆夏；斗柄西指，天下皆秋；斗柄北指，天下皆冬。"

摇光，正是北斗七星中，那颗位于斗柄，在人类文明中指向如流时节的星辰。

随着时间流逝，七星文明在高速发展的同时，也遇到了越来越多的共性问题：人口暴增、环境恶化、资源枯竭、物种消失……300年前，天璇星因为粮食危机与天玑星展开一场大战，战争造成死伤无数，还殃及了其他联盟成员。为了七星联盟的生存与和平，一个大胆的方案被提出——集宇宙已知文明的高级智慧，研发可以让时间倒流甚至无限循环的高科技产品——时光茧。

一百多年前，七星联盟秘密宣布，时光茧项目正式启动。项目由时间管理局牵头，实验室设在摇光基地。数百年来，伏虎山群英会聚来来往往，项目虽取得了一些进展，但始终没有突破理论，取得实质性成功。

　　直到十几年前，一个偶然闯进基地的人类女孩，改变了这一切。

第一章　落星

傍晚，无星无月，夜幕低垂。

一幢幢高楼如失去叶片的森林，光秃秃、密匝匝地耸立着，灯光，车流，烟尘，人群如蚁群，奔波来回，囿于方寸，安守眼前。

九岁的夏星坐在破旧的天台上，83层的高度令人眩晕，她不再往下看，而是把视线穿越一幢幢楼宇，投向早已被无数尘埃遮蔽，也早已被无数人遗忘的星空。

"我去跳个舞，怎么就丢你的脸了？你一个坑蒙拐骗的神棍，倒在我面前要起脸面了？"突然，一道尖锐的女声从身后那扇绿漆斑驳的木门里传出。

"你跳的叫什么舞？脱衣舞！林仙姿，别忘了你已经是两个孩子的母亲，众目睽睽之下搔首弄姿，你当自己是什么？"

天空似被厚沉的帷幕遮住，夏星睁大了眼，直到眼眶发酸，也没能像父亲说的那样——用心看，就能看到藏在云雾后的星光。

女人被驳斥，声音蓦地提高，愤怒像被泼了汽油的火，瞬时熊熊燃成燎原之势："你还知道我是俩孩子的母亲，敢情你不是俩孩子的爹？我'搔首弄姿'是为了谁？你一个大男人，三个月没往家里拿一分钱，我白天卖菜晚上卖袜子，恨不得割肉卖血供养两个孩子，你呢？整日悠游走四方，说得好听点儿是风水师，说难听了就是个神棍、骗子，倒还有脸骂起我来，夏知云，你的良心被狗吃了？"

骂声掺着哭声，像一阵连绵不绝的雷电，将这座栖身于摩天大楼顶端的贫民窟劈得愈发窘迫，瑟瑟发抖。

夏星的思绪被击碎了，连那束想要穿越天际的目光也沉沙折戟，最终归于黯淡。

同时被击碎的，还有一个叫夏知云的男人的尊严，只听他声音弱下半分，却犹带委屈不甘道："我现在是穷了，可林仙姿，咱们在一起，也是有过好日子的。难不成我落魄了，没钱了，你就不跟我过了？"

女人冷笑："好日子？是啊，刚认识那会儿，你给当官的卜前程，给做生意的算财运，瞎猫撞着死耗子，是挣了一些钱，也给我买过包买过衣服，可夏知云，即便你天赋异禀又能怎样，你有了老婆孩子，就该干点脚踏实地的事。你买股票、玩彩票，的确是挣了几个钱，可那又怎样呢？老天爷给谁的运气都是一样的，你早早挥霍完了，后半辈子，我们娘儿几个都要跟着你喝西北风吗？瞳瞳才三岁，又是这个样子，我不出去挣钱，可怎么活？"

"瞳瞳不会有事的，我看得到……"

"你看到个屁！你要真有能耐，孩子出生前，你怎么不告诉我，她将来是个哑巴？"

"瞳瞳……"男人想说什么，却犹豫了一下，女人忽然放声哭起来，"夏知云，你这个骗子，骗得我好苦啊……"

呜呜咽咽的哭声在这个与往常似乎没有任何不同的夜晚飘荡着，没有风，没有云，没有星，只有被痛苦和悲伤撕扯着的静默的时间。

哭声渐渐低弱，似是下定了决心，女人的声音再次从木门里传出来："离婚吧！瞳瞳归我。夏知云，你把星儿带走。"

"不可能！"男人似是想也没想，怒火重新熊熊燃起，"我不同意离婚，也绝不会让两个孩子分开——"

"你非要逼死我吗？"林仙姿扬声叫起来，伴随着瓷器落地哗啦啦的碎响，她的声音像一波未平一波又起的海浪，"是不是非逼我带着瞳瞳去跳楼，你才甘心？夏知云，我告诉你，这日子，老娘不过了，离婚！"

"离婚！离婚！"

子弹一样的字眼灌满耳朵，男人摔门而出，像一场狼狈的逃窜。

年久失修的电梯如垂暮老人吱吱呀呀地缓缓上升。在等电梯的空隙，被愤怒笼了一身的男人忽然瞥见一双眼睛。

那是一双怎样的眼睛？

纵然四周破败，眼睛的主人衣衫破旧、身形瘦弱，但那一双平静中蕴含着慈悲，慈悲中带着悲戚，悲戚中又含着一丝抚慰的眼睛，就像天空那颗永不会被湮没光芒的长庚星，点亮了他此刻混沌又悲凉的心。

"星儿……爸爸出去几天，你……"

"夏星！药箱呢？该死，瞳瞳的脸流血了！死丫头，怎么还不进来？"

夏星盯着父亲，男人干裂的嘴唇翕动了一下，曾经灿若明星的眸子黯淡着，她看了他一眼，扯了扯嘴角，似乎说了句什么，又好像什么都没说，便起身消失在了窄窄的门内。

屋里满地狼藉，蓬头乱服的林仙姿红肿着眼睛，正手忙脚乱地翻拉着一个个抽屉。

坐在地上的小姑娘额头流着血，红艳艳的血丝从她乌黑的眉毛上小泉似的流下来，那只又大又亮的圆眼睛，就成了一轮毛茸茸的红月亮。

眼泪和着鲜血顺着她娇嫩的脸蛋淌下，小小的嘴巴痛苦地张着，却只能发出"嘶嘶"的风箱般的声音。

夏星从一只被遗忘的柜子中找出药箱，拿出止血粉和纱布递给林仙姿，然后走出窄门，继续窝进天台的那片阴影里。

不知过了多久，林仙姿像一缕游魂，无声飘至夏星跟前：

"去向学校请个假，明天一早，跟我回伏虎山。"

伏虎山位于秦岭以北、黄河以南，绵延横亘，苍翠险峻，有卧虎之势。

在全球范围内森林面积大幅锐减的情况下，这里却古木参天，绿树成海，负氧离子指数超高。原本，像这样的世外桃源，都被各国设计成规格极高的森林公园，只有顶级富豪或者地位殊高的人，才能进入其中短居或一游。

但伏虎山不同，虽然生态条件一流，数百年来却始终未曾对外开放。

有传言说，这里驻扎着一支特殊的部队，夏星对伏虎山的向往和好奇便更多了几分。

曾经，夏星非常痛恨自己诞生于林仙姿的肚子，但因为林仙姿出生在伏虎山，爱屋及乌，她似乎都没有那么讨厌自己的母亲了。

回到伏虎山时已是傍晚，半旧的长途汽车在山脚下将林仙姿母女三人放下，一个背有些微驼的枯瘦老人从车站不远处的山坡上缓缓走下来。

林仙姿把怀里熟睡的小女儿换了只手抱，另一只手急急推夏星："星儿，快，叫外公。"

外公头发花白，满脸皱纹，说的是伏虎山区的方言，夏星几乎一句也听不懂，但这不妨碍她对他产生莫名的亲情。

四人从车站出发，走了一个多小时，才到外公居住的那

摇光

个叫桃花凹的小山窝。

除了学校的运动会，夏星从来没有步行过这么远的路。但她居然丝毫不觉得累。夜色霭霭中，一行四人踩着穿林打叶的风声，听着各种鸟兽奇异的鸣叫，外公手里光线昏暗的手电筒像是一柄利剑，刺破过去和现在的时光之墙，引领他们穿越回这个世界起初的古朴与诗意里。

即便是盛夏，山里的夜也冷得瘆人，夏星搂着妹妹躺在外公家的小床上，脑袋往窗口一伸，便看得见圆盘似的月亮。

夏星悄悄拿出头天取药箱时无意找到的怀表，牛奶似的月光流淌在表盘上，像一条温柔的时间之河，河面上停靠着夏星一家四口的照片。

据说这是诞生于一个世纪前的古老物件，是父亲祖上传下来的。妹妹刚出生那会儿，家里光景正好，一家人高高兴兴去拍了全家福。后来照片被嵌进怀表里定格成永恒，可他们之间的感情却随着时间的流逝而分崩离析了。

她贪婪地盯着月亮，恨不得将它的光芒和美统统偷走，然后装进眼睛，藏进心房。她觉得，躺在月亮底下睡觉的自己像一个暴发户，而外公，嘿，这个老头，可不就是坐守万贯家产的顶级富豪？

这时候，顶级富豪外公和他的富二代女儿正在外间的灶台前面说话。伏虎山方言夏星依然不懂，但母亲在大城市多年锻造出堪比播音员水平的普通话，她却听得一清二楚：

"瞳瞳放在您这里我是放心的，要不是这里没学校，我更想让星儿留下，她那性子，跟她爸一模一样，看见我就来气……"

外公说了句什么，林仙姿的声音变得激动："要不是怀了这丫头，您又死活不让打掉，我怎么会掉进这火坑里九年?"

外公叹息着又说了一句，林仙姿的尖叫声又一次像电闪雷鸣："我带着她根本活不下去! 这次回城，我要申请把她判给夏知云!"

母亲的闪电击中了夏星，手里的怀表掉到地上，屋外霎时安静，入耳的只有床上小妹均匀的呼吸声。

怀表上的秒针不再嘀嗒，夏星眼睛里的月光渐渐消失，一朵乌云从山头移来，遮住了月亮，风摇着黑黢黢的树影。夜，似乎更冷了。

林仙姿回到卧房时，夏星正低头出门。

"这么晚还出去?"冷冰冰是林仙姿对这个女儿一贯的态度。

"上厕所。"奉还她的同样是冷冰冰。

林仙姿想看一眼女儿的表情，可夏星低头步履匆匆，她动动唇，把想要说的话吞了回去，默默躺到床上，却良久没有睡意。

外面零星落下雨点。

夏星奔出院子时，似乎看到外公佝偻的身影，她想喊住他，和他老人家说说话，哪怕还是听不懂他的话，只要能有个人陪着她，暖着她，便好。但影子只是一闪即逝，夏星的脚步只能往夜的更深处走去。

雨什么时候下成了滂沱之势，夏星并不清楚，只是猛然醒悟过来时，她已身在一道沟壑面前。

哗哗的雨声伴着雷鸣闪电，她临渊止步，望着怒兽似的黑压压的群山，一股前所未有的恐惧悄然升腾。

她折身想跑，却辨不清来时方向，皮肤被雨点打得生疼，她紧紧攥住那块怀表，只能没头苍蝇似的在雨里奔跑。

一道闪电划过，银蓝色的电光照亮了视线，一座吊桥赫然出现在眼前。

闪电消逝，四周又黑下来，夏星压抑着快要蹦出胸口的心跳，略一犹豫，向那座桥跑去。

"嘭——"

像是迎面撞上一堵墙，夏星的身体被弹回泥水里，痛感并不强烈，只是一种触电的感觉在体内迅速蔓延，经过电流的肢体和皮肤紧接着就失去了知觉。

雨依然肆意，夏星被浇得遍体湿透，浑身却一动不能动，只好双眼盯着前方的吊桥。

它若隐若现，视线清晰时，看得出是一座年久失修的深褐色吊桥，看不清尽头，桥下是迷雾般的黑色深渊。

忽然，一道亮光穿透雨雾，有踏雨的脚步声响起，然而，"电流"已经入侵大脑，夏星眼前一片模糊，只能隐约感到脚步声在身边停住。

"是个孩子。她怎么会撞到这里？"一个声音飘进耳中，两团模糊的影子在视线里晃动。紧接着，一团影子靠近，她的身体被人抱起，另一团影子又发出声音："S，你在干什么？"

"把她送回去。"清冷沉静的声音，夏星感觉得到，这声音发自耳边，有个人将她抱起来，往某个方向移动。

"你搞什么？既然她能走到这里，就证明她不是普通人，你难道没发现，我们出现之前，她是冲着桥上跑的，她看得见那座桥，S——"说话的金发青年忽然神情异样，因为兴奋，额头缓缓伸出两根细细的透明的触角，触角似乎并不受大雨的影响，随着主人的情绪益然地颤动着。

被唤作S的青年随着他的指引，看向女孩的脸，只见那双已经失去焦点的少女眼中，正变幻着宇宙星云般璀璨的流光……

"她，她是一名时间异能者……S，时光茧项目有希望了！"

"时间异能者？"

S身形顿住，一贯平静的眼眸中，瞬间堆起乌压压的暗涌。

雨肆意滂沱，似要吞噬天地。

十九年后。

伏虎山区，密林苍翠，天蓝如洗。一只黑体白翅的鸟儿，在苍茫成片的原始密林上空悠然盘旋着，不时发出几声欢快的鸣叫。

一栋椭圆形的银色建筑静静安放于密林之中。建筑物顶部数支参差不齐的白色柱体若隐若现，直入云霄。

白翅鸟舒展双翼，即将飞越柱体时，却忽然像被什么东西折断了翅膀，身体急速下坠，不过短短数秒，便与哀鸣声一起消失在密林之中。

一扇灰色的大门紧紧合拢。

一名身着制服的警卫正在为一名年轻女子做进门前的例行检查。他的身后，摇光基地新上任的警卫队长负手而立。

门前的仪器"嘀"一声亮起绿灯，警卫抬手放行："夏星博士，请进。"

气质沉静、面容姣好的女子点了下头，目光轻轻一瞥，正对上微笑着的警卫队长。这是一个身材高大、长相英俊的男人，有着鹰隼一般精锐的目光和白兰地般令人沉醉的笑容，她的目光掠过他左脸颊上那道弯月状的浅疤，心头不禁一动，便低下头去，颊上却浮起伏虎山春天遍野盛放的山桃花般的绯红。

灰色大门缓缓洞开，在男人悠长的目光里，女子亭亭离去。

摇光基地，时光茧项目实验室。

夏星走进去时，只见几个身穿银色制服的学者正围着操作台上的一套仪器，个个神情兴奋。

　　仪器分上下两部分，上半部分置于操作台上，复杂的线路顶端是一个"∞"形的玻璃管路，而嵌在操作台下方的是个透明罩，罩中是一枚透着幽蓝光芒的茧形物——其实，相比于茧，这个物体更像一只瓶子，只不过这个瓶子比较特殊，它与著名的克莱因瓶有诸多相似之处，没有内部与外部之分，一只苍蝇可以直接从瓶子的内部飞到外部，而不必穿透瓶子表面，且这一切都可以发生在毫无察觉之间。

　　假如在某个维度，时间可以被扭曲成莫比乌斯环抑或克莱因瓶的形状，那么它就没有了正面和背面之分、内部和外部之分，甚至——过去和现在之分……

　　助手递过工作服，夏星接住穿好，一名金发男子从围观人群中走过来，向夏星露出笑容："就等你了。"

　　夏星点点头，助理拿过一条条带有贴片的电线，金发男子接过来，动作温柔地扶她在一张布满线头，连着时光茧的窄床上躺下。夏星轻轻推开他的手，自己躺好，金发男子将贴片在她的太阳穴、脖子、手腕等多处贴好，然后他的额角伸出两根细长的触角，触角按下操作台上的红色按钮，他那双蓝如深海的眼睛紧盯着床上美丽镇定的女子，沉声道："时光茧项目第104次实验，开始。"

　　仪器启动，发出一阵不高的嗡鸣，紧接着室内的灯闪了几下，然后全部熄灭。

整个实验室陷入一片黑暗，唯有操作台上散发出一团柔和的、不断扩延的淡蓝色光芒。

光芒静静地包围着平躺着的女子，此刻的夏星，就像童话里中了魔咒的睡美人，等待英俊的王子来将她吻醒。

罗奇湛蓝的眼睛一刻不离地看着夏星，想到自己就好像是那个王子，他的脸上不禁露出笑容。可又想到自她来到基地，自己曾无数次目睹她扮演这样的睡美人角色，却从没有一次，真正将她从这魔咒里解脱过——甚至，这魔咒，就是他亲手为她施下的，便不由自主地失了神。

这时，围观的学者中有了骚动，年轻的研究员艾克对着测试仪器上起伏波动的线条，一脸担忧地叫起来："数据超出正常范围，要不要先停下来？

"也许是成功了，再等等——"有人接口道。

恍悟过来的罗奇忙去看夏星，只见她双眼紧闭，周身微微轻颤，细腻白净的脸上沁出一层汗水，他忙低下身去抓她的手，同时低低地唤："夏，夏，你还好吗？"

夏星没有反应，手的温度低得出奇，罗奇看了眼屏幕，心觉不妙，忙呼道："停止试验，快关掉机器！"

话音未落，只觉得手中一空，他忙扭头，耳边众人"咦"的一声，罗奇也愕然地张大了嘴巴——床上空空如也，夏星不见了。

嗡——仪器在关闭之后又运转了数秒，之后彻底停下，实验室的灯也唰地重新恢复明亮。

又是"咦"的一声，有人叫起来，声音却是犹疑、不敢肯定的："刚刚……夏博士明明不见了……"

可是灯光雪亮的实验室里，夏星完好无缺地躺在床上，而且眼睛还缓缓地睁开了。

罗奇顾不得那些，扑到夏星身边，摸到她温暖如常的手，这才松了口气："你怎么样？"

夏星看着他，目光有一瞬的迷惘，半晌，才倾吐一口气，然后缓缓翘起嘴角，笑了起来："奇博士……我想，我们成功了。"

"什……什么？"罗奇被她的笑容晃得有些发晕，目光被她脖子上戴的一条项链吸引，他从没见她戴过首饰，这条用无数碎星星样的水晶穿成的项链映得她肌肤胜雪，异常动人。

一位研究员反应过来，叫起来："难道是时光茧成功了吗？夏博士，你刚刚穿越时间了对吗？"

"啊，是这样，怪不得她会突然消失又回来！"有人惊喜地叫起来。艾克也欢喜不已："夏博士你回到什么时候了？过去还是未来？"

"过去。"夏星低低说了一声，起身坐起来，助手赶忙上前，给她递来毛巾和水。

罗奇直到被艾克拼命摇晃肩膀才彻底醒悟过来，意识到时光茧这一历经百年的项目，今天居然真的取得了突破性的进展，他那混沌的胡思乱想被这股巨大的喜悦冲散，于是拉住夏星的手，用力在那手背亲了一下，大声道："夏，这都是你的功劳！我会马上禀告局长，晚上，在天台举办聚会，大家为你庆功！"

"不用。我累了。"夏星轻轻拨开他的手，"而且现在庆祝还为时尚早，这枚时光茧只是个雏形、样品，要研制出能重启时间流的时光茧，必须有更强的外部能量。"

"有你这个时间异能者在，时光茧很快就会成功面世，从今天起，时间将真正被我们征服！"奇博士再次拉起夏星的手，毫不掩饰炽热的眼神，"夏，今晚做我的舞伴，我们已经很久没好好跳个舞了。"

夏星再次抽回手，似乎有些神思不属："你们好好玩，我先回去了。"

奇博士热爱群体活动，也许他们这个星球的人都是如此。夜晚的天台广场上，灯光音乐，美酒佳肴，安特局长不在，工作人员在奇博士的带领下，被成功的喜悦激荡着，个个情绪高涨。

艾克端着酒杯不停向同事琳达献殷勤，奇博士因为夏星不在有些郁郁寡欢，好在漂亮的琳达主动邀他跳舞，两人倒是欢乐地又跳又笑，留下落单的艾克一腔愤懑："琳达也太浅薄了，谁不知道，在时间管理局，最有魅力的男人，除了S，就只有我艾克。"说罢，解恨般将半杯红酒灌入口中。

"哧。"黑暗中传出一声短促的低笑，艾克扭头，看到不远处灯影下的人，不免意外："S？你终于肯来参加舞会了？"

模糊光线中，男人身形挺拔如芝兰玉树，声音更如金石相击，铿然清透："我来看看是谁这么吵，原来是他，算了……"

说着转身就走，艾克追上人影，"项目取得重大进展，奇博士让大家乐一乐也没什么。倒是你，和奇博士究竟怎么了？听说以前你们关系不错，夏博士这个时间异能者，还是你俩一起发现的，这可是够载入时间管理局史册的一桩大功劳。"

"功劳是奇博士的，跟我没关系。"S自嘲地翘了下唇，掉头离开。

与此同时，在南面生活区的走廊上，刚刚挂掉电话的夏星身着一件高科技材料制成的隐身衣，悄然溜进时光茧项目实验室。

所有人都去天台参加聚会了，实验室里空无一人，此时黑漆漆一片。

隐形衣上的眼镜有夜视功能，夏星轻车熟路地找到操作台，将隐形衣从头顶处拉开，露出面部，视网膜扫描通过后，标有"TC1"字样的透明罩缓缓打开，静躺在一汪药水中的时光茧内部似在幽幽流动。

她盯着那团幽芒晃了下神，脑海中不由浮起白天那短暂的奇妙经历——像是一个梦，却比梦要真实清晰一万倍，她回到了和他相遇的那天，虽然那就在不久前，但彼时那种失败后的仓皇沮丧和峰回路转后的惊喜、心动，都让她百般回味，品咂至今。

或许做出这样的选择，的确有些操之过急，但她等不及了，十七年对于有些星球的生命来说或许只是短短一瞬，可对一个人类而言，已经够长了。

想到这里，她不再犹豫，戴了特殊手套的手小心地从罩中取出时光茧，装进一只隐形口袋，封好后系在了腰带上。

墙壁上的一排时钟显示着世界各地的时间，她看了一眼北京时间：22 点 35 分。

S 踏进实验室纯属偶然，他向来不喜欢热闹的场合，今晚生活区闹成一锅粥，不管是读书或者睡觉都不太适合——也许办公室是块净土，他信步迈进北面办公区域的大楼。

起初发现那抹身影时，他并未多想，甚至有些想要避开——十七年前，他和罗奇把一个叫夏星的人类女孩带进了基地，虽然她的到来给项目进展带来了巨大影响，但作为一个人，她毕竟失去了自由，也失去了她原本应该享受的人生。

尤其是亲眼目睹夏星一次次逃离又一次次失败，他心中的愧疚与日俱增。

但发现她的身影拐进了时光茧项目实验室的方向，他的神经便警觉了一下，毕竟，那里放着整个项目的心血结晶——时光茧。

他尾随她的脚步上了楼。

夏星的脚步就要跨出实验室，忽然，厚重的自动门发出微微的嗡鸣声，并开始缓缓关闭。眼看她就要被关入其内，夏星快步冲向门口，腰上却像被电流击中，身体一软，她倒在了门口的地上。

　　在一个快得根本来不及眨眼的刹那，腰间的袋子被一只手取走。

　　"时光茧——"夏星伸手去抓，却只扑了个空，一个身影苍松劲竹般在眼前立着，声音里有淡淡的惋惜："夏博士，你不该偷实验室里的东西。"

　　"是你？"夏星看清来者是谁，脸色顿时变得很不好看，恨得几乎咬碎银牙，"几次三番坏我的事，S，你究竟要怎样？"

　　男人的脸掩藏在黑暗里，看不清楚表情，他没有开灯，更没有拉响警报，而是无声地叹了口气："把TC1放回去，我会当作什么也没看见。"

　　"休想！"夏星冷哼一声，方才被击中的身体逐渐恢复了知觉，于是伸手一甩，袖中亮起一道刺目光芒，就在S抬手遮眼的瞬间，夏星飞身上前，抢走了他手里的袋子。

　　十七年过去了，她再也不是那个大雨中柔弱无助的小女孩，在时间管理局，她见识了太多，也学会了许多，除了姓名未变，她早已不是原来的那个夏星。

　　"夏博士，不要做傻事。半年前的悲剧，我不想眼看着

摇光

再发生一次。"S望着浑身高度戒备如一名女战士的夏星，露出几分悲悯。

夏星闻言冷笑，笑声瘆人："你怎么还有脸提半年前？明明那一次我可以逃出去的，若不是你……"

"我没有。"S垂下眼，轻轻摇头，"我的确是第一个发现你出逃的，但我没有出卖你。向安特局长打报告的，不是我。"

夏星一副根本不信的神情，渐红的眼底蓄起泪水，"除了你不会有别人，S，你毁了我一生。"

S松开手，沉重的大门缓缓闭合，他望着夏星，目光里依然是一种平静的怜悯："如果这次你有了完美的离开计划，我可以帮你，但，TC1必须留下。"

"呜——"S话音未落，刺耳的警报声忽然大作，夏星脸色一变，骂了句"骗子"，拉开隐身衣将袋子塞入怀中，快步一跃，跳上窗台。

一团花朵状的蓝光炸开，特制的窗玻璃无声碎开，就当夏星要翻身跳下时，S的冷喝声在身后响起："时光茧有多少眼睛盯着，你很清楚，夏星，拿着它就相当于把自己置于风暴中心，你要想清楚！"

夏星身形微顿，她当然清楚时光茧的重要性，自打项目启动，别说是时间管理局，就在这地球之外，茫茫宇宙中有多少双关注的眼睛她根本不敢想，可是——她是个信守承诺的人，一旦下定决心，哪怕会付出惨重的代价，也决不回头，何况，她相信，不管发生什么，那个人都会来将她带走，然后寻一个世外桃源，花前月下，共度此生……

皎洁的月光下，S看到，她露出一抹笑容，然后纵身一跃，像一只翩跹的蝴蝶从窗口飞下。

S也跟着跳了下去。

院子里，楼层里，此刻布满全副武装的警卫。

没有发现夏星的踪迹，S松了口气，面对将自己团团围住的警卫道："我是时间管理师S。"

一名警卫拿警棍上的感应器扫描了下他的手臂，身份刚被确认，四周就再一次响起凄厉的警报声，警卫们开始整队，有人厉声指挥着什么，天台上举办的宴会也停了下来，众人不明就里，四下一片混乱。

突然，一道机器的嗡鸣声从头顶响起，S的目光投向树顶，只见一架小型飞行器从一株茂密的树冠顶部驶出，眼看就要飞入天空。

"有成员要叛逃，快，打掉那架飞行器！"带头的警卫高声指挥着，警卫队随即举起手中激光武器，瞄向树冠。

S抢先一步跃上树冠，挡在飞行器前，警卫枪口一偏，击中了旁边的一根枯枝，树枝"咔嚓"断裂落地。

夏星瞪眼看向挡在飞行器前的S："你疯了？闪开！"

"收手吧夏星，你带不走它的，我会向局长求情，基地离不开你，他会网开一面的。"月光如银，这一刻将他的脸映照得轮廓分明，一个来自天权星的高级智慧生命，却拥有着人类男性最完美的容貌，如果不是对他怀着刻骨的怨恨，像她这样的年轻女子，也是会迷恋这样的男人吧？

只可惜……夏星凄然一笑，右手却再次发力启动了引擎，并且按下飞行器中的一个按钮，圆盘状的飞行器迅速升起，喷出一道气流的同时，一道微光朝着S呼啸而去。

她发射了无声弹——哪怕杀了S，她也要把时光茧带走。

然而就在这时，一道光芒如流星般飞射过来，前方的玻璃应声而碎，夏星身子一歪，从飞行器中跌落下去。

S飞身扯住正在急速下坠的夏星，将她抱住，缓缓降落在了地面。

飞行器在不远处发出爆炸的巨响，S不用抬头也知道，身边已经围拢了一大批警卫，他一手按住夏星胸前不断冒血的伤口，一边扯下她腰间装有时光茧的隐形袋。

冰蓝色的时光茧如一枚孕育着生命的鸽子蛋，S伸手在上面快速摸索着："这个要怎么用？"

"想要救我吗，S？"夏星嗟地冷笑，却喷出一口血，"没用的……哪怕你把时间倒回去，我还是会偷走时光茧，我还是要走……还是会死在这里。"

绝望的声音渐渐低弱，这时耳边响起一声苍老的叹息："她说得对。S，别徒劳了，时光茧帮不了她，你我都帮不了，她被心魔困住了，只有她自己能解脱。"

说话的人走了过来，S回头，只见一袭白衣、发须皆白的老人面含悲伤地站在人群前方。S通红的眼眶里迸出隐怒：

"局长，你出手阻止即可，为何非要杀她？"

安特局长摇摇头："执念是人类的致命弱点，也是他们最强大的武器。你可知夏星这些年来，叛逃过多少次？"

老人面带嘲讽："21 次。我们比地球人更懂得宽容，但不是没有底线。S，你别忘了，她要偷走时光茧，刚刚还差点杀了你。"

"可是……"

"没有可是！"安特局长上前一把拿走 S 手里的时光茧，神情冰冷："与其被流放太空，死对她而言，或许才是解脱。S，放手吧，让警卫带她去该去的地方，那里的安眠仓可以让她的身体永远保持年轻……"

两个警卫上前，S 被粗暴地推开，奄奄一息的夏星被破布似的拖了起来，临走时，她透过凌乱的头发看了 S 一眼，挤出一抹微弱的、星光般寥落的笑容。

局长办公室里，S 僵硬地坐着，安特将一杯现磨的热咖啡放到他面前，面容慈祥："事情已经过去了……"

"那是一条人命。"S 打断他，英俊的面孔泛着月光样的冷光，"十七年前，是我和罗奇将她带进基地的，不管她是罪有应得还是无辜枉死，这件事我都难辞其咎。"说完抬手在自己的左臂上轻点，随即抠出一枚小小的圆形薄片，放到安特面前的桌子上："我池寒，编号 S，即日起主动辞去时间管理师职务，现上交时间芯片，请求局长允许我离开摇光基地，返回天权星。"

"天权星已濒临灭亡。"安特局长重重地坐进宽大的皮椅中，手指爱怜地拨弄着办公桌上的七星模型，指尖在位于中央一个蓝绿相间的星球表面停住，颇为叹息道："池寒啊，你是我最看重的时间管理师，也是我们 TS 未来的希望。时光茧的重要性你很清楚，没有它，用不了多久，我们就要成为失去家园的流浪者……在我们天权星人眼里，人生百年不过一弹指，若为了一朵浪花就停下前行的脚步，还如何图谋大业？"

S——池寒摇了摇头："局长，总有人要为这件事情负责。"

安特摆摆手，示意他不要再说下去："这事跟你没关系，一个有二心的时间异能者，对基地来说不是福祉，而是灾难。你想象一下，一个对项目恨之入骨的人，一旦掌握了时光茧，她会做什么？"

安特脸色严峻："对于整个基地来说，失去忠诚和控制的夏星就如一枚核弹，随时可能毁掉一切……实验室失窃，是警卫队的失职，我已经下令严惩警卫队长，芯片你收回去，我还有很重要的任务交给你。"

从局长办公室出来，池寒脚步沉重头脑昏沉，思绪在安特与夏星之间逡巡交织，又思及接下来要执行的任务，一团乱麻间，斜前方忽然利箭般冲过来一个人，一记拳头又快又准，直直朝池寒面门而来。

猛然反应过来的池寒闪身一避，来人的拳头打了个空，愈发气急败坏："池寒，我杀了你！"

罗奇的蓝眼睛此刻因愤怒变得血红，池寒抬手一挡，对方不能再近他身半步，只是，作为天玑星人，罗奇迅速发挥了自己的特长，一双长长软软的触角藤蔓似的缠住池寒的胳膊，悲愤道：

"恃强凌弱，兔死狗烹，这就是你们天权星人的真面目！只可惜，天权得势，奸佞当道，什么七星联盟……迟早要完蛋！"

在七大星球中，天权星是文明程度最高、科学技术最领先的星球，就好像是一个 2.0 版的地球，在漫长的进化过程中，天权星形成了高度的文明、领先的技术以及各方面臻善完美的智慧生命。

"夏星的事我很自责，也许当初她就不该来这里。"池寒没有反抗，尽管这对他来说简直不费吹灰之力，然而缠在身上的触角却渐渐松开，罗奇灰着脸色，泪水从通红的眼眶里落下来，

"是啊，早知今日，我就不该带她进来……我错了，错了……"

子夜深沉，夜，黑得像那一年暴风雨后，木桥下的深渊。

罗奇转身离开，看着他径直穿越黑暗往深林掩藏的大门

口走去，池寒想喊住他，却最终闭紧了双唇。

　　手臂内的时间芯片一闪一闪地发着光，那里的皮肤刚刚被罗奇用触角缠伏过，此刻还泛着隐隐的疼。

第二章　血月

傍晚，砚城大学，312女生宿舍。

啪啪啪啪啪……

声音又脆又匀，一对洁白的手掌轻轻拍打在同样洁白的脸蛋上，镜子里的女孩，皮肤光滑唇红齿白，一双黑宝石样的双眼神采飞扬。

"宝贝们，我出去了！晚上李阿姨查寝，就说我帮仙仙姐卖米线了哦！"

化完妆的林摇光拎起小包，冲宿舍的女孩子们扬声道。

"我看《科学揭秘》上说，太空中发现一个类地星球，上面文明高度发达，人一出生，就可以定制职业、伴侣，哪像咱们，为了一份工作没日没夜地学，为了追个男人，费尽心思地捯饬……"下铺的女孩欣雨看着林摇光，忽然发出了这样的感慨。

"那有什么意思？有人曰：不求天长地久，只求曾经拥有。过程才是最美好的。科技发展太快不是什么好事，我就挺喜欢现在，未来可期，蛮好！"对面的晴子挥挥手里的言情小说，一脸憧憬。

欣雨"切"了一声，"要能定制爱豆当老公，你还不乐疯了？像摇光这样，费劲巴拉地上赶着追男神，人家还总爱答不理的，要能一出生就认识、结婚，然后一起长大，共同奋斗……"

"那不是封建社会的娃娃亲吗？"晴子抢白道，"看来这个高级文明也不怎么样……"

"什么娃娃亲，你根本不懂！"

眼看两人就要掐起来，林摇光连忙抬手止住："停停停！吵这些虚无缥缈的东西有意义吗？我去跟男神约会，你们要在后方为我打好掩护。"说着拿出一盒巧克力，笑嘻嘻道："你们猜，今晚会发生什么？"

刚从卫生间里出来的妙薇迫不及待地拈了颗巧克力丢进嘴里，边吃边带哭腔道："我预感自己胖三斤。"

"月全食，红月亮，天有异象，可不是大事吗？"欣雨懒洋洋道。

"难不成你今晚要失身？"晴子大叫一声，满眼红桃心。林摇光脸一红，又抑制不住小小的得意和雀跃："江遇主动约我见面，今晚……"

不等她说完，宿舍里响起一片尖叫。

"男神不是跟物理系的学霸苏一对吗？"欣雨道。

"男神跟我才是一对！"妙薇叫起来。

"不要啊摇光，你是我的……"晴子摇着林摇光的手臂表情浮夸。

林摇光揉着晴子的头发笑道："学霸苏什么的都是浮云，江男神从此是我的啦，哈哈！"

正值九月，砚大校园里遍植桂树，夜色里暗香浮动，蜜儿似的钻入肺腑。

新闻预报有月食，一些观天象视野好的地方站满了学生。

林摇光在事先约好的大树下看到江遇的身影，"吃晚饭了吗？"见林摇光走过来，江遇上前牵住她的手柔声道。

"人家是仙女，不食人间烟火。"抱歉，台词稍作，林摇光自己也恶心了一把，但还是往江遇怀里靠了靠，继续捏着嗓子道，"亲爱的，你闻闻我身上是什么味道……"

新换的费洛蒙香水，不知效果有没有广告说得那么好。林摇光眯着眼睛想。

江遇凑过来嗅嗅她的脖子，说："米线吗？嗯，麻辣牛肉味呢。"

什么？

米线？

还是麻辣牛肉味？

林摇光立时撤开，抬起胳膊四下乱闻："有吗？我特意让我妈少放料的，怎么……"

扑哧，促狭的笑声让林摇光意识到，这不过是江遇的恶作剧。她反手就是一拳，嗓门也提高了几度："你想死！"

"你刚才乱嗅的样子特像我家小狗，咳咳……"江遇捂着被林摇光砸得生疼的胸口，"这小拳拳也忒狠了点。"

"滚！"

辛苦维持的仙女形象瞬间崩塌，林摇光气得转身要走，却被拉了回来。"行了，别生气，我才是小狗，好吗？"

江遇说着将脸轻轻埋进她的脖子，林摇光的身体有些发抖，奇异的感觉弥漫在两颗年轻的心间，两人羞涩又甜蜜地拥抱在了一起。

天上的月亮被黑影渐渐吞没时，两人都没有在意。什么月全食，这一刻，什么也不能阻止两个跌入爱河的人亲密。

感觉江遇的唇就要落下来时，林摇光心跳如擂鼓，一阵悸动让她的耳膜发出了持续不断的嗡鸣声，就在这种嗡鸣里，她清晰地听到有人大叫："快看！超级蓝血月！"

嗡鸣声戛然而止，林摇光略一错愕，脸庞扭动，便错过了江遇的吻。

眼里古铜色如暗血浸过的月亮，看得人心头一颤。她赶忙回身，想要抱住江遇，可怀里却没了人。

身体的惯性让她差点儿扑倒在地，"江遇！"她叫起来，可是刚才还跟她亲密的人，就像蒸发了一样，到处不见踪影。

难道是在做梦？她拧了一下手臂，是疼的。

一个大活人怎么会好端端地在眼前蒸发了？

然而就在这时，江遇出现了。但他似乎不是凭空出现的，而是一直在那里，在离她一百多米的广场长廊上。他的怀里，一个身材窈窕的女孩正仰着头与他喁喁私语。

　　她愣了一下，眨眨眼确定看到的是江遇，想也没想便跑了过去。她一边跑一边看清了江遇怀里的女孩正是被称为"学霸苏"的物理系苏露，嫉妒顿时冲上脑门，她大叫一声：

　　"江遇！你在干什么！"

　　"林摇光，大半夜的，你乱叫什么？"黑暗中传出一声不满的咕哝，天花板上的灯"啪"地被人打开，欣雨睡意蒙眬的脸从上铺探下来："江遇，江遇，白天晚上都念叨这个名字，你烦不烦？"

　　林摇光瞪着一双眼直愣愣地看向晴子："江遇呢？"

　　晴子也揉着眼睛坐了起来，"摇光，做噩梦了？怎么满脸都是汗？"

　　欣雨没好气地钻回被窝："花痴成这样，也是没谁了。林摇光，你没戏！人人都知道，江遇跟苏露是一对儿。今晚上自习，我还听苏露说，江遇约了她明晚看月全食呢。"

　　"你说什么？"林摇光坐起来，一下来到欣雨床边，"明晚还有月全食？"

　　晴子好心，见林摇光衣衫单薄，怕她冻感冒，忙拉了她下来："月全食可不就是明天，18日晚上嘛，你糊涂了？"

　　林摇光脸色更白，一把抓住晴子："今天是什么日子？"

　　"17日呀。"

林摇光"嗵"地坐回床上，刚入秋的夜并不算凉，但林摇光还是觉得一股冷意从后脊背往心尖上爬——时间混乱了，明明就在刚才，她和江遇看了 18 日晚的月全食，而现在，她不甘心地拿出手机，时间显示是 9 月 17 日 23 点 58 分。

　　"晴子，你掐我一下。"林摇光轻声道。

　　晴子不明所以，但还是轻轻掐了下她的胳膊，"真是睡魔怔了。"

　　疼。可她不知道，自己究竟是梦是醒。

　　不知过了多久。

　　"叮。"

　　一声手机提示音让林摇光猛地睁开眼，她霍地坐起身，第一反应是拿手机看时间。

　　9 月 19 日 7 点 15 分。

　　她愣了一会儿，忽然大叫："今天到底几号？"

　　8 点有课，这会儿姑娘们都刚起床，正洗脸的妙薇闻声嘟囔了一句："19 日呀，上午董教授的课有测试，你还不起？"

　　妙薇的提醒惊到了其他人，欣雨、晴子哀号一声从床上爬起来，争相往洗手间冲。

　　林摇光彻底傻了眼。

　　难不成她失忆了？18 日晚上和江遇看月全食，眨眼工夫变成了 17 日深夜和室友对话，现在睁开眼，又变成了 19 日早上。

那 18 日晚上和江遇约会后的那段时间，到哪里去了？

室友们很快洗漱完毕，见她仍坐在床上发呆，欣雨叫道："你怎么还不起，董教授的测试你想挂掉吗？"

"我出了点事。"林摇光脸色苍白，只觉得后背阵阵冒冷汗，"欣雨，昨天夜里你跟我说，江遇和苏露在一起，是真的吗？"

欣雨正忙着往脚上套鞋，一听这话拧眉道："昨晚？有吗？哎呀不记得了，赶紧起来收拾准备上课，还没吃早饭呢！"

欣雨风似的冲出了门，换好衣服的晴子看林摇光脸色苍白，走过来摸了下她的额头，叫起来："好烫！摇光，你病了？"

也许的确是病了，林摇光只觉得脑中一片混乱，晴子见她呆呆的模样不免担忧："要不我请假陪你去医院？"

林摇光手心里都是冷汗，她握住晴子的手，深呼吸了几次，挤出僵硬的笑容："没事。你快走吧，别耽误了测试。"

"那你呢，成绩不要了？"

"等着补考呗。"她故作轻松地推了下晴子，"放心，我会向董教授请假的。"

晴子离开后，宿舍恢复宁静。

林摇光想不明白到底发生了什么，于是发了条微信给江遇："亲爱的，下课后我在南湖桥边等你。"

"叮！"

微信提示音响起，她赶忙点开，却不是江遇的回复，而是一个空白头像微信名为"TS"的信息：

"您的时间异能已启动。确认请回复'1'，取消请回复任意数字。"

什么情况？

好端端的甜蜜约会丢了，还收到莫名其妙的微信，这个叫"TS"的，林摇光压根儿没印象什么时候加过好友。

但"时间异能"四个字，令她的心头跳了一下，莫非这与自己失忆有关？想到这里，她气得要命，咬着牙回复道："你是谁？想干什么？时间异能是怎么回事？我的约会是不是你偷走的？"

对方没有回答她任何一个问题，只是在她把消息发出去的一瞬间，传来"已取消"三个字。

接下来不管林摇光再发什么信息，甚至拨了对方的语音和视频，"TS"也毫无反应，没过半分钟，这个微信号竟自动从她的通讯录里消失了。

林摇光无力地跌坐在床上。

不知过了多久，林摇光感到头昏眼花，起身倒了杯水，干渴的喉咙刚被滋润片刻，手机又"叮"的一声响起来。

是江遇。

"对不起，林摇光同学，我们好像还没那么熟。"

什么意思？

因为叫了他亲爱的？

林摇光恼火："昨晚看红月亮亲我的时候，怎么不说跟我不熟？"

过了好大一会儿，江遇才回了一条："你确定没有发错信息吗？我是物理系的江遇，昨晚我并没有见过你。"

他发了一排发呆的表情。

林摇光狠狠地抓着头发，手机扔进被子里又捡了出来，她甚至有点咬牙切齿地在手机上写下一行字："中午放学后，我在仙女米线店等你，有很重要的事。"

仙女米线店就开在砚大门口，这里的学子几乎无人不知。想要知道昨晚到底发生了什么，她必须先见到江遇。

过了很久，江遇才回复一个字："好。"

整个上午林摇光都没出宿舍，窝在床上翻朋友圈，主要看昨天的内容，别人的都很正常，晒红月亮的刷了屏，简直是一场摄影大赛，奇怪的是她出门约会前，朋友圈原本是放了张自拍照的，可翻遍手机并没有找到，仿佛跟江遇约会这事，是她凭空臆想出来的。

很快到了中午，她本无心打扮，但想了想还是在手腕和耳后洒了点香水。

仙女米线店是一家网红店，中午时分门庭若市。江遇进到店里却左右不见林摇光的人影，于是发了微信给她："我到了，你在哪？"

"二楼走廊尽头，左拐。"

江遇依言上了二楼，却发现走廊尽头朝左只有一扇门，而且门还是紧闭的。

搞什么鬼？

咕哝了一句，他伸手推开门。

一双柔软的手覆上江遇的双眼，紧接着钻入鼻中的是一缕香气，这香味很奇特，从鼻息蔓延到肺腑之后，心头竟无端滋生出一缕柔情，令他原本的惊愕和生气化作一股莫名的期许，他平复了下呼吸，哑着嗓子唤："林摇光？"

林摇光的手从他的眼睛上滑下，轻轻捧住了江遇线条硬朗的下巴："江遇，你还记得，看红月亮那晚发生的事吗？"

江遇本就被林摇光身上的气息熏得微眩，此刻她又目光盈盈地站在他对面，任是一向自持的人也禁不住有些慌乱："当，当然。那晚……"

"那晚，我们第一次约会，你说我像你家小狗，然后你吻了我……"

江遇的眼睛立刻瞪起来，连舌头仿佛也不听使唤："这……这不可能。我那晚在自习室看书，我们什么时候……约会了？"

"撒谎！月全食大家都出来看了，你一个人看书？"

江遇脸红了下，略微与林摇光拉开了点距离，低声道："不是一个人，我和……苏露在一起。月全食那会儿，我们去了小广场。"

这次轮到林摇光瞪眼，不仅是因为江遇真的和苏露在一起，而且那晚她看到的江遇和苏露在小广场拥抱，居然是真的。

沮丧像盆冷水兜头而来，她瞬间觉得什么费洛蒙香水，什么第一次甜蜜接吻，都好像一个笑话。而她却完全不明白，自己究竟是被谁给耍了。

过了一会儿，江遇似乎冷静了下来，他轻轻将林摇光推开，"抱歉，苏露她挺好的，我不想脚踏两只船。"

说罢他转身要离去，林摇光忙去拉他的手，"不是这样的，红月亮那晚，你明明在和我约会，可后来不知发生了什么，你不见了，我再找到你时，你和苏露就抱在了一起。"

"你的意思是我背叛了你，和你约会的中途又跑去抱苏露？"江遇转过来，拧着眉冷冷瞪她，"林摇光，你的想象力是不是太丰富了？我建议你去写小说。"

"不是的，我不是这个意思，江遇……"看到江遇又去开门，林摇光猛地冲上去抱住了他，"江遇，我是真的很喜欢你，可现在不知道发生了什么。你忘了之前答应做我男朋友的事情了吗？还有我们约好那晚一起看红月亮的……不，不是你忘了，是我把时间弄丢了……可是江遇，我对你的感情，一丝一毫也没有丢。"

江遇根本不知道她在说什么，只好连连摇头："林摇光，我真的不明白你在说什么，我已经和苏露……"他话音未落，嘴巴却被一双柔软的嘴唇贴住，着急的林摇光扑上来紧

摇光

紧吻住了他。

"嘭!"

一声闷响，林摇光直挺挺地面向门板倒了下去。

眼前没有江遇，活生生的一个人，再次凭空消失。

深夜，月色如水，映着湖畔的一人一狗。

"来，让我瞧瞧你又偷了谁的时间。"池寒拍拍和自己坐下来差不多高的猎时兽的头——手感坚硬冰冷，机器的触感总是不如血肉之躯好。

一幕画面闪出，池寒点了下猎时兽的耳朵，高大威武的机器犬瞬时变成一团黑乎乎的小肉球在他怀里蠕动。

"还是这样比较可爱。"池寒说着摸了摸小黑狗的脑袋，回应他的是一声不满的呜咽。

他的视线专注于眼前的画面：一个年轻的人类女孩与一个同样年轻的人类男孩拥抱在一起，两人目光交织、气氛甜蜜，下一刻，两人的嘴唇触碰在一起……

咳咳。一声尴尬的轻咳，画面倏然消失，池寒扭头，只见波光粼粼的湖边，走过来一个窈窕的身影。

他把猎时兽放到一边，淡淡说了声"来了"，便从背包里拿出一套钓具。

他在鱼钩上挂上鲜美的饵料，然后用力一甩，月光下，鱼线以优美抛物线的姿态沉入湖中，很快吸引来了饥饿的鱼群。

"时光茧测试成功的消息一出，摇光基地只怕就热闹了，盯着 TC1 的眼睛，只怕比这鱼群还要多。"

女子悠悠说着，在池寒旁边的草地上坐下，一双孔雀石般的绿眼睛在夜色里熠熠发光："S，安特局长命令我协助你完成新任务。我们什么时候启程?"

池寒盯着被鱼群激起大片涟漪的湖面，淡声道："我还没有答应局长。"

"还在为夏星的事耿耿于怀?"女子笑了一下，眼波投向身侧，"你不会是喜欢她吧? S，我们可是天权星人，人类的生命在我们面前就像惊鸿一瞥，再美丽也是昙花一现。"

S 面无表情，"短暂，就不配有自由和选择的权利吗? 作为时间管理师，让每个星球的生命在各自的时间维度里平稳度过一生是我们的职责。对这些生命来说，连时间都没了公平可言，那么，时间管理局的存在就失去了意义。"

朱雀被他驳斥得有些尴尬，只好拿出女性特有的娇嗔讪笑道："我就是想安慰安慰你，这么认真干吗……不过，我想提醒你，S，不管你接不接受任务，时光茧总归是要完成的，那个新的时间异能者，也迟早是要牺牲的。"

S 闻言，手握钓竿一动不动，月光下侧影如一尊雕像。

朱雀用手指揪扯着脚边的青草，喃喃道："你还记得小南吗? S，他被关进去已经两年了，这两年，我每天都在想他究竟过得怎么样，有没有长高，有没有吃很多的苦，还记不记得我这个姐姐……"说着她的眼角渗出了泪水，指间的青草也被捻成了绿泥。

"只要在联盟监狱好好表现，他会被减刑的。"S扭头看到那抹泪光，暗暗一叹，几不可见地摇了摇头。

"减刑减刑！我不知道究竟要等到什么时候。"朱雀情绪有些失控，"这些年已经有太多人跟我说过这句话，可是除了每年视频见一次面，我根本不知道他究竟是不是还活着。"她忽然上前，拽住S的袖口，"池寒，只要拥有时光茧……只要有了它，我就可以回到过去，阻止小南，他也就不会被关进联盟监狱……"

"时光茧的用途你很清楚，朱雀，任何个体都没有私自使用的权利，你我身为时间管理师，更不能知错犯错。"

朱雀冷笑一声，松开手，嫣红的嘴唇在月光下泛着冷冷的光："你不过是胆小罢了，池寒，你怕失去时间管理师的身份，我不怕，我不过是个小小助理，从没人把我放在眼里。可我想说的是，覆巢之下安有完卵，池寒，你不愿双手沾血，可即便是什么也不做，那血，终究是要溅到你身上的。"

"我需要再想想。"握着钓竿的他，山石般岿然不动

朱雀站了起来，唇角逸出一抹冷笑："好好享受地球上的垂钓吧，S，在我们天权星，最后一片湖泊很快就要干涸了。"

朱雀离开了，鱼钩上的饵料也早被吃得精光，鱼群早已索然游散，池寒的鱼竿仍垂在水里。

猎时兽不知何时变回了金属铠甲的模样，正冷冰冰地看着他。

"石头，根据我们的预测，地球还有多少时间？"

猎时兽迅速报出一个数字："地球纪年 400 年。"

"天权星呢？"

"986 个太阳日。"

"或许……"池寒喃喃着，手中的渔竿陡然滑落，然后，慢慢沉入湖底。

怀里的大活人再次凭空消失，林摇光虽然没有第一次那般惊慌，却陡然生出几分恐惧，好端端的人，怎么会消失？要么是她得了病，要么江遇不是人。

她走出杂物间，楼下餐厅的生意还是那么好，吃饭的学生三三两两热闹非常。

只是林摇光一眼就看到了墙角靠窗位置的江遇，当然，还有他对面的苏露。

两人点的是"天长地久"情侣套餐，这套餐的名字还是林摇光起的，看到苏露将一勺加了蓝莓酱的山药泥喂进江遇嘴里，林摇光气不打一处来，噔噔噔冲下了楼。

"咦，怎么空手下来了，让你上楼取的围裙呢？"从厨房钻出来的林仙姿将托盘往女儿手里一塞，"发什么愣呢，给 9 号桌送餐去！快点！"

林摇光根本顾不得想到底什么时候母亲让她取围裙了，

等她将目光再次转向窗口，方才你侬我侬的两人已经离开。她把餐盘往桌上一搁，拔脚便追了出去。

就在林摇光一只脚跨出饭店门槛的时候，耳边忽然"嘭"一声巨响，紧接着，一股浓烟从数百米外的东北方向升腾而起，临街房屋的玻璃被震碎了几块，簌簌落到地面。

饭店门口涌出不少看热闹的学生，看到奔跑的林摇光险些被掉下来的玻璃砸中，林仙姿拨开人群挤出来大喊："你去哪儿，外面危险！"

然而林摇光的注意力却完全被街上一抹人影攫住，她一边高喊着"江遇"，一边疯了般朝爆炸声传来的方向奔去。

没过多久，一架警用直升机在城市上空盘旋而起，螺旋桨巨大的轰鸣声和着警车的警笛声由远及近。很快，只见一辆警车开道，数辆急救车和消防车由西向东，往城市边缘疾驰。

原本就不宽阔的道路上人车纷乱，但因为爆炸点在东边，所以此时从东往西跑出来的多，而自西往东去的，除了警车、消防车和急救车，只有极少数行人。

其中就包括林摇光，和她一直追赶却怎么也追不上的"江遇"。

她一边跑一边喊，那个身影匆匆在人群中穿梭，一直向着东边爆炸的发生地奔走。

"江遇，别再往东走了，那里危险！"她大声喊着，挥着胳膊，奋力往前跑。就在这时，又一声巨响，一股蘑菇云状的浓烟自不远处的一片灰色厂房上空蹿起。

"不好，化工厂爆炸了！"

人群中一声惊呼，路上的人更加慌乱，司机驾着车纷纷掉头，和自东而来的人们一起往西逃命。

林摇光追着那个身影一直跑了两三条街，这时的空气已经十分恶劣，爆炸的烟尘夹杂着某种化学物，呛得人双目流泪，咳嗽连连，她奇怪：为什么江遇会一直往爆炸的化工厂方向去？

发现那个身影拐进一座旧式居民楼的院子，林摇光赶忙追进去，正遇上一群从楼梯里往下撤的居民。

老式居民楼没有电梯，下楼的携老扶幼，不少人手里还拿着行李，楼道被挤得满满的。林摇光只好让到一边，等人差不多下来完了，才往楼上跑。

一位拖着箱子的大爷冲她喊："小姑娘，你还上楼干什么？赶紧撤吧，万一化工厂再爆炸，楼塌了都说不定！"

"我有个朋友刚刚进来了，您见过吗，一个男的……"

老人摇头，"这会儿都往外跑，不要命的才回去。"说着匆匆挤入了撤离的队伍。

难道刚才的都是幻觉？

林摇光拍了拍脑袋，空气里的刺鼻味道越来越浓，她不死心，咬咬牙从一楼跑上五楼，又从五楼跑下来，却连个鬼影都没见。

整栋楼已经空了。她立在满是碎玻璃的院子里一片茫然：我到底在干什么？

一阵风将一张报纸从某扇窗户里吹出来，飘飘荡荡停在了林摇光脚下，她的目光随之落到报头上：

2059年3月22日。

心头猛地一跳，林摇光赶忙捡起报纸，草草翻了翻，居然看到了她喜欢的歌手结婚的新闻。

天，怎么眨眼工夫，半年就过去了？

"呜呜——汪，汪——"一阵焦急的犬吠打断了林摇光的思绪。

她抬起头，只见不远处一截坍塌的围墙上，一只黑色的小东西被什么卡住了，蹬着腿发出焦急的呜咽。

林摇光快步跑过去，只见一只满身卷毛的小黑狗睁着一双黑油油的眼睛可怜巴巴地望着她。

"别怕，我来救你。"

林摇光说着上前，看到小狗的后腿被一团细钢丝缠住，她小心地取掉钢丝团，把狗抱进怀里，"乖，没事了……"

话音未落，耳边又是"轰隆"一声，眼前的围墙簌簌落下砖块，紧接着，只见整面围墙扭曲倾斜，眼看就要倒下来。

林摇光抱着小狗就跑，不料围墙已经塌下，砸得她"扑通"一下趴倒在地，小狗被甩了出去，一阵剧烈的疼痛从腿部传输到脑部。

小狗惊慌狂吠，尘土弥漫中，一个身影飞快地跑了过来。

"江遇！"

她惊喜地低唤一声，却眼前一黑，昏了过去。

不知过了多久，林摇光的意识渐渐恢复。慢慢睁开眼，视线里是洁白的天花板、明亮的日光灯——她努力回忆，爆炸、小黑狗、江遇……

"江遇！"

她大喊，猛地坐起身，头却重重磕在一块透明板上，捂着额头被弹回床上，她发现自己身处一个透明的玻璃罩中，虽然氧气足够，但舱体是封严的，林摇光不禁联想起恐怖电影中被绑架的情节，顿时胸口窒息，冷汗直冒，双手拼命地拍打着舱盖，同时大喊大叫。

拍了好大一会儿，依然没人进来，林摇光呼吸愈发急促，只觉得这逼仄空间里氧气不足，渐渐地，她不能思考，声音也弱了下去，连拍打的力气都没有了，眩晕再次阵阵袭来。

与此同时，离房间不足二十米的中式长廊上，一个长身玉立的男人正沉着脸和人通话。

"四死十三伤，朱雀，你擅自行动，闯下这么大的祸端，我不会留你在身边当助理的……回基地接受处罚吧，这边我会处理，希望你在基地好好反思，学会珍惜生命。"

朱雀又说了什么，池寒双眉紧蹙，显得已经没有耐心，"这是我的任务，不用你插手！"

戛然结束通话，耳畔听到响动，他扭头，只见黑犬石头扭着胖滚滚的身子朝他跑来。

"她醒了吗？"摸了摸狗的脑袋，池寒迈开步子往房间里走去。

一声犬吠由远而近，紧接着，一阵脚步声逼近，当那道透明罩在面前缓缓打开收起时，林摇光深吸一口空气，猛地坐起身来。

眼前站着一个男人。

林摇光救过的那只卷毛小黑狗，吐着舌头蹲在男人脚边。

"感觉怎么样？"男人逆光而立，看不清脸，只觉得个头高挑、年纪也轻，剪裁得体的白衬衫在透窗而入的阳光下犹如笼上一层圣光。

"不怎么样！"林摇光抚着胸口大口地呼吸着空气，好一阵后渐渐恢复，才拧着眉道："这是什么鬼地方，差点没把人憋死！"

男人没回答她的问题，伸手按下舱体旁的按钮，舱体缓缓降下，林摇光的脚就碰到了地面。

咦，她明明记得，围墙倒下时，自己的双腿是被砸中了的，这会儿居然……行动自如？

她试着走了两步，确信自己完全健康，便惊讶地看着男人道："这到底是怎么回事？"

男人微微扭身，露出一张倾倒众生的脸，轻轻拍了下舱体，他道："你刚才险些砸坏这世界上最先进的医疗舱。"

"你是医生？"

"这么理解也没错。"男人说着，转身朝外走。

林摇光这才发现，他走路的背影有些眼熟，电光火石间才恍然明白过来，爆炸发生时，自己一直追的身影，压根儿不是江遇，而是这个人。

又气又恼地走出房间，只见眼前是一条风格典雅的朱红长廊，长廊连着一座颇具东方古典风格的小院，除了朱红南墙下一丛茂密的翠绿修竹，余下院落竟被金黄的连翘，洁白的丁香，怒放的紫薇、樱花等姹紫嫣红地占领了，一座月牙状的玲珑石桥下，一条清溪哗哗流着，春风吹来，花瓣儿纷纷飘落，院子中央的一汪小湖里，拱起的青石桥面上洋洋洒洒皆是温柔的花瓣。

这是什么地方，拥有这样世外桃源般院落的，又是个什么人？

带着疑问，林摇光踏上弯月桥，无意间往水中一瞥——自己身上穿的是什么？

"啊！"她大叫起来。

"汪！"小黑狗如离弦之箭，不知从何处冲了过来，围在她的脚边疾疾乱转。

"喂！"她喊了一声。男人抬起头，隔着不远的距离，纷扬花雨中，男子身形如竹，乌黑短发下，一张如珠如玉的脸干净英俊，只是那脸上没什么表情，声音也是淡淡的："你的伤已经没什么事了。"

"我知道。"她吞了口并不存在的唾沫，清清嗓子，有些害羞又气壮地质问道，"我身上的衣服，是谁给换的?"

池寒瞬间露出迷惑的表情，这院子里难道还有别人? 这女孩外观上等、心灵美丽，只是看起来智商不太够。

他拍拍手把鱼食全撒了，道："有什么问题?"

林摇光露出比他还迷惑的神情："我是个女孩子呀。"

"看出来了。"他点点头，眼神犹如看一个可怜的低维生命。

林摇光气得直翻白眼，算了算了，还是赶快离开这里，化工厂发生爆炸，江遇家住在附近，不知有没有什么事呢。

她黑着脸下桥，走到男人身边时，却被一只手挡住："认识一下吧，我叫池寒。你有什么困难，随时可以来找我。"说着将一张薄薄的卡片递至林摇光手里，上面写着名字和一串号码，其余什么也没有。

林摇光捏住卡片，想到毕竟是对方救了自己，便点头："谢谢，我叫林摇光。不过以后应该不会再麻烦池先生了。我还有事，先走了。"说毕，头也不回匆匆离去。

那抹身影消失很久，池寒的目光才从门口收回，一旁萌蠢的小黑狗摇摇身子，变作半人高的机器犬，发出嗡嗡的声音："小姐姐人美心善，只可惜已经有了心上人。"

池寒闻言扭头，突然想起在基地看到猎时兽偷来时间里的场面，不知怎的，耳颊倏然一热，轻斥道："没有我的允许，不许偷看她的时间流。"

猎时兽不作回应，摇摇耳朵，重新变成黑犬，径直跑开。

好在那座院子离砚大不算太远，搭了辆顺风车，林摇光终于回到宿舍。舍友们都在，见她穿着奇怪的衣服进门，欣雨先叫了起来："哎林摇光，你干吗去了，穿的这是……男朋友的衣服？"说着拉住她一脸八卦："我已经脑补一万字了！快说说，昨晚一夜未归，碰到什么艳遇了？"

见林摇光脸色不佳，好朋友晴子赶忙走过来推开欣雨，拉住林摇光低声道："究竟出什么事了？"

林摇光看几双眼睛都瞪着自己，勉强笑了笑："化工厂爆炸那会儿受了点伤，衣服破了，借别人的。"

"这个别人，不会是江遇吧！"欣雨笑嘻嘻道，却被晴子瞪了一眼。

"伤到哪儿了，严不严重？"

林摇光笑笑："没事。"

"听说化工厂爆炸死伤十几个人，仙仙姐找你一下午，你的手机又落在店里，她肯定急坏了，赶快给她报个平安。"晴子把自己的手机拿过来。

林摇光给母亲回了电话，免不了被一顿数落。她不像往日般顶嘴倒让林仙姿奇怪，数落匆匆结束。

熄灯的时候，晴子钻到了林摇光的床上，担忧地悄声问："究竟出什么事了？"

林摇光瞪着墙上电子钟显示的时间发愣，喃喃道："出大事了。"

晴子吓了一跳，目光扫向搭在床头的男人睡衣，压低声音："他是谁？"

"嗯？"

"衣服的主人。"

想起那张卡片和他的主人，林摇光拉过被子蒙住了头，"我不认识。"

第二天醒来，林摇光第一反应就是确认时间——3月23日，她松了口气，又觉得懊恼，半年时间莫名丢了，她连这期间发生了什么都不知道。

好在有晴子帮她，该上什么课，带什么书，去哪个教室，都贴心地提醒她。不过上课被提问的时候，林摇光面对完全陌生的内容还是彻底傻眼，眼看董教授的脸色由晴转阴，晴子连忙帮她解围："林摇光在化工厂爆炸时受了伤，待会下课，我陪她去医院做个脑部检查。"

"哦。"董教授脸色稍缓，"那尽快去检查，不要耽误。落下的课，以后再补。"

一下课，林摇光就被神情严肃的晴子拉出教室，"天哪，失忆这么严重，这半年的课你竟然忘光了！"说着在她脑袋上乱摸，又道："必须马上去医院。"

"摇光！"教学楼对面的树荫下，不知什么时候来的林仙姿冲她挥着手。

"等会儿别告诉我妈我失忆的事。"林摇光向晴子叮嘱。

"为什么呀，失忆可不是闹着玩的，万一……"

"我不想让她担心。"林摇光说着冲母亲挥挥手，快步跑了过去。

林仙姿把女儿上下检查一遍，确认她没少一个零件，这才放心地回去了。临走时，想起把林摇光的手机带了过来，便一边拿给女儿一边絮絮叨叨："你的手机该清理了，一堆垃圾信息，删都删不完，还非要确认什么的。"

林摇光一把拿过手机："说多少回了，别乱翻我的手机。"

林仙姿又险些和她吵起来，晴子赶忙打岔，夸她衣服好看，口红色号漂亮，林摇光趁空打开手机，本想看看这半年自己手机里的信息，却收到一条来源为"TS"的信息：你的时间异能已启动。

她怔了一秒，忽然想起，这条信息她之前在微信上收到过，只不过那时她点了取消，现在谁又给她发了这条短信？

而且，这次没有"确认"或"取消"选项。

她的心猛地一提，赶忙去翻看上一条，果然，这条信息被发送了许多次，而上一条，大概是仙仙姐无意回复的，她回了"1"——你的时间异能已启动。

这是什么意思呢？和她穿越有什么关系？她陷入深思，林仙姿还在和晴子聊天，一切看起来并没什么异样。

也许，只是某人的恶作剧吧。

她冲林仙姿道："店里不用人看吗？我这几天要补课，忙着呢，你别老往这儿跑了。"

"噢，什么补课，怕是忙着追男生吧？"林仙姿笑得挤眉弄眼，见女儿面色不好看，举手表示投降，"好好，我走了，臭丫头，给你转了一千块，去和晴子吃点好吃的，走了！"

"谢谢阿姨，慢走啊！"晴子目送林仙姿离开，兴奋地推推林摇光，"有钱啦，正好去医院做个CT。"

林摇光的眼神却直勾勾地瞪着对面刚刚涌出大批学生的教学楼，像是被什么黏住了。

突然，她拔脚往路对面冲去，一把扯住了一个男生的胳膊。

"江遇，我有话和你说。"

一只女生的手将她拽开，苏露的脸赫然出现在江遇旁边，"还有什么好说的？林摇光，你好歹是个女孩子，给自己留点脸面好吗？"

她语气这般冲，倒让林摇光没想到。因为在她的记忆里，自己从未和苏露发生过正面冲突，也没有什么深仇大恨。

林摇光没有理她，依然恳切地望着江遇，"我发生了一些奇怪的事，江遇，你说过喜欢我，要和我在一起的，我们找个地方，我把一切都告诉你好吗？"

"你到底要不要脸？"苏露再次上前，狠狠朝林摇光推了一把，林摇光重心不稳险些摔倒，旁边的江遇下意识拦了一把。

四目相对，拥抱时熟悉的味道和感觉，让彼此的眼中都多了些内容，林摇光莫名一阵心酸，刚唤了句"江遇"，就被对方松开。

"摇光，好聚好散。你既然有了更好的选择，何苦又来缠着我？"

"我？你这话是什么意思？我什么时候有了更好的选择？"林摇光吃惊地指着自己，江遇只是落寞一笑，"别闹了，摇光，祝你幸福。我要去上课了。"

说完他看了一眼苏露，气急败坏的苏露狠狠瞪了林摇光一眼，快步跟着江遇走了。

林摇光呆立在路上，身边看热闹的学生渐渐散去，晴子走过来，小心问道："你是不是不记得了？"

"不记得什么？"她转身，眼眶红红的。

"你是怎么甩了江遇的。"

甩了江遇？

"怎么可能？"林摇光失声道，"我追他追得有多辛苦，你最清楚……"

"看来你是真的失忆了，这可怎么好……"晴子露出担忧的神色，"半年前，你当着全班人的面，对江遇说你爱上了别人……"

"怎么可能，这怎么可能？"林摇光哭笑不得，"哪里有什么别人，半年前，我刚刚和江遇在一起，然后我就……"

然后就穿越了，这半年发生了什么，她根本不知道，难不成还有另一个林摇光在这半年里，让江遇戴了绿帽子不成？

荒唐至极。

晴子摇摇头："反正大家都可以做证，江遇刚才的话，你也听到了。他当时还拿了陨石戒指向你求爱……和苏露在一起，有一部分原因，是你造成的。"

"胡说，明明是他背叛了我！"林摇光抓狂，难以言说的情绪冲击着胸口，她感到头晕，心跳加快，一个强烈的念头不断冲击着自己的大脑：

"我要回到半年前，我要知道究竟发生了什么……"

她飞快地朝江遇刚刚离开的方向跑去。

第三章　光尘

晴子的话带给摇光的心理冲击，无疑是非常巨大的。她下定决心，一定要回到半年前，追寻事情的真相。

她去江遇上课的教室，没有等到他；她去餐厅，也没有找到他；她在男生宿舍楼下喊他的名字，不惜闹出动静来，惹得一群人拍照围观，只可惜最后引来的不是江遇，而是苏露。

苏露像是刚参加宴席之类的活动归来，身着一袭墨绿色露背丝绒长裙，俏丽的脸上化着精致的妆。只见她穿越人群款款走来，沉着声叫了句"林摇光"，待她堪堪转身，便一记耳光扇了过来。

林摇光反应快，上身一闪避过了她的无敌霹雳掌，苏露打了个空，有些气急败坏，便不顾形象地骂起来："你知不知羞？都分手了，还没完没了地纠缠江遇，林摇光，你不要脸面吗？"

林摇光原想反驳几句，但眼眸一抬，人影憧憧之外，那垂手而立的，不正是江遇？

她拨开人群冲过去，江遇西装革履，头发梳得整齐，一副翩翩佳公子的模样。瞧这情形，是和苏露一起回来的。

差点冲出口的语言在嘴边刹住了车，瞧着江遇惊慌却又失落的表情，林摇光略一犹豫，但察觉到身后苏露就要冲过来，她心一横，不管不顾地扑上去抱住了江遇……

管不了那么多，先穿回半年前再说！

嘭！

脸撞上一堵墙壁般坚硬的胸膛，林摇光晕头转向地想，虽然好像没亲到江遇，但总归是起作用了……

直到耳边传来纷杂的说笑唏嘘声，林摇光感到自己被一双手拉了起来，一道宛如大提琴般低沉优美的男声轻轻传入耳朵："你想回到半年前？"

林摇光抬头，睁眼，模糊的天光里，一双星子般明亮的眼睛注视着她，"我可以帮你。"

声音落下，那张清俊的脸缓缓低下来，在一片惊讶的目光里，男人吻上了她的双唇。

嗡——

烟花升腾，一片片绚烂尖叫着蹿入夜空，待绽放出最美丽的芳华，之后消失在无声黑暗里。

…………

林摇光睁开眼睛，正好看到窗外的烟花纷纷坠落。

正是夜晚，窗户没关，自一楼生长至三楼的大树被风吹得簌簌作响，几片黄叶悄然飘落。林摇光转头，看到墙上的电子时钟：2058 年 9 月 20 日。

"谢天谢地，摇光，你终于醒啦!"晴子惊喜的声音传过来。

林摇光坐起身来，敲敲后脑勺，只觉得闷疼："晴子，我这是怎么了?"

"你从看完红月亮回来就嚷着头疼，一睡就是两天，我们还以为你病了，给你量体温也不发烧，就只是睡，叫都叫不起来。我和欣雨只好把校医请过来，他说你一切正常，就是困的。"晴子端了杯水过来，"喝点水。"

"我真的……回来了?"她喃喃说着，忽然起身，四处寻找手机。

"晴子，我的手机呢?"

晴子从书架上拿过手机递给她，忽然想起什么似的，蹲下从柜子里取出一只包裹，"你的快递。好像是件衣服。"

"放那儿吧。"林摇光看也没看包裹一眼，只顾着用手机给江遇打电话，只可惜刚把号码拨出去，就因电量不足自动关机。

她赶忙找出充电器给手机充上电，一旁的晴子已经大咧咧地拆了包裹。

"咦，摇光，你怎么买了件旧衣服?"

林摇光这才想起，自己压根儿没在网上买衣服，但瞧着晴子手里的白衬衣、浅蓝牛仔裤倒是眼熟……这不是她在化工厂爆炸那天穿的吗？围墙砸中自己的时候，她分明记得，裤腿上挂破了一道口子。

她拿过衣服细看，衣服残留着洗衣液淡淡的香气，牛仔裤裤腿上的裂口，也被无色丝线缝补得整整齐齐，若不仔细观察，几乎发现不了痕迹。

林摇光倒抽一口冷气，"这东西什么时候收的？"

"一个小时前吧。"晴子说，"咦，这不是上周咱俩逛街刚买那身吗，你送洗衣店洗了？"

看了包裹单，上面只有收货人和地址，没有寄送方和寄货地址。

林摇光咬着嘴唇发呆，连手机响了也没有察觉，晴子拔掉充电器把她的手机拿过来，像捧着宝贝似的兴奋："摇光，摇光，快，江遇的电话！"

江遇在电话里向她道歉，说那晚不该放她鸽子。

林摇光虽一头雾水，但还是耐心地听他说下去。

"本来说好一起看红月亮的，可家里突然来电话，说我母亲从楼上摔下来脚受伤了，我第一时间就打车回了家，抱歉，这两天一直在医院忙，也没来得及告诉你。"

"你是说，那晚，你根本没有和我约会？"林摇光克制着声音里的颤抖。

江遇愈发惭愧："抱歉摇光，今天我母亲情况稳定了些，晚上我请你吃饭吧，就当赔罪。"

额上不知何时有冷汗沁出，林摇光喉咙干哑："你不必来回跑，告诉我哪个医院，我去看看阿姨。"

江遇说在康正骨科医院。

简单洗漱一番，林摇光找了条浅蓝色的连衣裙换上，长发束成马尾，虽不施粉黛，倒也清新可人。

瞟了一眼那套"来历不明"的旧衣服，林摇光问晴子要了个充电宝，带着手机出了门。

从手机地图上看，康正骨科医院离砚大至少有十五公里，林摇光叫了辆网约车，往医院奔去。

刚驶出市区，天就变了脸，一时间乌云聚集，轰隆隆的雷声在城市边缘接连不断地响起。

林摇光最不喜欢雷雨天气，似乎跟小时候的记忆有关，但又记不清，究竟是怎样的经历让她对雷电交加如此敏感又恐惧。

不一会儿，天色变暗，铜钱大的雨点噼里啪啦地落下来，砸得车身啪啪作响。

很快，道路的能见度变低，车速降下来。雨雾迷蒙中，所有汽车都开了车灯，一闪一闪的像雾中魔鬼的眼睛。

司机一副见怪不怪的样子，把车缓缓开到路边，拉了手刹，打开双闪。

"妹子，雨太大了，闲着也是闲着，聊会儿天呗。"

扭过头的司机摘掉墨镜，露出一张堆满笑的肥脸。

林摇光忧愁地朝外望望，虽然路况不好，但大多车辆都在缓慢前行，这前不着村后不着店的，停在路边算怎么回事。

"再走走吧师傅，不行到前面找个能避雨的地方把我放下，我让朋友来接。"

"哟，怕男朋友不放心啊？"男人乜她一眼，点了支烟，又抽出一支递到林摇光眼前，"来一根？"

"不会。"林摇光摆手，"我急着去医院看病人，麻烦您再往前开开好吗，我给你双倍车费。"她恳求道。

不料司机一口浓烟喷过来，挤着一双色眯眯的小眼睛道："哥可不缺那仨瓜俩枣的，你知道哥家里是干吗的？永新化工厂知道吧，哥不差钱儿！就是孤单寂寞呀……哎，你别怕，先加个微信，来，扫一下……"

说着胖子转过身来，整个人往后座上挤，林摇光拉了拉后门的把手，发现门被锁了，神经一紧，往后缩了缩身子，拿着手机的手悄悄放到了背后。

"开化工厂啊？"她故作镇定，忽然想起东城的化工厂爆炸事故，似乎正是这一家，但那是明年3月22日的事儿，听说死伤十几人，她眉头微拧，心里慢慢生出一种念头，便故意道，"永新化工厂是你开的啊？"

"我爸开的。"胖子一脸得意。

"你爸的厂，敢情没你什么事啊！"林摇光冷笑，手指在身后悄悄摸索呼救键。

胖子一听不乐意了，把烟头一摁，"怎么没我事，整个厂子现在都是我的，我让往东，没人敢往西。小妹妹，我正好缺个女助理，看你聪明伶俐，人又漂亮，要不，明儿跟我干去？"

林摇光呵呵一笑："谁知道你说话究竟好不好使，就你这样的，顶多就是个保安队长。"

"什么保安队长？"胖子恼了，"我可是正儿八经的老板，不信我证明给你看。"

"成啊，那要不……你给厂里放个假，就明年的 3 月 22日，让全厂停工一天，我倒要瞧瞧你这个正儿八经的老板说话究竟顶不顶用。"

"呵，小事一桩！"胖子被林摇光讥讽的眼神刺得热血上头，抄起电话，道："看哥的。"

一通电话打完，林摇光全程听着，确认了对方的身份，也确定他会在明年 3 月 22 日给厂里放假。她暗暗松了口气，希望这个方法能够奏效，避免那些陌生的性命无辜枉死。

只是，这下，她的危机来了。

手机彻底没电，呼救电话没打成功，眼看胖子嬉笑着向她伸出了咸猪手，林摇光往前一扑，打算去摁前面驾驶位旁的开锁键，然而胖子身躯太大，车内空间又小，她被胖子的身体挡住，锁没开成，人反而撞进了对方怀里。

"这可是你自己送上门的。"胖子笑着一把抓住她，嘴巴就要往她脸上凑，林摇光身体一转，手肘压在电子手刹上，没有换挡的汽车居然缓缓跑了起来。

胖子慌了，赶忙松开林摇光去扶方向盘，林摇光趁机翻到后座上，猛拍车窗玻璃，希望外面有人看到。

然而大雨滂沱，视野受阻，过往车辆根本没谁停下的。

胖子上半身扑过去扶住方向盘，下半身却还卡在前后座之间的缝隙里，此时恰好是连续下坡，车在大雨里越跑越快，林摇光大喊："停车，你这个笨蛋，小心死在这里！"

"停，停不下……啊！"胖子突然惊叫起来，一辆大货车就在前方，眼看他们的车就要撞上货车尾部，林摇光情急之下去拉手刹，却听到车头"嘭"地发出一声闷响，一道黑影在车前降落，然后，车稳稳停了下来。

胖子撞到了头，疼得扭着身子直叫，林摇光大喊："快开门，你撞到人了！"

胖子赶忙开锁，林摇光一把拉开车门跳下去，却听到一声"小心"，紧接着，整个人被裹进一个怀抱里，重重摔向路边的绿化带。

又是一声巨响，一辆疾驰而来的越野车撞到了临时停下的网约车上，网约车被这么一撞，整个车头钻进了缓慢行驶的货车尾部……

"别看。"一双手遮在了林摇光的眼睛上。

雨花如沸，在连环追尾的撞击声中，林摇光听到了一个有些熟悉的声音。

"谁?"她想要推开他的手，却被按住，"场面比较惨烈，你确定要看?"

林摇光噤声，有雨纷纷落在身上，她周身轻颤，感觉自己被拉着走了一段距离，然后进到了一辆车里。

覆在她眼睛上的手离开了。

然而车门"嘭"一声关上，等她回头去看时，只瞧得见一抹背影在雨帘中走远。

车窗几乎隔绝了外面的雨声，林摇光倏然放松，一下垮倒在座椅上。

那个人是怎么突然出现的？

失控的车是他停住的吗？

他是……

脑中电光火石般，竟然浮现出一张绝对算不上熟悉的脸来……

可是，半年后认识的人，怎么可能出现在半年前的眼前？

"你想回到半年前？"

"我可以帮你。"

突然，半年前的最后一幕画面，从脑海深处跳了出来。这一刻她意识到，这一次的成功穿越，竟然是因为这个叫池寒的男人吻了她！

她曾经思考过这个问题，经过推断，她猜测自己穿越的原因，可能跟和江遇接吻有关，但是她怎么也想不到，和一个并不熟悉的男人接吻，竟然也有此种功能。难道她真的像晴子最爱看的小说主人公那样，莫名其妙获得了某种特殊功能？可令人难为情的是，这功能的开启，居然要靠和男人接吻……

乱七八糟地想了许多，也不知是什么时候睡着的。她醒来时，发现身上多了一件外套，黑色的男式西装，有淡淡的清香。

雨已经停了，车窗开了一半，清新的风吹进来十分舒爽。

"醒了？"从后视镜里看到她坐起来，开车的男子微微偏首，"很快就到了。"

林摇光惊讶地盯着驾车的人："真的是你？"

"你究竟是什么人？"

男人似乎没听到她的话，只顾拨着方向盘，说："包裹收到了吧，衣服破成那样应该扔掉的，看你当时好像不太高兴，只好修好洗净还给你。"

我不高兴是因为衣服破了吗？拜托，是因为你未经同意就帮我换衣服好吗？

林摇光一边腹诽一边冲前面的人翻白眼，与此同时，她忽然想起，爆炸是半年后发生的事情，这个人，怎么能将半年后的衣服送还到现在的我手里？

似乎早已看透她心中困惑，男人又道："你的疑问我以后慢慢回答，现在，康正骨科医院到了。"

车在路边停住，男人下车绕过来绅士地替林摇光打开车门，见车里的女孩一脸震惊加迷惑地盯着他，他不禁好笑道："这么快就忘记我了？好吧，再介绍一次，我叫池寒，池水的池，寒冷的寒。"

池寒？我看是痴汉才对，痴痴呆呆的，净说些风马牛不相及的话……

林摇光摆摆手，并不想过多和他纠缠："多谢你，池寒先生，我现在有很重要的事情要办，再联络……哦不，再见了。"

敷衍了事的告别弄得池寒笑了起来，他立在车边，雨后天晴的阳光里，周身似被镀上一层金边，"还是那句话，如果你遇到任何麻烦，我都会第一时间出现并帮助你。"

哟呵？

林摇光本欲离开的脚步停在原地，乌黑明亮的眼珠更是转了一转，落在池寒身上："这么说，你是上天派来帮助我的天使咯？"

对方看了她一眼："天使与魔鬼往往并存。我是波拉克斯。"

神之子？

越说越离谱了。林摇光哧地笑了，"对了，有充电器吗？"

刚才充电宝好像落网约车里了。

池寒皱眉："什么？"

"算了。"林摇光放弃跟这个听不懂人话的男人交流，径直转身往医院里走。

走了几步又停住，左右看了看，两边街道的店铺稀稀落落的，她的视线落到准备开门上车的池寒身上，"那个……

池先生。”

池寒停住。

“你真的能帮我吗？”

“你有什么需求？”不会又是想穿回哪个时间点吧？池寒想着，虽然这对他而言不算什么，可再亲一次那双嘴唇……他想起安特局长嘱咐他的话：这名时间异能者的时间异能刚刚觉醒，状态很不稳定，必要时候你要帮助她稳定异能，待她平稳穿越十次以上，方可带回基地。

帮助她穿越以激活和稳定时间异能倒没问题，只是这方式也太……

见他没有拒绝的意思，林摇光笑容宛如滴露的玫瑰，眼睛里跳动着阳光的精芒：“我和男朋友之间发生了一些误会，今晚我们约了一起吃饭，我想趁此机会和他重归于好。”她看了下天色，说：“这个地方我不熟悉，你能不能辛苦一下，帮我订个有情调的餐厅，还有鲜花，要红玫瑰加白色满天星，对了，如果时间来得及，给我订一个米米家的无糖蛋糕，花色雅致一点，饭后我要带给男朋友的妈妈。”

一口气说了这么多，男人站着一动没动，林摇光的笑容凝结在唇边，最后讪讪收了回去，说：“罢了，无事献殷勤非奸即盗，这天下哪有无缘无故的爱哟……”

她摇着头继续往前走，忽然听到：“病房号是多少？”

“什么？”

回过头去，池寒眉目坦然地看着她，说：“一个小时后，我去送蛋糕。"

"哦，骨科 307。谢谢啊！"她话音未落，男人已经钻进了车里。

307 病房里没人，护士说病人去拍片子了，林摇光只好坐在门口等。半个多小时过去了，江遇推着轮椅的身影姗姗而至，她忙站起来，挥着手："江遇！"

"摇光。"江遇面容疲惫，眼神里却透着喜悦，对轮椅上面容憔悴的女人道，"妈妈，这是我同学林摇光，特意来看您的。"

"阿姨好！"林摇光忙打招呼，江遇妈妈看上去很虚弱，勉强点了下头，抬手指指病房的门，示意要进去。

"好，咱们去休息。"江遇推着母亲进了门。

病房里没有别人，江遇一个人忙前忙后，江母刚躺下，又要喝水。恰好病房里的水喝完了，江遇只好对林摇光说："摇光，麻烦你帮忙看她一会儿，我去打点水。"

"好的。"

江遇走过来轻轻在她手上一握，低语道："我妈一生病就爱撒娇，等会我爸来了，咱们就出去。"

"好……"

江遇出去了，江妈妈躺在床上，面对着墙一动不动，似乎睡着了，林摇光只好枯坐着。

"笃笃——"门被敲响，以为是江遇回来了，林摇光一跃而起，笑着开了门，却见一束绚烂的鲜花后池寒那张淡漠如水的脸，"鲜花、蛋糕都在这里，餐厅也订好了，你什么时候走?"

江妈妈不知何时坐了起来，脸上带着不悦："追女孩子都追到别人病房来了?"

"啊，不是的，阿姨，这是我……"

"摇光，这是谁?"江遇拎着水瓶进来，由于池寒高大的身躯挡住了半个门，他只好侧着身子，池寒往后退了一步，他才走进来。

他的目光盯着男人手里鲜红的玫瑰花。

"啊，我给阿姨订的蛋糕。"摇光夺过池寒手里的蛋糕，"米米家的，低脂无糖味道又好……"

"小遇，好吵啊，我想睡会儿。"江妈妈在床上轻声喊着，江遇忙走过去，扶她躺好，又起身洗杯子……

林摇光看他低着头忙碌，想要解释又怕吵到江妈妈，只好站在一边，等他把母亲照顾得躺下睡好了，才悄悄向江遇使眼色。

对方好像没看见，林摇光只好退到门外静静等待。

半晌，江遇出来了，目光瞟到不远处那个男人的身影还在，脸上便有些不高兴。

林摇光小鸟似的扑上去拽住他："快走吧，我朋友把餐厅都订好了!对了，送你的花!"她从椅子上拿起那束耀眼的红玫瑰。

"送我的?"江遇的嘴角奇怪地抽了一下。

"是啊……"林摇光笑着还要说什么，江遇把花轻轻放到一边的护士台上，"不好意思摇光，今晚恐怕不能陪你吃饭了，我爸爸有事来不了。"

"啊？"林摇光大失所望，"要不，让护士帮忙照看一下阿姨，餐厅很近的，吃个饭用不了多久……"

"改天吧。"他笑了笑，眼神又冲走廊尽头一瞟，脸色便暗淡了几分，转身进了病房。

林摇光在门外愣住。

他这是怎么了？

我究竟哪里做错了？

如果告诉他，我为了来赴他的约，路上差点儿丢了性命，他会不会对我态度好点？

走出医院的时候，天已经彻底黑透了，她的肚子咕噜噜发出抗议。可她想的，却是江遇没吃晚饭，看他最近似乎瘦了一大圈，她拿出在护士站充满电的手机，默默替他订了份外卖。

门口的路边，一辆黑色的汽车冲她闪了闪大灯。

林摇光被光刺得抬手挡脸，待看清楚，发现车里坐着的人是池寒。

她走过去，对方俯身打开车门："上车。"

"去哪儿？"

"兰香雪。"

兰香雪是池寒预订的餐厅，这人挺会选地方，这是一家非常适合约会的格调餐厅，朦朦胧胧的灯光，花香四溢的环境，不同风格的包间私密而温馨，菜品和服务更是一流。

当然价格也不菲。

林摇光只瞄了一眼菜价就有些坐不住，她冲正和服务员说话的池寒挤眉弄眼："其实……说不定附近还有更合适的馆子。"

餐厅里放着音乐，林摇光没听清池寒和服务员说了什么，只见女服务员笑盈盈地点头离开了，池寒喝了口茶，这才抬眼看她："你说什么？"

算了，林摇光咬牙，思忖着好歹林仙姿刚给她手机上转了1000块，转念一想那是半年后的事，她赶忙拿出手机查看零钱包，呵呵……她抹了一把头上冒出的冷汗，尴尬地朝对面气定神闲的男人笑："那个，我今天带的钱可能不太够。"

池寒：……

像是怕他们换地方似的，菜上得极快，转眼间各色菜品就端了上来，服务员笑靥如花，又送上甜汤和红酒，还捧了一大束芬芳洁白的栀子花。

"欢迎享用兰香雪的浪漫情侣套餐，祝二位用餐愉快，爱情甜蜜。"服务员将花送到林摇光手上，转身打了个手势，耳边便缓缓响起一段柔情婉转的萨克斯……

林摇光捧着栀子花目瞪口呆："这？"

灯下的池寒轮廓动人，把一碗汤盛好放到林摇光面前，漆黑的瞳仁里有她小小的影子："一个人也要好好吃饭，更何况，你现在不是一个人。"

林摇光皱眉："那花又是怎么回事？喂，姓池的，你不会是……想追我吧？"

本来只是随口一说，可话一出口便联想到他从认识到现在一直对自己有求必应，耐心帮助，难道这个人真对自己有意思？

她胡乱地想着，对面正盛汤的人却被惊得手一抖，汤匙掉进碗里，汤汁溅了出来，服务员见状赶忙上前，"先生，没有烫到吧？"

池寒摆摆手，抽出餐巾纸慢慢擦着袖口。

"花是情侣套餐中包含的，情侣套餐的餐费已经付过，位子不能退。这位小姐，你还有什么疑问吗？或者，你想放弃这顿大餐，去吃外面的苍蝇馆子？"

"哦，这样啊。"林摇光松了口气，把花放到一旁，低头划动面前的汤。

池寒说餐费已经付过，那就可以大吃一顿了啊，可为什么她还是开心不起来呢？林摇光看看对面的男人，面容也是秀色可餐的，可假如换成江遇，她不知道该有多欢喜……

两人默默地吃着菜，忽然林摇光招招手："服务员，麻烦开下酒！"

池寒看过来："酒很贵的。醉了别指望我背你。"

林摇光"哧"了一声："反正是你点的，我身上没钱，哎，再说我用你背？我的酒量……比试比试？"

"我没那恶习。"池寒自顾自地夹菜吃饭，仿佛填饱肚子才是顶顶大事。

"切。"林摇光白他一眼，纤白手指端起酒杯，指尖轻敲杯沿，嘴里哼道，"一人我饮酒醉，醉把佳人成双对，两眼是独相随，我只求他日能双归，娇女我轻扶琴，燕嬉我紫竹林，痴情红颜我心甘情愿，千里把那圣君寻……"

唱完了，自斟自饮，回想最近的悲催经历，林摇光化悲愤为食欲，敞开肚皮吃了个饱，不知不觉一瓶红酒也见了底。

对于平素不怎么沾酒的她来说，不醉是不可能的。

一会儿工夫，她已经面染飞霞双眼迷离，嘴里也絮絮叨叨，唱完了《一人饮酒醉》，又唱《算什么男人》，一会儿又是《达拉蹦跃》过于惊悚的节奏，把一旁伴奏的乐队搅得迷茫且无奈，最终只能在男客人同情的目光里悄然退下。

池寒的耳朵经历了一场不啻灾难的折磨，但他仍稳稳坐着，等对面的人终于不唱了，也不手舞足蹈了，他叫来服务员："麻烦做一碗醒酒汤来。"

服务员应声去了，林摇光却叫起来："谁要醒酒汤？谁醉了？我没醉！"

摇摇晃晃站起来，却头重脚轻，险些一头栽到桌上，池寒忙伸手，面色酡红的人就势靠进了他怀里，嘴里却嘀咕道："你谁啊？到底哪儿冒出来的？我又穿越了吗……告诉你一个秘密哦……"

醉了的林摇光把嘴巴贴到池寒的耳朵上，呵呵笑起来。

"你信不信，我有超能力哎……"

池寒想把她拉起来，他从没和异性如此亲近过——吻她那次？应该不算，那是为了帮她穿回半年前。

他低估了一个酒后女人的能量，此刻的林摇光像一只八爪鱼，紧紧黏在他怀里，他推了几次无果，只好绕过桌子，和她坐进同一张沙发。"你醉了。"他又一次强调，拽开她攀上自己胸膛的手，蹙眉道，"我不喜欢别人碰我。"

林摇光才不管这些，没说完的秘密是一定要说出来的，她"咯咯"笑了两声，附在他耳边道："我会穿越啊哥哥，只要和男人接吻，我就能穿越到某个时间点……"

池寒被她这一声"哥哥"撩得耳根发麻，从她嘴里说出的那些话，更是让人心头一晃，连没有沾酒的他也好似醉了一般，有些如堕云雾不知所在。

正混沌间，怀里的人忽然抽手离开，往桌子上一趴，哭了起来：

"可这些有什么用呢？即便我回到半年前，还是不能让他喜欢我……我喜欢了他两年，为了他，我连脸面、自尊都顾不得了，可他为什么还要这样对我？"

看着泪水涟涟的女孩，池寒双眉微蹙，眸光扑闪："再喜欢一个人，也不该丢了脸面和自尊。为不喜欢自己的人伤心，不值得。"

"你根本不懂!"林摇光叫起来,继续涕泪俱下,"你喜欢过一个人吗,你知道喜欢一个人的感觉吗?"

"怎样才算喜欢一个人?"池寒淡声问道,作为一个外星人,他从前根本不会考虑这个问题,也不屑于考虑,而此时此刻,他似乎对这个问题产生了一丝丝兴趣。

林摇光脸枕手臂,眼神幽幽地望向窗外的夜色:"喜欢一个人,就是甘愿把自己当作一粒尘埃。"

"那,对方呢?"

"对方?"她的目光移向天际,"自然就是那遥不可及的灿烂星光了。"

池寒扯扯唇,目光也随之飘出窗外:"对于茫茫宇宙而言,再璀璨的星光,也不过是一粒尘埃。"

"先生,醒酒汤来了。"

"谢谢。"池寒接过汤,盛了一勺,凑到林摇光唇边,"来,喝完汤,我送你回去。"

"哇——"林摇光忽然一歪身做呕吐状,吐倒是没吐出来,却把汤弄洒了两人一身。

池寒无语地丢下碗,抽出纸巾擦了下衣服,瞧着沙发上的人已醉得不省人事,只好把她抱起来扛在了肩上。

临走时他没忘带走那束栀子花——什么情侣套餐包含,这可是他亲自在花店选的。至于为什么选栀子花,池寒觉得,这种花很像她。

上车的时候,池寒看到路边站着一个男孩,身影跟刚才见过的江遇很像，他正犹豫要不要叫住他，对方扭头看了他们一眼，便快步穿过马路，消失在了黑暗中。

回到市区夜色已深，池寒只好将林摇光带回自己的住处。

身上一股醒酒汤的怪味，将她往床上一扔，池寒便赶忙去洗澡换衣服，自己收拾干净了回到房间，空气中仍有浓重的酸辛气味丝丝浮动。

他的目光投向床上人身上，替她洗个澡的念头刚刚冒出来，就被自己强行摁了下去——不管怎么说，男女有别，这是他从上回给她换衣服后得出的教训。

眼不见为净，他打算到客厅里对付一宿。刚刚转身，只听"汪"一声低叫，石头不知何时跑了进来，毛茸茸的脑袋拱着林摇光的脸，还伸出舌头在她脸上舔来舔去。

"石头，快过来！"他赶忙走过去，想要把狗弄开，林摇光却忽然翻了个身，腿一抬抵住了池寒的胸口。

池寒僵在原地。

他不敢动，也不敢去看那条光滑美好的腿，他感到口干，呼吸也乱了节奏，有热意悄悄从心口升起，渐渐漫升至耳朵、脸颊，冲撞着他的神经，他听到了自己"扑通扑通"的心跳声。

一幕幕本已消退的片段也在脑海里清晰地浮现出来：她内衣的颜色，她嘴唇的温度，她眼里的光芒……

石头黑亮的眼睛盯着他。

轻轻握住她的脚踝，池寒将林摇光的腿放回床上，赶忙转身出了房间。

放任她喝酒就是个错，把酒醉的她带回家更是错上加错。

坐回客厅沙发，池寒才发现自己一身汗，九月底的天气已不算热，他起身把所有窗户全部打开。

忽然，一道幽幽的光在院墙外一闪而过，他停下动作，无声走了出去。

天光熹微时，林摇光艰难地睁开了眼，喉咙干得要命，她翻身下床，走了两步才发现不是在自己宿舍。

这是哪里？

借着初亮的天色，她看清了房间，一个偌大的卧室，简洁到只有一张床，一面摆满书籍的书架墙，还有一只立式木衣架，架子上挂着一套男人衣裤。

这是男人的卧室？

卧室门被"吱"一声推开，林摇光吓得往后一退，却见浑身黑油油的卷毛狗跑了进来，亲昵地围着她摇尾巴。

石头？

她蹲下身摸石头的脑袋，看了下门口，并没见池寒进来，好吧，昨晚八成在他面前出了糗，林摇光忽然吸吸鼻子，"什么味道这么难闻？"

待察觉是自己身上散发出来的气味，她自我嫌弃了一下，"石头，你家浴室在哪儿？"

从衣架上取了件男式衬衫，林摇光蹑手蹑脚出了房间，生怕迎面撞到房子的主人。

还好，走廊、客厅都没见人影，她暗自庆幸，进了浴室，把石头弄出去，反锁好门，这才放心脱了衣服，把水开到最大，痛快地冲洗着。

说也奇怪，本来昨天特别难过，但大醉一场又好好睡了一觉之后，她感觉自己再次元气满满。

看来虽然回到了半年前，但是这个半年前，和她之前经历的并不一样，穿越之前她明明是和江遇一起看红月亮的，而穿回来的这个 9 月 18 日晚上，江遇根本没有赴她的约。

不管究竟出了什么状况，林摇光要追到江遇的决心一点也没有改变，"你等着吧，江遇，我肯定把你追回来！"

话音刚落，浴室的门似乎响了一下，林摇光赶忙关掉花洒，喊道："谁？"

门被推动，发出咯噔咯噔的响声，林摇光慌起来，赶忙拉过衣服往身上穿，问："等一下，是你吗，池寒？"

"嘭"一声，门锁掉落在地，一个人影立在浴室门口，林摇光大叫一声，退回浴室蹲在地上——她衬衫扣子还没扣上呢！

"出来吧，外面没别人。"

竟是一个女孩的声音。

长长的头发扎成马尾，一双笔直的腿被及膝的长靴包裹着，白衬衫束在修身牛仔裤里，最让人难忘的是她那副堪称完美的五官，一双眼睛居然呈现出宝石样的绿色，是混血儿吗？

林摇光打量着她的美貌，女孩却乜她一眼，冷声让她动作快点。

"你是……"林摇光心虚地想，不会是池寒的女朋友吧？虽然自己什么都没做，可毕竟在单身男人家里过夜了啊！于是结结巴巴道："你，你别误会啊……我和池寒什么事都没有。"

女孩"哧"地冷笑出声："你倒是敢想，当他是什么人？"

"不敢，不敢。"林摇光表现出极强的求生欲，"我这就走。"

"等等。"女孩拦住她，目光在她光溜溜的腿上扫了扫，转身出门，须臾间，手里多了套制服样的灰色连体衣，"把这个换上。"

虽然不喜欢她命令的口吻，但好歹是件合体的女装，林摇光接过衣服回浴室换好出来，"谢谢啊，那我走了……"

她话音未落，右腕便被女孩攥住，只听"咔嗒"一声，一副手铐将她的手和女孩的手锁在了一起，"你要干吗？"林摇光大叫。

"别废话！"女孩拽起她便走，看起来柔弱娇俏的一个人，没想到力大如牛，林摇光毫无招架之力，就被拖上楼梯，带上了顶楼。

楼顶不知何时停着一架直升机，女孩将林摇光拖进直升机，对前方的驾驶员说了句什么，直升机引擎启动，螺旋桨划出巨大的气流，把林摇光的叫喊声淹没。

这时，一个黑影冲了过来，对着尚未离地的直升机狂吠，女孩竖起食指嘘了一声："石头乖，快回去！"

说也怪，石头停止叫唤，眼看直升机就要飞向天空，林摇光拼命地扑向机舱门，高呼道："石头，池寒！池寒！救我！"

第四章　荒岛

池寒是清晨 7 点的时候回家的，他面色苍白，裤腿和鞋子上沾满泥巴，手背和脸颊也被划出几道血痕。

他疲惫地走进洗手间，刚打开花洒，便闻到了不属于自己的气息，对了，那是年轻女性特有的馨香。他心头微动，快速冲洗干净，擦着湿漉漉的头发出来时，发现一身铠甲的猎时兽正蹲在门口，晨光照射在它身上，泛出耀眼的光芒。

“你怎么回事？”池寒皱眉，下达命令，“快变回去！待会她要看到了，我怎么解释？”

“她看不到的。”石头一恢复猎时兽的身份，风格即由软萌转作高冷，“你不在这会儿，朱雀小姐带走了她。”

朱雀？

糟了！池寒忙扯了件衬衫穿上，冲猎时兽打了声呼哨：“快带我去找她！”

“去哪里找？”猎时兽扭扭脖子，“朱雀是用直升机带她走的，这会儿说不定快到基地了。”

“别忘了，你是一只猎犬。”

"猎时兽。"猎时兽悻悻纠正，"和猎犬差别大了去。"

池寒懒得和它斗嘴，快步上楼，在一扇铁门前输入密码，门缓缓打开，一架崭新精巧的直升机赫然出现。他跳上机舱，打开引擎，回头看石头还站在地上，忍不住眸光凛冽："还磨蹭什么？林摇光要是现在到基地，那就是一个死。我们必须在半路拦住朱雀。"

顶楼的天花板缓缓打开，直升机破空而出，与东方升起的太阳一起融进红霞万丈中。

"小妹妹，哦不，姐姐你们是什么人啊？我就是一个普通的穷学生，支付宝里连一千块也没有，你们抓我到底想干什么……"林摇光哀求着，由于挣扎得厉害，她的两只手都被朱雀锁上，稍微一动便疼得要命。

"林摇光。"朱雀冷笑着看她，"难道池寒没有告诉你吗？你可不是什么普通人，放心，我不会伤你，只是需要你跟我走一趟，确认一些事情。"

"可是，我真的什么也不知道呀！"身处万米高空，林摇光往外瞟了一眼，吓得赶忙缩回来，也不敢造次，生怕被这个凶悍的小姑娘丢到外面，"你还会送我回来吗？"

朱雀极累的模样，闭着眼靠在座椅上："只要你乖乖听话，我保证将你完璧归赵。"

小姑娘成语运用得不大恰当啊，不过顾不得这些，林摇光老实坐好，祈祷她说的都是真的。

飞机穿过重重云层，城市、田野都被抛在了高空之下，忽然朱雀耳朵里通信器响了起来。

"嬴木，怎么了？"

"S追过去了，你小心点。"

"怎么，用了一晚上你还没把他引开吗？真是废物！"朱雀气恼地叫起来。

"我根本不是他的对手。而且，他似乎认出了我。"

朱雀俏丽的脸上神情凝重，略一思忖，说："你最近不要出现在他面前……"说着忽然发现身旁的林摇光竖着耳朵偷听，她杏目圆睁，林摇光识趣，赶忙把脸扭向一边。

朱雀换了种语言，叽里咕噜和通信器里的人一阵交流，紧接着向飞行员道："降低高度，找到最近的陆地降落。"

飞行员道："现在我们在海上，最近的陆地也得一百公里外。"

"那就加快速度！"

朱雀话音未落，忽然直升机的尾部剧烈一颤，飞行员大叫起来："有架直升机撞了我们！"

朱雀的耳机里响起池寒的声音："朱雀，你在搞什么？快把林摇光给我送回来！"

"池寒，是池寒！"林摇光听出池寒的声音后，扭身便往窗口爬，只见池寒开着一架直升机从后方绕过来，与这架飞机并肩而行。

在几万米的高空再见到他，林摇光心头一热，差点哭出来。朱雀横她一眼，扬手在她脑后一劈，林摇光被打晕了过去。

池寒满脸阴鸷，声音冰冷："你疯了吗？她要是出了什么差池，我们都得被流放。"

朱雀令飞行员控制好飞机，笑道："你到底是为了我们，还是担心她的安危？"

"别废话，十分钟后有个小岛，在那里着陆，把她还给我。"

朱雀心头酸涩，目光在昏倒的林摇光的脸上睃巡片刻，声音僵冷地下了指令："十分钟后着陆。"

就这样，两架直升机一前一后地飞行了约十分钟，一座小岛出现在视线里。

"朱雀，降低高度，准备着陆。"耳机里，池寒再次发来指令。

朱雀扭头看向身后不离不弃的飞机，笑得咬牙切齿："好。池寒，我把她还给你，但是你要记住，林摇光迟早是要到基地的。"

�出机上的紧急降落伞把林摇光绑好，朱雀猛地打开机舱门，用力一推，将林摇光抛下了高空。

随后，朱雀将通信器调到一个加密频道："抱歉，博士，出了一些变故……"

原本打算在岛上着陆的池寒看到林摇光被从直升机里抛了出来，那一刻，他什么也来不及想，将飞机调为自动驾驶

模式，快速打开舱门，从高空一跃而下。

正在通话的朱雀被这一幕惊呆，压根顾不得耳机里的咆哮，她紧盯着池寒，发现他根本没穿降落伞。

疯了吗？她大叫一声"池寒"，却见那个渐渐小如黑点的人影扑向正在迅速下坠的林摇光。

林摇光即将坠落地面时，降落伞打开了，从天而降的池寒也在千钧一发之际抱住了她。

两人滚落地面。

朱雀瘫坐在机舱里，大汗淋漓——差一点儿，自己就害死了他。

"我们现在去哪里？"飞行员问。

"深渊。"朱雀声音喑哑，她抓了抓头发，决定去见奇博士——她要告诉他，擅自带走异能者是个坏透了的主意，一旦这个女孩出了问题，别说自己和池寒要受连累，整个时间管理局的时光茧计划都要受影响。

浓雾弥漫，睁开眼和闭上眼，其实没多大区别，视野里都是黑的，倾盆而下的雨并没有给海面带来一丝光亮。

林摇光是被一股刺骨的寒意冻醒的，唰唰的雨声响彻耳边，她微微动身，后腰处一阵钻心的疼，她伸手一摸，指尖一片黏腻。

坠机了吗？她记得昏倒前看到过池寒，他在哪里？

好在除了腰上的伤，身体其他部位都可以动，她慢慢爬起来，视线渐渐适应了黑暗，也看清了一些东西。

海，绵延无尽的海，身后黑黢黢的，估计就是唯一能栖身的小岛。

她打算往岛上走，可是刚迈开脚步，腰上感觉一紧，有什么东西扯住了她。

绳子。

林摇光沿着绳子摸索过去，忽然，一只冰凉的手紧紧攥住了她。

鬼啊！林摇光尖叫，用力甩了几下，那只手却死死卡在她的手腕上。

"是……我。"

微弱的声音让林摇光心中一抖，她连滚带爬地摸过去，发现了礁石旁躺着一个人。

"池寒，是你吗？"手指触到一片黏湿的伤口，许是被弄疼，地上的人发出微弱的呻吟。

林摇光赶忙扶起他的头，果然是池寒，雨水冲刷着他的脸，平日里中气十足的声音此刻听起来无比虚弱："扶我起来……往北走。"

"伤到哪里了？"林摇光问着，拼尽全力将他扶起来，池寒已经没有力气讲话，紧紧靠在她的肩头，艰难地往岛上走去。

这里有一处断崖，崖下有一个石洞，林摇光半拖半拉地把池寒弄进洞里，让他靠着洞壁坐下，自己也因为腰疼，龇牙咧嘴地趴在了一块石头上。

风在洞口呼啸，野兽似的，缓了一会儿，林摇光觉得冷意直往四体百骸里钻，牙齿也止不住咯咯打战。

一直闭着眼的男人发出暗哑的声音："过来。"

林摇光缓了一会儿，捂着腰挪过去，借着洞口微弱的光，只见他浑身湿透，腹部淋淋漓漓都是鲜血，双眼闭着，鸦黑睫毛贴在煞白的脸上。

情况不妙，想必是坠落的时候被礁石刺伤了，得赶快止血。

止血。止血。林摇光念叨着，目光落在自己的衣服上，但这是那个女孩的衣服，不知用什么材料制成的，格外结实，她撕了半天也没撕破。

就在这时，几声犬吠在洞口响起，池寒的眼皮微微一动，林摇光反应了一会儿，忽然大叫起来："石头，石头，我们在这里！"

一身乌黑的石头叼着一只精巧的箱子跑进洞里，林摇光打开看到里面的东西，立刻抱着石头湿漉漉的脑袋亲了一口："石头，你来得真是太及时了！"

箱子里有应急药物、手电、火柴，还有饮用水和压缩饼干。

林摇光在箱子里发现了一些膏状贴剂，打开手电看了看，说明书不知是哪国语言，根本看不懂。

"这个能止血吗？"她在池寒面前举起膏药，可对方似乎已经昏迷，林摇光一阵心慌，也不管对不对症，撕下一片就来找他的伤口。

找到了流血的伤口，林摇光却犯了难。伤在小腹偏左，池寒穿着长裤，要贴药必须解开皮带。

"那个……通知你一声，我要给你贴药了。"

没反应，看来是真的昏迷了……这样也好，免得尴尬。林摇光开始动手解他的皮带。

可谁知男人的皮带扣那么难解，林摇光摸来摸去不得法，后背都急出了一层汗，不禁道："这破玩意儿怎么弄？"

一只手兀地压上她的手背。

林摇光抬头，只见奄奄一息的男人睁眼盯着她，深邃眼里目光似刀，活像自己遭到了侵犯。

像是用尽了力气，他把她的手拂到一边，然后在那枚镂刻着"S"的皮带扣上拨了一下。

质地柔软的皮带松开，池寒瞟了她一眼，脸沉沉扭向一边。

林摇光心跳怦怦，皮带是解开了，接下来还得脱裤子。气氛着实尴尬，她轻咳一声，故作轻松："嗨，这有什么呀，医者父母心，命比面子可重要多了，对吧……"

池寒紧紧闭着眼，睫毛一颤一颤，想要用力抬一抬胳膊，终究不成。林摇光说着话，动作飞快地拉开男式长裤的裤链，然后扒低他的内衣，把药轻轻贴了上去……

空气里静得过分，连洞外的风都好像停止了奔跑。

不过贴一张药膏，林摇光觉得自己像跑了一千米。

满头大汗地在一边坐下，她长嘘一口气，看药膏还有不少，便反手给自己后腰上也来了一张。

没想到刚贴上去，疼痛就减轻不少，她叹了句"神奇"，转身把池寒的衬衫整理好，本要替他拉上裤链，一想还是算了，转身去找东西生火。

洞里有人迹，想必出海的渔民曾在这里躲过风浪，林摇光借着手电的光找到一些零散的木枝，捡拾成一堆，慢慢生起火来。

…………

"你为什么要骗我？"

一双幽怨的眼睛看过来，林摇光心头一室，惊喜地冲眼前出现的人道："江遇，是你？"

她想要去拉江遇的手，对方却轻轻避开，声音里带着冷涩："林摇光，你为什么骗我？"

林摇光的手停在空中，"骗你？江遇，我那么喜欢你，怎么会骗你？"

她满脸委屈，江遇却只是摇摇头，目光里是层叠的失落："不，你喜欢的人，根本不是我。"

"我喜欢的人怎么不是你？"林摇光急得叫起来，心在胸腔里急切地跳着，面前的江遇似乎与她隔着一层薄雾，她想去触碰，又怕将他惊走。

他面容安静地看着她："林摇光，那你告诉我，你是从什么时候开始喜欢我的？"

　　"两年前的秋天啊。"林摇光迫不及待地想要证实自己的话，"十一长假，我和晴子相约去星空古堡看星云，结果恰好遇见你也在那里。你是一个人来的，那天心情似乎很不好，我们邀你一起登塔。在塔顶，你教会我认识了仙女座大星云。我想，大概是从那时起，我喜欢上了你。"林摇光回忆着，一丝甜蜜爬上嘴角。

　　"是吗？"江遇的脸在雾气里若隐若现，语气里根本没有认可的意思。

　　林摇光忙道："当然是的！你忘记了？你向我告白那次，我跟你说过这件事的。"

　　江遇脸上泛起一丝寡淡的笑，他摇摇头，却比上次更加坚定："林摇光，全是错的。你的时间之河就摆在面前，仔细看看吧，你会明白一切。"

　　就在此时，江遇面前的薄雾似乎骤然变浓，接着开始缓缓流动、变形、汇聚，最终横陈在林摇光面前的，是一条浅白色纽带般的雾团，而江遇的身影已在轻雾变幻中悄然不见。

　　这就是时间之河吗？

　　林摇光不由抬手轻触，指尖无物，只是仔细去看，那乳色雾团中却有景物若隐若现——乌青色的远山，高耸的尖塔，连绵的建筑……啊，那是星空古堡！

几个小小的人影黑点似的坐在塔顶的平台上，细细去看，其中一个男孩的手臂指向了天空，那里，仙女座大星云如梦似幻。

江遇！

她几乎失声叫出，一种激动的感觉自心间漫出："我没有撒谎，一切都没有错！"

男孩的脸转了过来，这时眼前的景象像被忽然推近的镜头，林摇光看清了那张脸，激动却戛然而止。

"你……是谁？"惊愕卡在喉中，没有人给她回答。

时间之河里，三个年轻人说说笑笑，像青春电影里唯美的镜头，她看到了青涩的自己，看到了晴子，却唯独没有看到江遇，那个代替了江遇位置的男孩，清秀俊雅，眉眼陌生，却又说不清地给人一种似曾相识的感觉。

错了，的确是错了！

她喃喃叫着，猛地伸手一挥，眼前的雾团被倏然驱散。静默了片刻，耳朵里忽然炸开一道惊雷，紧接着，一阵倾盆大雨兜头而下。

周围变成黑压压的密林，林摇光似乎身处一个山坳里的小小院落——对了，这是外公的家。

闪电不时映亮破旧的院落，风呼啸狂奔，似要掀翻屋顶，可是妈妈不见了，连外公也不见了，林摇光浑身湿透，手足无措，不由得大喊："妈妈，妈妈，外公——"

"姐姐——"

寒意刺骨，全世界仿佛只剩下无尽的雨和黑暗，绝望如巨兽将林摇光紧紧攫住，她浑身颤抖，无法呼吸。忽然，一束破空而来的光亮刺穿雨夜，映在了她的身上。

她伸出手，想要紧紧握住那一抹光。

池寒是被林摇光的手臂箍醒的。

睁开眼睛时，洞里一片暗淡，木料燃尽的火堆早已熄灭，空气里寒冷逼人。

两条胳膊以环抱的姿势将他的腰紧紧抱着，即使隔着衬衫，池寒也感觉得到，那手指的力度大到几乎抠进了他的皮肉。

尽管不是人类，作为货真价实的血肉之躯，池寒这个天权星人也是有疼痛感知的。

他推了推怀里的人。

然后他听到黑暗中牙齿打架的微弱战栗声。

她的脸紧紧地贴在他的胸口，急促不均的呼吸声就在他的耳边，想必是做了噩梦。

他拍了拍林摇光的后背，试图将她唤醒，但她仿佛沉浸在深深的梦魇中，浑身冷汗，没有回应。

池寒犹豫片刻，抬起胳膊将她拢进怀里。她湿凉的脸庞触到他下巴的那一刻，他的心头颤了一下，但很快，他调整好呼吸，尽力用已经恢复如初的体温去温暖她。

渐渐地，怀里的人停止了颤抖，睡眠中的呼吸渐渐变得平稳。

熹微的天光从洞口射进来时，林摇光动动脖子，醒了过来。

虽然后背被石壁硌得疼，好在身体暖融融的，她睁开眼，怀里突然有什么一动，她吓得一声尖叫，把窝在她怀里睡觉的石头也吓得跳到地上连声狂吠。

叫声惊动了洞外的池寒，他脚步飞快地冲进来，手里修理直升机用的扳手掉在地上发出"咣当"的轻响。

"怎么了？"

池寒说话的瞬间，一束晨光从洞外射进来，温柔地映亮了他的脸庞。林摇光在目光落到他脸上的那一刻，脑中忽然嗡的一下，心脏像被人用火药轰出了一块缺口。

眼前这张脸，与梦里那张脸忽然拉近、贴合、重叠，最终完完全全汇聚成了一个完整的形象。

"2057年10月1日，星空古堡，仙女座大星云。"她一眨不眨地盯着他，口中喃喃，脸上却充满了不可思议的迷茫和疑惑："那个人是你？那个人怎么会是你？池寒，你到底……对我做了什么？"

池寒微微拧眉，往前走了两步："你到底怎么了？"

林摇光做了一个禁止他向前的手势，惊骇的目光里透着质疑和警惕："你修改了我的记忆，对吗？你把我记忆中所有关于江遇的事情，全都修改掉了，所以才造成今天这样的局面，哪怕我努力回到我和江遇的开始，也总有这样那样的阴差阳错阻隔在我们之间……这一切，都是你做的，池寒，我说得没错吧？"

池寒的眉头拧得更紧，黑眸沉沉地在她身上扫视后，确认她没有受到任何伤害，便弯腰捡起地上的扳手，一言不发地转身走出山洞。

"喂，池寒，你还没回答我的问题！"林摇光叫着，快步追上去，一把扯住他的衬衫衣摆，"星空古堡，仙女座大星云，你从来没有听说过是不是，告诉我，你根本就没有登上过那个塔顶！"

洞口的阳光霍然热烈，如一把金粉洒在池寒肩上。忽然，他驻足转身，林摇光刹步不及，险些撞到他胸前。

他看着她，目光像此刻的大海，平静中隐藏着浩荡波涛。

"仙女座大星云，又名仙女星系，直径22万光年，距离地球254万光年，是距银河系最近的大星系，也是人类肉眼可见最遥远的天体。"池寒缓缓启唇，逆光中的脸庞挂着一丝难以捕捉的异样温柔。

林摇光心头一惊，这不是……但她很快沉下脸，冷声道："常识而已。"

俊美的脸上几不可见地笑了一下，池寒的声音愈发缓慢、轻柔，深海般的眸光将近在咫尺的林摇光轻轻包裹："我不知道我的未来会怎样，但我希望未来的每一天里，都有你。"

林摇光心头的那个缺口被彻底洞穿，她震惊得几乎站不稳："怎么会？你怎么会知道……"

那明明是，当初她向江遇告白时说的话。

池寒转头看向远方，茫茫海天交接处，几艘货船缓缓航行。

"骗子！池寒，你就是个大骗子！"林摇光狠狠在他胸前捶了一下，待要进行第二下时，池寒握住她的手腕，眼神遥远得像从另一个时空穿越而来，"我确实去过那里。"说完，他起身走向直升机。

林摇光瘫坐在地上，不知何时飘来的乌云遮住了太阳，海上起了风，一阵阵寒意往身体里钻。

一阵巨大的轰鸣声响起，直升机的螺旋桨转了起来，池寒的声音被海风吹过来："走吧，要变天了。"

海上的天气瞬息万变，清晨还是晴空万里，不一会儿，刚刚跃出海岸线的太阳就被一大块乌云遮了个严严实实。

风雨来的时候，一架精巧的直升机在距离砚城数千公里的小岛上降落，岛北面背风的地面上，两扇半圆形的巨大灰门缓缓打开，直升机如一只小鸟垂直钻入，及时避开了外面的风浪。

约半分钟后，直升机在地面停稳，一名年轻女子从直升机上下来。

"罗奇，罗奇！你给我出来！"

原本就清亮的女声在这个从小岛腹部掏出的空间里，显得愈发嘹亮、刺耳。

这个地方从地面上看不过是一扇极易隐身的大门，里面却别有洞天，不仅空间极大，而且结构复杂。她快步走在一条长长的甬道上，奇怪的是，从她进入"深渊"到现在，别说是人，连个鬼影子都没见。

"奇博士，罗奇！"她又喊了几声，有些气急败坏，一抬脚踢爆了甬道旁边一盏忽明忽暗的灯。

"再不出来，我炸了你这座岛！"

眼看又是一脚，这时一个身影出现在甬道尽头。

但他不是奇博士。

"你是谁？"

"我是谁并不重要。"身影发出声音，缓缓朝这边走来，大概是腿脚受过伤，走路姿势略显奇怪。

渐渐近了，朱雀看清了来人。这是一个五十多岁的男人，瘦削的身材，穿着黑色的中式薄衫，拥有一张轮廓分明的脸，只是头发几乎白尽，衬得一双略陷的眼睛愈发黑亮，透着精亮的光。

"姑娘，没有带来罗奇想要的人，他是不会见你的。"男人幽幽看着她，双手扶着一根银色拐杖。

"他以为自己是谁？基地的叛逃者，若我去安特局长那里告状，你这里都要被炸平。"朱雀不满地打量着四周，一脸怀疑道："再说了，如果我真的带来异能者，他敢保证能研制出一模一样的时光茧？"

"那是自然。"男人一脸自信地笑了起来，皱纹堆在眼角，映得目光也柔和了些，"只要你带来异能者，我们保证，你想要的都能实现。"

这句话戳中她的软肋，朱雀的态度缓和了些，"你转告罗奇，我不清楚安特交代给S任务的具体细节，只知道，S对那个异能者看得很紧，这次贸然出手，已经打草惊蛇，想要再得手，只怕不易。"

"那就看你朱雀小姐的本事了。"白发男人笑了笑，"英雄难过美人关，据我所知，在这点上，天权星人和地球人类没多大差别，朱雀小姐……S再厉害，也是个男人，你不要失去机会。"

听到这话，朱雀原本傲然的脸上现出几分茫然，"他……"

他的确是个有血有肉的男人，可他认认真真地看过自己这个女人一眼吗？

思绪恍惚间，拐杖敲击地面的声音响起，朱雀抬眼，白发男人已消失在甬道尽头。

林摇光被池寒带回那个院子。第一次来这里时，院子姹紫嫣红芬芳正盛，这一次却是秋叶飒飒，唯有南墙下的碧竹在雨中愈发苍翠。

一路上她都没跟池寒说什么话。他也绷着脸，不做任何解释。

林摇光冲进房间换回自己原来的衣服，气鼓鼓地准备离开。

雨滴滴答答下着，石头尾巴似的跟着她出了门，林摇光回头驱了几次无果，狠狠心走出了半条街的距离，石头还是摇着尾巴亦步亦趋，似乎打定了主意要黏着她。

"喂，待会他找不到你要着急的，石头听话，快回去！"林摇光抬头抹了一把被雨淋湿的脸，遥遥看向自己刚刚离开的方向，除了茫茫雨雾，什么也没看到。

"汪汪！"石头忽然冲她叫了两声，湿漉漉的大眼睛衬着湿漉漉的皮毛，显得格外可怜。

她蹲下身，抚着石头的头："乖，我真的不能带你走，因为我要去找江遇……如果他知道你的主人是谁，一定会不高兴的。石头，下次有机会，我带你回学校……"

"石头，回去！"一声冷清的呵斥。

不知何时出现的池寒，撑着一把伞站在路边，如烟似梦的雨雾下，他眸光深幽，面容沉沉。

林摇光站起身，没有抬眼接他的目光，转身要走时，一把伞塞进了她手里。

"真那么喜欢他的话，不妨 9 月 18 日晚上看看，不过，我要提醒你——看红月亮的时候，不要和他有任何肢体接触。"

他说完忽然上前，在林摇光还来不及开口说话的瞬间，低头在她唇上落下轻吻。

雨伞翻飞，霭霭烟雨遮掩了一切。

2058 年 9 月 18 日，一切仿佛又回到起点。

宿舍门在身后啪一声关上时，舍友们年轻的笑声消失，林摇光走在长长的走廊里，一盏盏灯应声亮起，她忽然停住脚步，怔住。

身边不断跑过打扮得漂亮动人的女孩子，脚步迫不及待地要将她们带到心爱的人身边，然后一起看红月亮，在这一罕见的奇观下许一个对爱情的美好心愿。

曾经的林摇光和她们一样。

可是现在，她的脚步似乎重得一步也抬不起来。

手机嗡了一声，一条微信传来。

"我在楼下等你。"

是江遇。

迈开步子的一瞬，林摇光下意识地回头，四处张望，然而，除了脚步凌乱的女孩子们，并没其他人。

她嘘了口气，怀着说不清是失望还是轻松的心情下了楼。

没想到外面却下着小雨，傍晚的雨帘被灯光照着，迷蒙得让人恍惚，但林摇光确定自己是回到了这一天，因为周围的人都在谈论着红月亮。

江遇从躲雨的超市门口跑上来，微笑略带羞涩："没想到竟会下雨，你冷不冷？"说着伸手想要将她握住。

林摇光下意识地一退，脱口而出："不冷。"

江遇的手讪讪收了回去，许是怕再尴尬，他双手插兜，微笑着继续谈论天气："天气预报说今晚晴朗，还说能看到百年不遇的红月亮，看来净是无稽之谈。"

林摇光抬头看向天空，幽深的天空细密地飘着秋雨，哪里有月亮的踪影。

竟没想到是这样的情形，她摇摇头，喃喃自语："也许，错过了就是错过了。"

"从没见过的东西，再美好也算不上错过。"江遇不以为意的样子，提议道，"不如我们去看电影？咦，你带着伞，我来撑开它……你的裙子就要淋湿了。"

他伸手来拿她的伞，林摇光这才意识到自己手里居然一直攥着一把伞。

她蓦地寻找起来，目光越过三五成群的年轻男女、影影绰绰的路灯，在远得几乎超出视力范围的一棵大法国梧桐下，一抹身影如水墨画中氤氲的一笔。

林摇光僵住，不久之前的雨中，那个突如其来的吻带给自己的震颤还残留心间，她心思恍惚，再去定睛，那里已空空成一片白。

"摇光——"江遇上前拉她的手，"你在看什么？"

"啊！"神思不属的林摇光被吓了一跳，下意识推开江遇，却把对方手里的伞碰掉在地上。

江遇捡起伞，面色讪讪："怎么了今天，不舒服吗？"说着伸手摸她额头，却再次被闪开，这下他的脸色彻底沉下来。

林摇光不知该如何解释，告诉他自己是听了别人的嘱咐，担心再次穿越所以才避免和他肢体接触？简直是天方夜谭。

再这样下去事情又得搞砸，她赶忙找话题："要不我们去看电影吧，好久没吃爆米花了，待会要买个大桶的。"

要放在以往，她可以想象，江遇一定会满眼宠溺地摸着她的头说"没问题"，可是她今晚的反常举动许是刺伤了他。男孩仰头看天，唇角淡淡一抹冷笑："雨停了，你瞧，红月亮就要出现了。"

果真，方才还乌云密布的天空居然变得清朗起来，藏蓝色的天幕丝绒般清澈，几缕云彩像帷幕渐渐将夜空的舞台推开，月亮含羞带涩地、款款柔情地盛装登场。

时间仿佛又回到了那一天，不，的确是又回到了那一天、那一刻，然而对林摇光来说，这种感觉却是非常奇异的，她想起池寒的话，知道红月亮出现的时候，在她身上一定会发生些什么……事情到了这一步，她很想知道接下来会发生什么。

池寒说过，不要和江遇有任何肢体接触。

一瞬的黯淡之后，月亮一角变红，从古铜色渐渐转为暗红，紧接着面积越来越大。等整个月亮变成一团血红的时候，周围响起各种惊呼声，情侣们牵起了手，或拥抱着，婆婆树影下，甚至有人接起吻来。林摇光一扭头，发现江遇注视着她，一双清澈的眸子里写着深深浅浅的情愫。

"干吗这么看着我？"她脸色微红，低下了头。江遇笑了一下，说："没什么，忽然觉得你跟之前不一样了。"

"怎，怎么不一样，我还是我嘛！"林摇光有些心虚，手指转着那把伞。听到江遇又道："摇光，你确定……此时此刻，你的心意和之前对我是一模一样，没有任何改变吗？"

林摇光愣了一下，抬起头："当然，江遇，我一直……一直很喜欢你呀……"

最后一个感叹词还没发出，她的声音突然被堵住，在朦胧暗淡的红月亮之下，江遇倾身上来，吻住了林摇光。

他的吻很轻，充其量只是碰到了她的嘴唇，可在林摇光脑海里，不啻为点燃了一枚炸弹，她的第一念头是：糟了，这下又该穿了！

她不知道这次会跳到哪个时间点，可隐隐的，她竟觉得有点对不起池寒，毕竟他嘱咐过的……

她走神的时候，江遇已经离开她的唇，用手在她头顶爱怜地抚了抚："那就这么说定了，从现在起，林摇光，我是你的啦。"

红月亮渐渐变淡，这世界上，所有奇观的出现都不过是昙花一现，渐渐恢复了正常的月亮其实不过还是那个月亮。

人群渐渐散去，林摇光惊奇地发现，什么都没有发生——除了江遇主动吻了她，并和她确定了关系。

什么都没有发生，这意味着她曾经担心的都已消失，她苦苦追求的已经到来——江遇接受了她。

该有的惊喜、激动却似乎并没那么强烈，这时江遇的手机响起来，他拿出匆匆一瞥后又塞进口袋，然后握住林摇光的手，"我们去看电影？"

莫名的，她竟有些怅然，"要不改天吧，我突然有点不大舒服。"

"怎么了？"

"头有点痛。"林摇光抽出手扶住额头。

江遇有些失望，但看她脸色苍白，便送她到了宿舍楼下。

躺到床上那一刻，林摇光几乎感觉体力不支，好在宿舍姑娘们都还没回来，难得的安静。她拉过被子盖在脸上，心里一个劲地想：他骗了我，明明我和江遇接了吻，可这一次，什么都没发生，反而一切都回到了正轨……

对啊，生活回到了正轨，应该高兴不是吗？自己为什么竟会感到失落呢？

林摇光想起那把伞，于是坐起来。

打开伞，细细端详，不过是一把普通的黑色折叠伞，手柄透明如水晶，触感温润，她不由想起自己最后那刻，他在雨雾中走上前吻她时的样子。

他为什么要帮她呢？

那个吻，真的纯粹是为了帮她穿越吗？

第五章　正轨

生活真的回归了原来的样子，一切都沿着正常的轨迹往下走着，她没有错过江遇，也没有经历爆炸，倒是几个月后，网上有条新闻，报道的是永新化工厂的一起爆炸事故。事故不大，只有一人受了轻伤，据说是因为工人都放了假，只有厂长儿子一人值班，而起火原因是他在易燃易爆品区抽烟。

舍友谈论这件事时，林摇光只是笑笑。江遇打电话约她晚上去看电影，听说是自己最喜欢的导演出了新作，她应下来，收拾一番，匆匆出门。

她到得早了，江遇还没下来，男生宿舍楼下站了一个女生，窈窕动人的背影引来不少男生的目光。

女生一偏头，林摇光立即认出，是苏露。

恰在此时，江遇从宿舍楼走出来，苏露走上前去。

林摇光没有往前，而是闪身躲在了一棵树后面。

隔着一段距离，她静静地观察着两个人。

看得出来，苏露的确是喜欢江遇的，只见她热情雀跃地上前，小心却又谨慎地微笑，和江遇说了几句什么之后，笑容渐渐消失，美丽的脸上满是委屈，她拿手开始抹泪，江遇的神情则从惊讶到不耐烦，最终发展到面无表情的沉默，过了一会儿她看到苏露轻轻拽着江遇的袖口，而男孩的脸色似乎也多了几分怜惜。

只不过接下来事情的发展，有些超出林摇光的预料。

苏露梨花带雨地靠进了江遇的怀里，而自己的男朋友居然没有表示拒绝或者将她推开。

手机信息提醒距离电影开始还有十五分钟，她自嘲地笑了笑，悄然转身回了宿舍。

洗漱完毕，她早早躺进被窝，舍友们个个抱着手机叽叽喳喳吵个不停。

"OMG，这男人也太帅了吧！我怀疑他简直不是地球人！"不知是谁先叫了一声。

"肯定是混血，至少八国以上那种！我的天哪，一想到明天就能见到他，我就激动得睡不着……"跳起来的是妙薇，她在原地打着转，一眼瞥见林摇光蒙着被子，伸手将她从被窝里拽出来，"哎睡什么睡，起来嗨，开开眼啊，这人间绝色，可是把你家江遇都比下去了……"

林摇光的眼睛在视线触及妙薇手机屏幕的一瞬间"唰"地睁得老大，她一把夺过手机，细细看着那张照片，然后目光雪亮、声音发颤地道："你怎么会有他的照片？"

妙薇噌地抢回手机，对着屏幕上的照片"叭"地一吻，眉飞色舞道："因为这是我老公呀！"

What？

见林摇光一脸蒙圈，晴子推了一下妙薇，笑道："别在这儿做梦了，人家池教授一身金光，我们这种小蚂蚁只有膜拜的份儿，轮得到你有非分之想！"见林摇光还是锁眉不解，晴子解释道："董教授不是申报了一个国家级的课题嘛，这位池教授就是和课题组合作的负责人。对了摇光，你接到项目组面试了吗？听说这个项目很厉害，参与的学生还有保研的机会。"

林摇光摇摇头，重新缩进被子里："我连董教授的测试都过不了，怎么敢奢望别的？睡了。"

闭上眼睛，却根本睡不着，照片上池寒湖水般的眼睛在林摇光心头萦绕，她怎么也想不明白，为什么在一切已经回到正常轨道的时候，他又出现了？

枕边，调至静音状态的手机一闪一闪，显示的都是江遇的名字，林摇光却连看都没有看一眼。

第二天林摇光刚下宿舍楼，就看到站在楼下的江遇朝她跑过来。

他一把拽住她的手，神色憔悴而焦急："摇光，发生什么事了，你为什么不接我的电话？"

林摇光抽回手，淡淡道："手机静音了，没看到。"

江遇语气微带埋怨："说好的一起看电影，怎么那么早就睡了？晴子说你不大舒服，最近看你总是懒懒的，不会真生病了吧？周末我陪你到医院做个体检。"

"没事，春困秋乏，可能是懒病犯了。"林摇光故作轻松地一笑，脚步继续往教学楼的方向走。江遇亦步亦趋地跟着，"还没吃早饭吧，时间还来得及，小餐厅有你最喜欢的烧麦……"

"林摇光！"洪亮的声音将江遇的殷勤打断，两人驻足一看，前方几米远的教学楼走廊上，两个男人的身影站在那里。

"董教授，您叫我？"看到其中一人是自己的老师，林摇光赶忙小跑上前。

一向不苟言笑的董教授微笑着冲她点点头，转首对身旁身材高大面含微笑的外国男人恭谨道："罗先生，这就是林摇光同学。"

"你好，摇光！"外国男人头发金黄，高鼻深目，典型的欧洲人长相，看不出年纪，一双淡蓝色的眼睛注视着她，似有攫人心魂的力量。

"你好。"林摇光轻轻回握。这时听到董教授在一旁介绍："TIME 课题组的事情你听说了吧，林摇光，原本以你的成绩，是进不了组的。但罗先生经过前期对学生们的调研，特意向我推荐了你，说你在这方面可能有特殊的天赋……对了，罗先生是我们 TIME 课题组的合作人，曾经在麻省理工物理学专业授课。"

"麻省理工的物理学教授？那可是太了不起了！"江遇作为物理系学子，走上前来一脸崇拜地向金发男人伸出了手，"您好罗教授，我是物理系的江遇，见到您非常高兴。"

金发男人礼貌地和江遇握了手，目光却颇有意味地在林摇光脸上睃巡。林摇光被看得心中发怵，不禁道："我昨晚听同学说，和咱们课题组合作的校外人士是位姓池的教授……"

董教授点点头："没错，我也是一早才接到通知，池寒教授因为公务缠身，暂时无法前来，所以才由罗先生负责对接项目。"

林摇光目光炯炯看向这个外国人："这么说，罗先生和池教授是同事了？"

对方干笑几声："我已经记不清我们认识有多久了，我想，至少有一个世纪吧……因为和他在一起的每一分钟都是那么的漫长。"

"哈哈，罗教授真幽默。"董教授也跟着笑起来。这时罗先生转换话题道："面试时间到了吗？我已经迫不及待要和这些年轻人一起工作了。"

"没问题，没问题！"董教授回身冲林摇光招招手："快到会议室来，对了，江遇，你也来！"

对于被紧急叫回基地这件事，池寒感到很意外，但意外之余，他其实感到更多的是不安。

他担心安特局长没有太多的耐心等待，但是密令中又没有要求他一定要将异能者带回基地，所以在确认林摇光的生活一切正常之后，他返回了基地。

池寒的飞行器在基地一降落，大楼办公室里来回踱着步的朱雀就从窗户里看到了他。

秀丽的脸上露出笑容，她轻按耳边的隐形通信器一阵低语。刚刚断掉通信，她一转身就见池寒高大挺拔的身影穿过灰色大门，器宇轩昂地步入大楼。

"嗨，S，好久不见，你还是那么帅！"刚冲好两杯咖啡的金发美女琳达热情地叫起来，"想来一杯咖啡吗？"

"谢谢琳达，不用了。"白衬衫、黑长裤，很普通的穿着却在池寒身上显出一种别样的清爽气质。

朱雀一袭干练的套裙，长发扎成马尾，面含微笑地注视着他走过来："嗨，S。"

池寒看到朱雀神情微顿，瞬间想起直升机上她把林摇光扔下来的事情。发现对方一脸坦然，他面色清冷，但还是微微额首："安特局长找我回来有什么事？"

朱雀似笑非笑地看着他："谁知道呢，拜你所赐，我也是刚刚被召回来。"

"嘿，S，你回来了！天哪，真糟糕，我的第一美男位置又要不保了……"艾克一脸夸张地走进办公室，从琳达面前端走一杯咖啡后走过来，锁眉瞪向池寒，"今天琳达笑得格外灿烂，我想绝对不是因为你回来的缘故，一定是因为我穿了新衬衫……你说对吗，亲爱的琳达？"

"亲爱的S，你想来一杯热茶吗？"咖啡被拒绝之后，琳达又笑吟吟地捧来一杯泡好的绿茶，看也没看艾克一眼。

"谢谢。"池寒微笑接过，"看到这里一切正常，我相信没有发生什么天大的事，既然如此，告诉安特一声，我去执行任务了，毕竟时间管理师最不希望看到的就是浪费时间。"

"不不不，S，安特虽然不在基地，但他留了一封信给你。"艾克把一只信封放到池寒面前，发现朱雀伸手想拿，他立刻缩回手，"抱歉，这是密信，局长说了，只有S知道密码。"

朱雀"切"了一声："既然没我什么事，干吗把我叫回来？我手头上还有天权星移民的事呢。"

艾克摊手："安特给你的信挂在TS官网上，难道你没有看到？"

"What？"朱雀一脸惊讶，艾克一脸同情地看看她，扭头对S道："可怜的朱雀，你被停职了，不过别担心，估计用不了多久，安特就会重新让你工作的……不过我很想知道，你到底犯了什么错？"

"走开！"已经飞速浏览公告的朱雀脸色铁青，公告里没有明说原因，只说她近来表现不佳，经TS高层研究通过，暂停其一切工作。

"这下你满意了！"朱雀气冲冲地瞪了池寒一眼，风一般离开办公室。

摇光

池寒没有说话，等艾克和琳达都离开后，回到自己的办公室，拆开信封，看到一只小小的芯片卡，他将芯片在手腕内植入的处理器上扫了一下，眼前立刻跳出安特的头像：

　　"S，据可靠消息，在 G876 星系的一颗行星上，我们发现了异常的时间能量。我认为，那里可能有新的时间异能者，S，我要你立刻赶往天枢星，以最短的时间确认是否有异能者。如果有，不惜一切代价，也要带回基地。至于地球上那个姑娘，我另有安排。"

　　另有安排是什么意思？换了别的时间管理师？还是……他猜不透安特的想法，想要联系对方问个清楚，通信器发送出的信息却显示失败。

　　视频画面早已消失，第二条信息显示未读，他手指一点，眼前展开的是天枢星的位置和航行线路。

　　门被笃笃敲响，朱雀走了进来，脸上挂着快快的不满："安特给我发了私信，建议我趁停职这段时间好好度个假，我打算去阿尔卑斯山滑雪，你觉得怎么样？"

　　池寒轻轻蹙眉，他打量着朱雀，猜测着安特的深意，但是猜不出头绪，于是说："林摇光穿越后改变了化工厂爆炸的后果，挽救了多条性命。朱雀，你很优秀，只是缺一些对生命的敬畏和尊重。希望你趁这段时间好好反思一下，学会……"

　　"打住！我明白你的意思。"朱雀不以为然地在他面前的沙发里坐下来，"说来说去不过是我没有林摇光好罢了！池寒，那不过是个地球人而已，在我们天权星人眼里，蝼蚁一样。"

池寒的手指慢慢捻着桌上的一支钢笔，他摇摇头，露出无可奈何的失望之色："朱雀，这种想法很危险，当心自食其果。"

朱雀哼了一声，有些赌气，说："我看你是被那姑娘迷住了——池寒，这些年你什么样的漂亮女人没见过，怎么……"

"你想多了。"他淡淡打断她，脸上浮现不悦，"既停了职就安心休息去吧，林摇光的事，不准再插手。"

朱雀还想说什么，池寒已经站起身，伏虎山里的阳光清澈而温暖，苍翠山林在窗外浓墨重彩成一幅画卷，朱雀望着他在逆光中的脸，沉默片刻，道："不管怎么样，我都不会放弃救小南的。"

林摇光被选进课题组的消息不胫而走，很多熟悉不熟悉的同学都跑来打听她究竟有何特殊才能，竟被甲方爸爸指定选中。因为问不出所以然，一些奇奇怪怪的流言便传播开来，比如靠脸蛋什么的。林摇光知道了差点骂娘，当场就要打电话给董教授，要求退出课题组。

幸亏一屋子舍友死死拉住了她："保研啊姐们儿，几句流言蜚语又死不了人，管他做什么！"

"对啊对啊，身正不怕影子歪嘛！"

"虽然我的男神池教授没来，但老外教授也是蛮英俊潇洒的嘛！摇光，我看他对你好得很哦，一双蓝眼珠子直在你身上打转，我得提醒江遇小心点……哈哈……"

"滚蛋！"林摇光推了嘻嘻哈哈的妙薇一把，忽然看到自己的手机一闪一闪，是个陌生的来电。

宿舍里太闹，她走出去接了电话。

"林摇光。"一个动听的男声传进耳中。林摇光滞了一下，意识到是池寒的声音后，她立刻应声："是我……什么事？"

电话里静默片刻。

"最近怎么样？"

"挺好的。"

"一切都还顺利吧？"

"嗯，都很好。"

一问一答，一来一往，接下来，似乎就无话了。

他想问的，并没有问出来。她想说的，也没有说出口。

沉默太久，林摇光决定开口："红月亮那晚，什么都没发生。"

池寒"嗯"了一声，作为她的时间管理师，他当然清楚她的任何时间异动，其实他也有些意外，因为之前林摇光的两次时间异动，江遇都是诱因，而这一次……他也在寻找原因。

林摇光又说："当时，江遇吻了我；现在，我们已经在一起了。"

电话那头一片死寂。

林摇光想，也许是因为自己违背了他"不要和江遇有任何肢体接触"的叮嘱，或许，是他为自己的预测出错而恼怒，但不管怎样，生活恢复正常了，她清清嗓子："池先生，我无意探究你的来历和身份，现在我的生活已经回到了正轨，非常感谢你之前对我的帮助，我想以后，我这边应该不会再麻烦你了。"

池寒打这个电话，纯粹是临走之前想确认她是否安好，然后再嘱咐一些注意事项，没想到收到的却是这样的回复。林摇光说的虽然他早就知道了，但亲耳听她说出来，还是觉得有那么一丝丝失落。

他沉吟片刻，找不出别的话来，只说了句"注意安全"，便匆匆把电话挂断了。

伏虎山的天空布满星光的时候，池寒驾一艘小型飞船，朝着天枢星方向的茫茫夜空悄然飞去。

课题组的成员很快确定下来，林摇光当然名列其中，其他的还有九名品学兼优的学生，都是董教授拍板定的，身为TIME项目组负责人的罗教授没有提出任何异议。

董教授对此次合作非常满意，不仅是罗教授风趣幽默、人好相处，最重要的是对方给予了这个项目非常大的资金支持。

TIME 项目立项，是董教授多年的夙愿，如今有了雄厚的资金支持，他当然欣喜若狂。至于合作方"TS 研究室"究竟是个什么鬼，他甚至都没有好好地做一番调查，只知道是个有海外背景、实力雄厚的私营研究机构。

他是一个只在自己专业领域内严苛且敏感的人，除此之外，他性格耿直，热情简单，甲方人事变动的事情，他也没有兴趣关注。

最失望的莫过于林摇光的几个舍友，鉴于见过内部流传的资料，她们对池教授的期待过高，虽然罗奇也不错，但对四十岁左右外国男人的接受能力，不是每个女孩都有的。

妙薇一天在宿舍至少念叨八百次"池教授"，林摇光刚刚平静下来的心绪被她搅得乱七八糟，忍不住道："你怎么就对池教授那么念念不忘，不就是看了一眼照片，至于吗？"

妙薇横她一眼，把打印出来的池寒照片拿到林摇光跟前："一眼万年你没听过？有的人只需要看上一眼，就足够爱上一辈子呢。唉，我亲爱的池教授，你什么时候才会出现呢……"

林摇光被妙薇那一脸忧伤逗得扑哧一声笑出来，心想要是池寒听到这番话，不知脸上会是什么表情，大概又会一本正经地说"为了不喜欢自己的人伤心，根本不值得"之类的话吧。

"汪汪！"

"哎，哪儿来的狗啊！"门外走廊上忽然传来一阵嘈杂，紧接着宿舍门被忽地一下撞开，一道小小的黑影径直冲来，跳进了林摇光怀里。

林摇光猝不及防，因为后退差点被椅子绊倒，扶住桌子定睛一看，一只黑色的卷毛狗冲她欢快地摇着尾巴，黑宝石似的眼睛透着兴奋的光芒。

"石头？"林摇光惊叫。

"汪汪！"石头用叫声回应她。

"林摇光，这是你的狗？"门外站着其他宿舍的女孩，她们发现一只小狗溜进了宿舍楼，赶忙追过来。

"啊，是……我一个朋友的。"林摇光蹲下身，对石头低声道，"你怎么跑到这儿来了？"

"宿管阿姨来了，林摇光，快把狗藏起来。"一名女生好心提醒完就走开了。林摇光赶忙把石头抱进怀里，妙薇飞快跑去锁了宿舍门，压低嗓音道："这谁的狗，江遇的？"

不知是不是听到"江遇"两个字，石头"汪"地冲妙薇叫起来，声音不怎么友好，林摇光赶忙警告："不许叫！"

"不是。"林摇光来不及跟她解释，翻出一只大手提袋，把石头往里一装，小心拉上大半拉链，就要往外走。

妙薇叫起来："你去哪儿，项目组两点开会。"

"我去去就回，要是晚了，你帮我给董教授请个假。"

"有甲方爸爸撑腰就是不一样啊！"妙薇叹道，拿起池寒的照片细细欣赏，"要是甲方是我男神就好了，让我这个女朋友也横一回……"

话音未落，手提袋里的石头噌地一下跳到地上，以迅雷不及掩耳之势又跳回了林摇光身边——嘴里叼着池寒的照片。

　　被抢走宝贝的妙薇"嗷"一声叫起来，石头转身就跑，林摇光叫了句"糟了"起身便追。

　　石头那风一样的速度，别说是年过半百的宿管李阿姨了，连年轻的林摇光都追得差点跪在宿舍楼门口的台阶上，败了败了，不追了，大不了赔妙薇一张照片……

　　林摇光双手扶膝大口喘着气，看着狗子的身影一眨眼就消失在道路尽头，她咬咬牙，又往前跑了几步：万一狗被人抢了呢？

　　另一个隐隐的想法她不大想承认：说不定池寒就在附近呢。

　　跑了几步，果然听到犬吠，她赶忙追上去，只见石头头部上仰、龇牙咧嘴，喉咙里发出"呜呜"的怒吼，仿佛随时要扑到对面的人身上去。

　　林摇光忙叫："石头，过来！"

　　石头扭头，随即跑回来，看到刚刚被石头威胁的竟是罗教授，林摇光吓了一跳："对不起教授，没有伤到你吧？"

　　罗奇眯着眼睛，显然并没有受到惊吓，反而主动朝石头走了过来，"这是你的狗？"说着伸手要摸石头的头。

　　石头弓身后退，喉咙里再次发出警告的呜咽。林摇光怕石头伤到罗教授，忙把它抱进怀里，"是我朋友的，不知怎么跑到了学校里。我正打算把它送回去。"

罗教授还是一脸和蔼："马上要开会了，你不会打算让大家等你一个吧？"

"我……我去去就回。"

"既然是朋友的狗，你现在打个电话，让他领走就好啦。"罗教授非常热心地帮忙出主意。

见她露出为难的神情，金发男人的脸上露出意味深长的神色："不方便联系？噢，不会是男朋友吧？需要我回避一下？"

"不，不是的。"林摇光连忙解释，"我这就打给他。"

罗教授笑着点点头，站在一边，却没有离开的意思。

林摇光把狗放到地上，拿出手机，回拨头一天池寒打过的号码。

"嘟——"

"嘟——"

提示音刚响了两次，林摇光忽然把电话挂断，一把抱起石头，"不好意思罗教授，我还是得出去一趟，开会不必等我，万分抱歉！"

她说完也顾不上看对方的表情，起身便朝校门外飞奔出去。

一直到跳上一辆出租车坐稳后，林摇光的心还跳得十分厉害，这时她的手机响起来，江遇的来电，她犹豫片刻，接起来。

"你怎么没来开会？"

"有点急事。"

"不就是为一只狗吗？谁的呀，那么重要？连课题组第一次会议都……"

林摇光挂断了电话。

也许是那天看到苏露的缘故，她感觉自己对江遇越来越失去耐心。

出租车在一条街口停下来，林摇光望了望路对面那座院子，一树繁花正倚着白色院墙开得热闹，她心跳得快了些，摸了摸怀里石头的脑袋，"我把你送给他就走，以后别再到处乱跑了，知道吗？"

石头黑油油的眼睛滴溜溜盯着她。

大门紧闭，一把样式古老的铜锁挂在门中央。

不在家啊——去哪儿了呢，连石头也不要了？

一连串的疑问让林摇光不得不再次拿出手机，虽说不让人家再和自己联系，但这不是要给他还狗吗？

这一回，她让手机响了很久，只可惜对方一直没有接听。

天微微沉了下来，起风了，街边的樱花树簌簌飘下花瓣，石头抢走的照片掉在了地上，恰好一朵粉色樱花落了上去，林摇光连忙弯腰去捡，照片却抢先被另一只手捡了起来。

"好久不见啊，林小姐。"捡起照片的人直起身，语笑盈盈。

"你……是你?"林摇光眼眸睁大,待看清眼前是谁,转身就想跑。

对方的一句话将她欲跑的脚步钉住,"偷藏照片,你是喜欢他吗?"

林摇光周身一颤,目光落在对方手里的照片上,旋即收回,头摇得像拨浪鼓:"没有没有!这一切都是误会!女神,你已经抓过我一回了,求你高抬贵手,我跟他真的……半毛钱关系都没有!照片……照片是别人打印出来的,被石头抢走了,哦石头……石头……"词穷的她,干脆把石头往对面女子的怀里一塞,"交给你了,再见!"

林摇光跑得飞快,生怕再像上次一样被人莫名其妙地塞进直升机里,再被扔进茫茫大海……

她越发笃信这蛇蝎美人是池寒的女朋友,就算不是,两人也肯定有着说不清道不明的关系,哼,只有吃醋的女人才会这么可怕!

一时半会儿打不到出租车,恰好离地铁不远,林摇光一路狂奔到地铁站,正准备进站,一个女声叫住她,抬眼一看,居然还是蛇蝎美人!

"林小姐,你别害怕,我不会伤害你的。来,重新认识一下,我叫朱雀,是池寒的同事,其实对我而言,他更像是哥哥。"朱雀轻笑着向她伸出手,神情友好。看林摇光一脸不信的样子,她伸手揉了揉脚边小狗的脑袋:"我和池寒从小一起长大，不信你看石头，它也很喜欢我的。"

石头懒洋洋地打了个呵欠，跟之前遇到罗教授的样子完全不同，林摇光紧绷的神经微微放松，但仍心有余悸："你找我有什么事？"

"你有时间吗？我想请你吃个饭，算是为上次的事道歉。"朱雀美丽的脸上露出诚恳的神色。

"谢谢，我还得回学校。"林摇光说着就要走，朱雀伸手把照片递过来："他没有来你们学校，你是不是很失望？"

林摇光不想和她多说，抽走那张照片塞进包里。

"还是告诉你吧，免得你担心——池寒出差了，路途遥远，一时半会儿估计回不来。"

"是出国了吗？"林摇光忍不住问，怪不得一直联系不上。

朱雀耸耸肩，"是吧，我最近休假了，所以具体他去了哪儿也并不清楚，总之，挺远的。"

看来那晚他打电话是跟自己告别的啊，林摇光忽然有些内疚，想必任务真的很紧急，否则他怎么连石头也不安顿好？她叹了口气，对朱雀道："既然他不在家，那你介意石头暂时寄养在我这里吗……或者你愿意带……"

"我没时间。"朱雀斩钉截铁地拒绝了林摇光还没出口的要求，"我要去阿尔卑斯山滑雪，不可能带着这家伙。"

既然如此，林摇光就责无旁贷地带走了石头，"朱雀小姐，既然你和池寒是同事，我想请问一下，你们是怎样的一家机构？公司，医院？"

朱雀笑起来，露出一丝神秘的笑容："池寒没有告诉你吗？我们是时间管理师。至于我们的机构……有机会的话，可以带你亲自参观一下。我敢保证，你会非常感兴趣的。"

"时间管理师？"林摇光重复着这几个字，"我从未听说过这个职业。"

"时代发展得这么快，一些不合时宜的职业消失，一些新兴职业出现，都是再正常不过的事。感兴趣吗？"朱雀甩了下滑落肩头的长发，抬腕看表，"我还有三个小时上飞机，在此之前，我们可以到咖啡馆喝一杯。"

虽然她的笑容在阳光下看起来清澈明亮，但上次的经历给林摇光留下了难以磨灭的阴影，为了避免危险，她收起了好奇心："对朱雀小姐和池寒先生，我其实一点也不感兴趣，所以谢谢邀请，再见。"

那天的会议，林摇光没有参加。为找个安顿狗的地方，她去了母亲的米线店。

不是饭点儿，米线店显出几分寥落，下午的阳光淡淡照在半开的玻璃门上，小小的店里一片安静祥和。

林摇光抱着狗推门进去，没看到仙仙姐，她把狗放到地上，径直进厨房找了个纸箱子，又翻出个旧棉垫做了个狗窝，紧接着弄来一盘鸡肉和一盆水放在石头面前。

"吃吧，他没回来前，你就先住这儿。"林摇光爱怜地摸摸狗头。

石头一动不动，似乎还轻轻地哧了一下鼻。

"怎么了，不对胃口？"林摇光拈起一片鸡肉放到嘴里嚼了嚼，"这可是上好的鸡胸肉，砚大学生人人爱，每份米线里才有几片，我给你弄了一大盘，很好吃的，你尝尝？"

石头黑黑的狗眼里似乎流露出一丝丝鄙夷。

林摇光只好端起水盆："那你喝点水。"

石头懒洋洋地伸出舌头舔了一下，扭过头。

"不渴啊，那睡觉好吗？"林摇光把纸箱的口打开，"很暖和的哦。"

石头哼唧一声，一歪头将箱子拱翻。林摇光霍地站起来，音量提高了一个八度："你倒是难伺候！就在这儿老实待着，要是跑出去，当心让人把你炖了做火锅！"说完气鼓鼓上了楼。

石头望着那个生气的背影哼唧了两声，不情愿地舔了下盘里的鸡肉。

咦，味道似乎还不错。

楼上也没找见林仙姿，林摇光打电话给她，头一次打通没人接，她又继续打，过了许久电话才被接起，林仙姿不耐烦的声音从听筒里传过来：

"要死啊！臭丫头出什么事了，你打个不停？"

"店门都不关，妈你去哪儿了？"林摇光讶异。

"我在临溪街呢。"

临溪街离这儿有五公里，去哪儿干吗？

没等林摇光把疑问问出口，对方一句"我正忙着，有事回头再说"，就撂了电话。

得，果真亲妈！林摇光哀叹一声，发愁地一屁股坐进椅子里，翻了翻手机，调出那个不知何时已经熟记于心的号码，鼓起勇气拨了出去。

通了！

林摇光心底一喜，顾不得虚伪的客套，直接道："池寒，你什么时候回来？"

"吱——"听筒里一阵刺耳的噪声，像电流直穿耳膜，林摇光被震得脑仁一疼，赶忙把手机拿开，过一会儿再听，电话里便只有单调的忙音。

什么鬼？林摇光放下手机，准备下楼。

楼下此刻倒是异常安静，刚吃完一整盘鸡胸肉的石头舔了舔嘴巴，凭着出色的嗅觉，又将目光投向厨房墙角的冰箱。

林摇光刚走到楼梯拐角处，就看到店门被一抹窈窕倩影急吼吼地大力推开。

"臭丫头净坏我好事，说，找老娘干吗？"倩影进入视线。林摇光不由"哇"了一声："您到底干吗去了，会情郎？"

林仙姿拂拂鬓发，伸手擦了下涂得有些厚的口红，瞥她一眼："咋的，许你小年轻卿卿我我，不许我空巢老人发展个黄昏恋啊？"

林摇光一笑："我举双手赞成！早该如此了嘛……哎，临溪街那么远，您这不到五分钟……飞回来的？"

林仙姿扭身看了一眼门外，玻璃门似乎有身影闪过，林摇光正待下去细问，只听厨房里"咣当"一声巨响，母女两人俱是一惊，对视一眼后，林摇光大叫一声"糟糕"，风一样冲进厨房。

片刻，林仙姿惊天地泣鬼神的尖叫声响彻了仙女米线店……

十分钟后，林摇光抱着肚子撑得比球还圆、沉了不止一倍的石头灰溜溜出了米线店。

"滚！再让我看见这只狗，炖了它做火锅！天哪，我的冰箱，我的鸡肉……"

林摇光带着石头飞快逃离"犯罪"现场。

天色渐沉，西方的天空弥漫起大片玫瑰色的晚霞，一人一狗在夕阳下走得缓慢。路过一家宠物店时，林摇光停下脚步，本打算给石头买根牵绳，看到店里广告牌上打着"寄存爱宠"字样，忽然心生一计，便进店和老板各种交代一番，预存了一笔费用，就这样要把石头留在宠物店。

"乖一点哈，等他一回来，你就能回家了。"

"汪！"

"表现好的话我来看你。"

"汪！"

"别叫了，说了会来看你的！"

"汪！"

"狗肉火锅？"

······

看着石头乖巧地钻进店老板准备好的笼子静静趴下，林摇光满意地摸摸它的脑袋，就离开了。

匆匆回到学校已是傍晚，到了晚餐时间，校园里人来人往，林摇光肚子也饿了，便打算去小餐厅打包一些东西回宿舍。刚往餐厅门门口奔，便看到一个熟悉的人影立在暮色里。对方显然也看到了她，身形动了一下，但没迎上来。

林摇光顿了顿脚步，本想假装没看到他径直往宿舍走，但江遇喊住了她："你去哪里了，我等了你一下午。"

江遇脸色阴沉，"打你电话为什么不接，出什么事了？"

林摇光脚尖轻点地面，脸上露出极浅的微笑："没事，都处理好了······去吃饭？"

江遇拧眉，似乎还想说什么，但林摇光快步越过他，径自进了餐厅。

收到林摇光电话信号的时候，池寒已经进入天枢星的星系领域。

不幸的是，他遭遇了密度极大的陨石流。

大小不一的陨石飞速地扑面而来，凭着出色的驾驶技术，池寒躲过了大部分陨石撞击，但飞船还是受到了损坏。

尤其是一颗不起眼的小陨石穿透飞船尾部，造成起火，船内的空气开始急剧泄漏。情急之下，池寒赶忙穿上防护服，打算来一次紧急迫降。

这样的情况，池寒并非第一次遇到，在茫茫宇宙空间中，在漫漫时间长河里，他经历的、见证的太多太多，遇到过数不清的危险，也躲过了数不清的劫难，只是这一次，就在他扣好防护服带子的一瞬间，不知是宇宙中哪一种神奇粒子的作用，他用来联络林摇光的那部手机居然响了。

情势紧急，飞船如果不紧急迫降，极有可能被这如雨点一样密集的陨石火团毁掉，就算他是天权星人，一旦这副躯体没了，照样会形神俱散。

他有力的手紧紧握住飞船挡杆，马力加到最大，飞船遽速下降，这时，因失去重力而飘浮在空中的手机倏地上升，直直朝飞船被砸透的窟窿处飞去，眼看就要飞出船体。

如果飞船失事，这部手机或将是他和林摇光联络的最后希望。

这个念头一冒出，池寒立刻解开安全带，直身将双脚在操作台上用力一踩，朝着手机离开的洞口处飘去。

指尖触到屏幕的一瞬间，池寒听到了那道熟悉的女声，在这浩渺无垠的太空中，林摇光清新甜美的声音明明远在天边，又仿佛近在咫尺："池寒，你什么时候回来？"

来不及回答，已经离开飞船的他，被一股强烈的气流高高抛起，手机也从指尖滑落，与他相悖而行，渐行渐远。

整个宇宙，仿佛都回荡着那句话：

池寒，你什么时候回来？

第六章　案件

暗中观察到林摇光在一张桌子前坐下，罗奇信步迈进小餐厅，在离其不远的取餐口晃悠。点完菜的江遇一抬头看到他，立刻惊喜地叫起来："罗博士？"

"不介意的话，罗博士请过来一起坐吧！"江遇热情邀请道。

罗奇做出夸张的表情："能与二位共餐实在是太荣幸了！"说着往这边走来，林摇光和江遇忙站起身，江遇道："荣幸的是我们！摇光，今天你开会缺席，多亏了罗博士在董教授面前帮你说好话。"

"那不算什么。"罗奇摆摆手，在林摇光面前坐下，脸色关切，"你朋友的事，都处理好了吗？"

林摇光点头："谢谢罗博士。"

菜很快端上来，看来江遇非常崇拜这位麻省理工的博士，趁着比邻而坐的机会问题不断，罗奇一一回答，却不时将目光投向只顾低头吃饭的林摇光。

"呀，是罗博士！"餐厅里有两个女生认出罗奇便走了过来，"江遇，介意我们也向罗博士请教请教吗?"

江遇正要说"没问题"，一抬眼发现苏露站在两个女生旁边看着他，一脸欲诉还休的神情，出口的话又咽了回去。

"来嘛露露，坐这里!"一个女生拉着苏露坐在了江遇旁边的椅子上，开始跟罗奇搭话。

眼尾余光瞥见江遇身体僵硬地坐在自己和苏露中间，林摇光低头继续扒拉饭菜，似乎填饱肚子才是眼前天大的事。

一边是两个女生与罗奇热烈的谈话，一边是空气突然安静的尴尬，过了一会儿，不知是故意还是真情流露，苏露转头脉脉看向江遇，刚刚启唇要说话，江遇一把抓起林摇光的手，"摇光，一会儿我们看电影去吧!"

"嗡——"林摇光的手机在桌子上蓦地响起。

"妈，怎么了?"林摇光飞速从江遇掌心抽出手，拿起手机快步离开了餐桌。

"摇光，店里出事了!"

"怎么了? 你别着急，我这就过去。"林摇光一听林仙姿在电话里带着哭腔的声音，立刻折身回到餐桌取了包，本想喊上江遇一起，可一看到苏露泪光盈盈地冲江遇低语着什么，她心中生烦，拿了包便走。

刚刚冲出餐厅，身后有人喊她，回头一看是罗奇。

"出什么事了，跑这么快?"罗奇追出来的速度很快，下了三层楼，半分都不带喘。

摇光

"我妈妈那边出了点事，抱歉罗博士，我得先走了。"

说着起身又跑，没想到罗奇又紧跟上来，"我陪你一起吧，多个人多个帮手。"

离学校不远的米线店门口此刻纷乱异常，乱哄哄的人群围了一圈，一条警戒线拉了起来，几名身穿警服的人站在门口道路上维持着秩序。

林摇光的心吓得都快蹦了出来，大叫了一声"妈"，疯也似的往路对面冲。

一辆车疾驰而来，身后的罗奇惊呼一声将她拽住，汽车擦身而过，罗奇惊魂未定，林摇光双膝跪倒在地上，抬眼看到母亲在两个警察的护持下走出店门，她周身一软，心回归了原位。

她大步跑到母亲身边，"发生了什么事，你们为什么要带走她？"

原本脸色煞白的林仙姿一见到女儿立刻眼泪欲下："女儿，我没下毒啊。我真的不知道怎么回事……"

"有三名学生在这家米线店就餐后中毒，现已送往医院，其中一名生命垂危正在抢救，林仙姿作为这家店的负责人要跟我们到所里接受调查，对了，你是林仙姿的女儿？我们正要找你。"一名面色严肃的老警察盯着她，"我们调看监控，你今天下午到过店里。"

"所以……我也有嫌疑？"林摇光一脸震惊，"我妈在这里开了好多年的店，我们谁也没有理由在自己的店里下毒啊！"

"是啊警官！"林仙姿哀声道，"我用的食材都是最新鲜的，怎么可能会有人食物中毒呢！"

"这跟一般的食物中毒可不一样。"老警察目光犀利地瞪向她，"三氧化二砷，这是有人故意投毒！"

米线店被查封，林摇光和母亲林仙姿都被带到了派出所。

一名年轻警察一直在追问林摇光下午在米线店里的细节，因为监控虽然遍布后厨和一楼大厅，但二楼杂物间及洗手间并未覆盖。

除了林仙姿，监控中显示只有林摇光一人上过二楼。

"那只狗是怎么回事？"小警察问道。

林摇光努力回忆着进店后的每个细节，并一一告知。听到警察问到狗，她眼睛瞪得老大："你不会怀疑是那只狗下的毒吧！"

"我怀疑一切。"小警察嗤笑一声，"如果你坚称没有下过毒，那么好好想想，还有什么人值得怀疑，比如和你亲近的，或者和你母亲关系比较密切的人，能够悄无声息把毒投进你家后厨的……对了，有男朋友吗？或者你和你母亲有什么仇家吗？"

林摇光皱眉，这件事和江遇指定扯不上什么关系。至于仇家，她没问过林仙姿，自己应该是没有的，偶尔有过一些摩擦的人，也没必要做出投毒这等歹毒之事吧！

调查一时没有结果，小警察一脸沮丧地带林摇光出审讯室时，林摇光看到江遇正在大厅里的长椅上坐着。

"摇光你没事吧？"他关切地站起身。

"把你也惊动了啊。"林摇光语带嘲讽，江遇面色难堪，"出了这么大的事，你也不告诉我，若不是警察找上我……"

"给你添麻烦了。"林摇光冷冷道，眸光一瞥，竟然看到一抹窈窕身影也冲了进来，"江遇，我已经给我爸打了电话，你没事的……"

苏露将要拉住江遇的手，在看到林摇光的一瞬间尴尬垂下，"你被放出来了？我听说这可是投毒案，若是出了人命……"

"你看起来挺开心，"林摇光瞥她一眼，"不会是你下的毒吧？"

"你别胡说八道！"苏露柳眉倒竖，一把扯起江遇的胳膊，"你看她这样污蔑我！"江遇眉头一紧，"苏露，这里不需要你，你回去吧。"

"江遇——"一名警察冲这边喊起来，"麻烦你过来一下。"

该江遇配合调查了，他一脸歉意地看看林摇光，抽出被苏露拽住的胳膊，径直向警察走去。

林摇光盯着对面盈盈欲泣的苏露，忽然叫起来："警察同志，我怀疑眼前这位女士，跟投毒案有关！"

一汪温暖的泉水中，池寒缓缓睁开眼，他相信自己醒了过来，而非一味沉溺在那个温柔绵长的梦境中。

其实，他更愿意自己一直待在梦里。

因为梦里有她。

她笑语嫣然，围绕在自己的身边，唤着"池寒、池寒"，而不是他一直讨厌的那个名字，是的，他最讨厌的是"江遇"这两个字，可谁知道为什么她的心里脑里只有那个名字那个人呢？

幽幽的叹息里，他的梦突然被惊醒。

有人在碰他的后背，池寒霍地扭过头，可用力过猛，后脑一片眩晕，待目光落定，至少五米开外的地方，赫然杵着一具人形物体。

他立时便要起身，突然发现自己的衣物都消失了，于是转身入水中，镇定下来，对远处那个上窄下宽隐隐闪着光的长条盒子发出询问："你是何物？"

半晌，盒子移动起来，似是犹豫了一番，盒子的前端伸出一只细长的透明触角，触角顶端亮光一闪，池寒面前便投下一行稀疏的图案。

作为时间管理局的资深时间管理师，了解已知星系文明的语言文字是基本常识，所以没费多少力气，他便辨认出这是天枢星系的文字，但又与天枢星有所不同，不过还是大致明白了其中意思：

"我是乌娜。你是谁？"

那行文字的主人发出招呼。

池寒使用天枢星的语言回复道：

你可以叫我 S。这是天枢星吗？我记得你们星球的人长得不是这个样子。

扑簌簌一阵响动，自称乌娜的"盒子"霍然分成四块，一个窈窕女性犹如贝壳中诞生的维纳斯，周身散发着幽幽的雾样的光芒。

"这才是我原本的样子。"乌娜说着向他走过来，如果不是她裸露的皮肤上始终隐隐流动着一层七彩变幻的光，池寒会觉得她和地球人没什么两样，当然，天权星人也和地球人外形一样，但这只是在地球上，高度的进化使得天权星人的外形会根据周围环境的需要而变化。

"这里是天璇星，S，你来自哪里？"

"地球。"池寒道。

"噢，那可真够远的。S，你的飞船损坏严重，我不确定你还能否回得去地球。如果你选择留在天璇星的话，我可以让你做我的大臣。"

"大臣？"池寒忍俊不禁，抬手打断乌娜的话，"抱歉，能先把衣服还我吗？"

一提到衣服，乌娜脸上立刻露出恐惧的表情，方才已经分裂成片的"盒子"很快又回到了她的身上。

"衣服已经销毁了，那上面全是病毒。"乌娜从盒子里露出双眼，"如果没有把你扔进灭菌池中消毒，我是不会让你活着醒来的。"

"我没有携带病毒。"池寒无奈地解释，"你总得给我穿点什么。"

"天璇星遍布病毒。"乌娜说着走出了房间，没多久，一套洁白的衣裤被她送进来放到了池边，"这是我父亲最后一个生日前，我亲手为他做的衣服，只可惜，他没来得及穿就死掉了。"

池寒拿起衣服穿上，"抱歉……请问，我的飞船在哪里，我需要到天枢星去。"

看到他把衣服穿好，乌娜的"盒子"再次绽开，远远冲他一笑，转身引路："请随我来。"

乌娜居住的房子看起来是一座宫殿，仅仅从殿里走到室外，大概就用了十分钟。飞船将宫殿门前的草地砸出一个大坑，残碎的零件散落在地上。

乌娜指指已经倒扣在地上的驾驶舱顶部，"喏，我就是从那里把你弄下来的，当时有一根带子缠住了你的脚，对了，我还捡到了这个……"

说着她用戴着手套的指尖拎起一只透明袋子，池寒赶忙接过来，掏出来一看，是他和林摇光通话用的手机。机身已经变形，屏幕一片黑暗，没有半点反应，但他还是小心地收了起来。

他看了一眼四周，灰暗低垂的天幕下，一些形状奇怪的建筑黯淡死寂，耳畔除了风声，一丝喧嚣声也没有。环顾这座偌大的华丽宫殿，除了眼前的乌娜，居然再无一个人影。

"那个……请问哪里可以找到工具，或者有一些帮手也可以，我要把飞船翻过来。"

乌娜看向远方："不会有别的帮手了，整个天璇星就剩我一个了。"

池寒愣住。

这怎么可能？天璇星也是七星联盟之一，开发时光茧项目时，他们的首脑还参加过表决会议……

天璇星的风带着寒意，但脱离"盒子"，周身全靠一身流光皮肤护体的乌娜却丝毫不显畏惧，她仰起颀长的脖颈，一双闪耀着彩芒的眼睛幽幽投向远方的建筑群：

"那里是我们乌托国的都城亚缇，我的父母兄妹和子民们都住在那里，乌托国是天璇星上最强盛的国家，千百年来，始终维持着这个星球的和平、昌盛，可是如今……"

彩芒失色，流光黯淡，乌娜声音里透着悲凉过后的平静：

"所有的工厂已经废弃，所有的城市也已死亡，你在飞来的途中没有看到吗？……哦对了，你是坠落到这里的，这个星球濒临死亡了。"

"出了什么事？"池寒惊诧道，"一百年前，七星联盟开启时光茧项目，就是为了拯救各星球的生存问题，天璇星怎么会这么快……"

乌娜看着他，大眼睛闪着盈盈水光："谁也没想到，灾难来的时候，根本不给你任何喘息的时间，百年来，乌托国和其他国家已经逐渐重视环境和生存问题，但……根本来不及，也许，这个星球早已不堪重负，而我们觉醒得太晚……"

"究竟发生了什么？"池寒追问。

"三年前，一场瘟疫从天璇星的东部暴发开来，仅仅三个月，就蔓延到了全天璇星。"

"每个星球都会发生瘟疫，但不至于……"

"不，所有人都低估了病毒的力量。瘟疫造成全星球四分之一的生命消失，但这仍未引起各国首领的重视，各国之间反而开始因为争夺资源、粮食而爆发了战争。天灾人祸让那场前所未有的瘟疫像山火烧遍整片土地，所过之处，皆无幸免。乌托国的普通子民、王公贵族，连我母亲和哥哥、姐姐，甚至我的父亲——乌托国伟大的国王，也因染上疫病而撒手离去。"

"那么，你肯定会奇怪，为什么我能幸免于难？"乌娜向池寒轻轻一瞥，继续道，"我自幼体弱，极易染病，医生告诉父亲，说我活不过十岁，所以父亲就命人在亚缇城外修筑了这所宫殿，将我与世人隔离开，还打造了这套防护服……哦，就是这件像盒子一样的鬼东西。一年前，一直照顾我的医生来与我告别，说他要离开这个星球，我才知道外面发生

摇光

了什么……那个医生陪伴了我十年，他离开后，我再也没有见过任何一个人……直到你出现。"

原来如此。

池寒沉默半晌，道："据我所知，像天璇星这样濒危的星球越来越多，其实，连我的母星也……你当时为何不跟医生一起离开？"

乌娜摇摇头，面含哀伤："医生也死掉了，他是我见过最聪明的人，他制造的飞船据说可以飞到天枢星，可惜的是，他刚刚和我告完别，还没飞出亚缇就死在了路上。"

"那他的飞船呢？"池寒忙问。

乌娜指指远处："我当时看到，飞船从那里坠落，估计现在只剩一堆残骸了吧。"

池寒决定去医生的飞船上看看，也许能找到离开这里的办法。

乌娜不远不近地跟在身后。

这里的天似乎永远也不会晴，时间仿佛一直定格在暮色将至时，灰蒙蒙的旷野里，除了脚踩在地面咔嚓咔嚓的声音，万物静如荒漠。

那是一只小型飞船，外体已经朽烂，内部的仪器却意外地保存完好，池寒钻进舱内搜寻着一些用得上的零配件，突然听到乌娜大叫一声，他忙伸头去看，只见飞船底部骨碌碌滚出一具骸骨。

骸骨七零八落散了一地，乌娜掩面哭泣起来，却始终不敢靠近，池寒心知那必是医生，看了眼骸骨的颜色，明白医生在离开前已身染疫病。不过，一年过去，没有宿主，病毒早已消亡。他收拾好拆下的零件，在舱内找出一块皮毯，将骸骨一一拾起包好，放进舱内，然后打开燃料仓，摁下了点火引擎。

然后他拉起乌娜，飞快往宫殿的方向奔去。

轰——嘭——

一声巨响，浓烟中一个火球升起，医生和曾经差点儿载着他离开这颗灾难星球的飞船，一起在熊熊燃烧的火焰中化为灰烬。

乌娜的眼泪落了下来，而天色也终于完全黑下来，池寒看到，这个星球唯一的幸运儿，她的眼泪竟然如彩虹一般璀璨。

得益于这些零件，在白昼到来之前，池寒终于修好了自己的飞船，只是通信设备损坏严重，他无法和基地取得联系。

而他不知道，由于特殊原因，此时的安特局长已经发布了紧急命令，要求外出寻找时间异能者的所有人员立即回归总部。

淡白色的光线里，乌娜捧着一沓摞得像文件般层叠的东西走来。

"我猜地球人也需要吃东西。"她微笑着说。池寒抹了下额头上的汗水，瞥了一眼她手里那一张张纸般的"食物"，说了句："谢谢，我不用。飞船已经可以启动了，乌娜，你要不要跟我一起走？"

"去地球吗？"乌娜露出惊喜的表情。

"不，我得去天枢星执行任务。等任务完成，我可以带你到地球。"

"不，不！"乌娜精巧的脸上突然生出恐惧，"医生说过，天枢星猛兽横生，遍布病毒，我们天璇星的瘟疫就是从那里来的，我不要去，S，你也不要去！"

"天枢星是个高度发达的智慧星球，没什么好怕的……"池寒轻轻蹙眉。

乌娜疯狂摇头，想是一天的相处消除了对瘟疫的戒备，于是她伸手拉住池寒："你可以留下来啊，S，既然天璇星的疫情已经消除，很快它就会恢复生机，这里有很多矿藏，我是乌托国王的女儿，我现在可以让你当这个国家……不，你可以是这个星球的主人，我们留在这里，一起把这里重新打造成天堂，好吗？"

池寒抽出手，冲神情激动的乌娜淡淡一笑："谢谢你的好意，乌娜。可是，我有我的任务，如果你不愿去天枢星……留在这里未必不是好的选择。"

毕竟，这里的日出和日落，都如此之美！

临走的时候，他给了乌娜一把花种。这里的土地如此肥沃，也许来年，这里会开出一大片美丽的鲜花。

阳光升起的时候，他驾着飞船在乌娜依依不舍的目光里驶离地面。

飞船终于成功穿越陨石群，视线中依稀可见天枢星猩红色的表面。池寒松了口气，将飞船调为减速着陆模式。此刻，一直杳无声息的通信器突然发出了一声刺耳的声响。

他心中一喜，连忙将通信信号调到最大，开始呼叫基地，同时降低高度，预备在一片开阔的沙砾地上降落。

通信器发出"嘀嘀"两声之后，出现一道声音："这里是摇光基地总部……"

池寒连忙大叫："我是 S……"

耳边突然响起一阵爆响，他的呼叫被打断，一串串火光从地面射至飞船，船身猛地一晃，险些失去控制，池寒连忙控住方向，拉起操纵杆，开始攀升高度。

密集的火光穷追不舍地瞄准着飞船，池寒紧急掉头，透过窗户，看到一大批荷枪实弹的天枢星人，正对着他齐齐开火。

"这里是总部，这里是总部，S，收到请回答！收到请回答！"

"S 收到！"

"情况有变，请速速离开天枢星，请速速离开天枢星！返回总部，返回总部！"

"S 收到！"

子弹噼里啪啦地打在飞船外部，池寒拉紧操纵杆，飞船艰难地甩尾，终于驶入了云端。

其实林摇光吆喝那一嗓子纯粹是为了泄愤，苏露在江遇面前忸忸怩怩的样子让她着实看得作呕。小警察双眉倒竖冲林摇光吼道："别在这瞎捣乱啊，你自己的事情还没完呢！"

刚刚对林仙姿问完话的老警察走出来，倒是和颜悦色，"小姑娘，在这个地方，说话是要负责任的，你对这位女士的指控，可有什么证据？"

"我……"林摇光悔不该言，抬眼见江遇也拿责怪的目光看着她，她垂下头，心灰意懒，正欲道歉，门外忽然走进两个女孩，其中一个急急道："警察同志，我是砚大 330 女生宿舍的，20 分钟前，宿舍的抽水马桶堵了，我叫工人来修，结果发现了这个……"

女生递过来一只透明袋子，里面装着一只不大的针剂玻璃瓶，年长警察戴上手套接过一看，脸色立即变得严峻："你们宿舍有几个人，现在都在哪里？"

"除了中毒住院那两个，还有一个一周前请假回老家了，剩下三个就是我俩和……哎，苏露你在这儿啊！"

众人的目光随着女生的叫声齐齐投向苏露，刹那间，这位漂亮高挑的女孩面无血色，她颤着嘴唇，半天才嗫嚅道："你，你们什么意思？"

"我说了，投毒的事与我无关！"苏露的声音有些走调，小警察与年长警察对视一眼，挑了挑嘴角，向她走去："我们都没说这是什么东西，你怎么知道和投毒案有关？莫非这三氧化二砷的瓶子是你丢的？"

"不不不不！"苏露连连摇头，周身颤抖，拉住江遇的胳膊。这次看起来不像撒娇，而是真怕，"江遇，今天下午我一直和你在一起，我根本不可能做这件事，再说我没有要害舍友和米线店的理由啊！"

江遇脸色尴尬起来，林摇光好整以暇地盯着他，"你整个下午都和她在一起？江遇，你不是说，开完会就一直在等我吗，敢情你是和她一起等。"

林摇光说罢扭头就走，江遇忙上前拉住她："摇光，不是她说的那样，你听我解释……"

小警察适时地拉住林摇光："哎哎，还没到让你走的时候呢。"

林摇光停下脚，转身，深呼吸，露出失望却不失礼貌的微笑："好，那你当着警察的面说，今天下午你是否一直和苏露在一起。"

江遇的脸色着实难堪，林摇光瞧着他清隽的面容和紧锁的眉头，心中其实异常不忍，然而，如果苏露说的是真的，那么江遇劈腿俨然已成事实。如果她是撒谎，投毒这件事可能真和她脱不了干系。

一边是女朋友的冷峻质问，一边是红颜知己的楚楚可怜，江遇的脑中天人交战，下午发生的事情像电影帧帧回放：看到林摇光带狗跑出校门，他失望而归；路上碰见苏露，两人一起参加会议；半小时后会议结束，她说有些问题要向他请教，于是两人去了一个无人的教室，在那里……

他的眼圈慢慢红了，过了一会儿，江遇看向林摇光，低声说了句"对不起"，转身对警察道："苏露说的都是真的，从两点会议结束一直到刚刚来这里，我们没有分开过……如果投毒事件确定是在下午一点到傍晚期间，那么我可以证明，苏露没有嫌疑。"

"你们，一个个地进来，都给我说说，到底是怎么回事。"老警察面色严肃地指着几人道，转眼又看向林摇光，"你也先别走，等问完了他们再说。"

说罢几人都被带去问话了，一名警察将林摇光引到一间房中等待。这期间她的脑中空空的，刚刚江遇说出的每一个字，她都感觉那样陌生，像是所有字眼拼凑成了一堵墙，她在这一端，江遇在另一端。刚才她看着江遇离去的身影，他也回头看了她一眼，眼神依然幽深，却显然有什么东西在最深的地方破碎了，失去了。

不知过了多久，林摇光靠着墙壁竟然睡着了。被人摇醒时，墙上钟表已指向深夜。

摇醒她的，是那位年轻的警察，他顶着两只黑眼圈声音沙哑道："林摇光，你可以走了！"

她揉揉眼睛站起来："我妈呢？"

"你们可以一起走。"

"真的？"林摇光喜出望外，连忙起身往外走，"我们的嫌疑洗清了吗？到底是怎么回事啊，警察同志？"

"受害者醒过来了，而且又出现了关键证据……不过还没结案……总之，暂时没你什么事了。"小警察打了个呵欠，"去吧，你妈妈在等着你。"

林摇光跨出门外，只见走廊前方，林仙姿欲哭欲笑地站在那里冲她张开了怀抱。

有惊无险，才觉母亲怀抱的温暖。

两人步出派出所，灯影幢幢的派出所门外，一个身材高大的男人站在一辆车前，冲她挥着手："摇光，这里！"

"罗博士，您怎么在这里？"林摇光吃了一惊。

"来接你回去啊！你可是我们项目组的核心人物，再这么关下去，我的大项目就要化为泡影咯！"罗奇笑呵呵道。

"您言重了，我哪有那么重要。"

"你被带走后，我时刻关注着这件事，好在案子很快就弄清楚了，你和你母亲也避免了不白之冤。"

"您了解案件的内情？"林摇光觉得奇怪，又觉得这个罗教授对自己的关心超过了一般程度，可她分明感觉得出来，罗奇对自己压根没有像苏露等人说的那种非分之想。

林摇光母女上了汽车。坐进驾驶位的罗奇，脸上露出一丝异样的神情，轻声道："我知道发生了什么。"

接下来他没有再说什么，只是态度随和地和后排的林仙姿闲聊着，再不提这个案件。

林摇光扭头看他，总觉得这个外国人有些异样，却说不出哪里奇怪。

直到后来发生的一切……

第二天，学校传开了这次中毒案的事情。从舍友口中，林摇光知道了案件的经过，虽然不清楚是否准确，但大致应该是不错的。

那天在店里就餐的三个学生中，中毒的是两个女孩，且称她们甲和乙吧，原因是都喝了米线店里售卖的鲜梨汤。警方最终调查结果显示，店里的鲜梨汤中并没有毒，所有容器里也没有，有毒的是这两个学生用的杯子。

甲、乙住同一宿舍，平时关系看似融洽，却常常暗中较劲。这天，男生丙约女生甲吃饭，甲得知舍友乙对这位男生心有爱慕，便故意叫上她一起出去，又刻意在乙面前炫耀。

于是，这位沉默的乙便悄悄在甲随身不离的水杯里投了毒。为了摆脱嫌疑，吃饭时她故意问甲要了她杯里的鲜梨汤，自己也喝下一些，但由于控制了量，所以乙虽然中毒，却很轻微，甲则险些丢了命。

只是仙女米线店无辜被牵连，害得林摇光和母亲险遭牢狱之灾。

林摇光听后不禁唏嘘，原来人和人之间的嫉妒，竟然能够让一个有知识、有前途的年轻人，对自己的同窗室友痛下杀手，想想真是不寒而栗。

而这两个女生还是苏露宿舍的，真不敢想象，如果这件事发生在苏露和自己之间，估计这会儿躺在医院的就是自己了。

舍友都在感慨警方破案神速，林摇光却生出一些恍惚之感。她总觉得罗奇在这件事当中起了某些作用，比如，那两个学生怎么会那么巧就发现了装三氧化二砷的瓶子？罗奇又怎么会那么准时地等在派出所门口，接她回家？

这个疑问并没有困惑她多久，她就得到了解答。

林摇光要回学校上课，林仙姿非让她带一盒水饺给罗奇送去，说是自己亲手包的，感谢罗奇送她们回家，也让外国人尝尝中国的传统美食……

见林摇光主动找到自己的办公室，罗奇惊喜不已，忙让她坐了。她把饺子和感谢的话都留下，正要离开时，罗奇突然叫住她：

"摇光，你不必太客气，其实我有求于你……"

见他神色认真，林摇光纳罕地指着自己："我?"

罗奇点点头，"有一个测试，需要一些学生参加。"

"这没什么呀，肯定有许多同学愿意报名。"林摇光道。察觉罗奇神色凝重，心下才生出几分迟疑："是……什么测试?"

"一项关于时间感知的科学研究……我知道你在这方面有些异于常人。"罗奇的蓝眼睛意味深长望着她。

林摇光心头一震："你是说我会穿……"她把那个"越"

字咽了下去，但似乎对方早已看透她的想法，宽慰一笑：

"不用紧张，或许你只是有些时间感知障碍，我的项目正在研究这方面的课题，等测试完，或许能帮你彻底解决这个困惑。"

她不知罗奇说的是否为真，踌躇之际，对方又道："参与实验的不止你一个，可能会有点辛苦，但项目组会提供丰厚的补助，摇光同学，我非常希望你能参加。"

罗奇诚恳且满怀期待地看着她。

林摇光咬咬唇："我考虑一下好吗？"

罗奇点头，"明天早上之前，希望能得到你的答复。"

"好。"

林摇光心事重重地折返回家，到家敲了敲门，没想到前来开门的，却是个陌生的年轻男人。

面面相觑之际，林仙姿从厨房奔出来，"回来啦！看妈妈今天做的什么……"

意识到旁边两人大眼瞪小眼，林仙姿"噢"了一声，笑盈盈道："摇光，这是小叶，叶朝，我跟你提过的。"说罢冲她挤眉弄眼。

男朋友？

林摇光愣了一下，说了句"你好"，对方点了下头，闪到一旁去，林摇光走进客厅还不住拿眼觑那男的。

叶朝看起来顶多三十岁的样子，林仙姿纵然风韵犹存也算是半老徐娘了，怎么……

见女儿脸色微沉，林仙姿说"来帮我端菜"，拉着她便进了厨房。

"你那是什么脸色？小叶第一次来咱们家，你拿出点热情好不好？"林仙姿压低嗓门教训道。

"你男朋友我热情个什么劲儿？"见案台上有烧好的排骨，林摇光拣了一块放到嘴里，边嚼边道，"再说了，你出事的时候他在哪儿？你没事了，他就出现了……"

林仙姿作势打了她一下，"小叶前几天出国了，这不，一个小时前才下飞机。"

林摇光冷笑一声，懒得和她争辩。

不管怎样，家里多了个男人，她是一晚也住不得了。

林摇光回屋收拾了一些衣服装进行李箱，出门只见系着粉色花围裙的林仙姿端着盘子过来往她嘴里塞了块肉。

"那个人呢？"林摇光嚼着食物含混不清地说。林仙姿面含羞涩，又难掩激动："在厨房做汤呢。你瞧那背影，是不是帅死了！不瞒你说，跟我初恋年轻时简直一模一样！"

"你还有初恋？谁啊，我怎么从来不知道。"林摇光皱眉，顺着母亲的目光看向厨房。

林仙姿面露尴尬，在她肩上拍了一下："哎呀小点声儿，还不就是你那个死鬼爸！"

"我爸？"林摇光愣住，这个陌生字眼出现得太突然，冲击得她的思绪一时有些偏离。

等叶朝端着汤盆走出来，林摇光打量过去，发觉自己脑海里那团模糊的影子，即便是对照着眼前的人也清晰不起来，最终只好作罢。于是说了句"走了"，便开门离去。

第七章　"深渊"

林摇光去宠物店带回石头。多日不见，狗子见了她比见了鸡脯肉还亲些，又舔又跳地围着她转了一会儿，忽然掉头就往路上跑。

林摇光赶忙追，边追边喊，一直追到位于一条临街的院门外，石头才停下来。

一丛丛碧绿从朱红色的院墙上方伸出，在挥挥洒洒的春风中，小院显出"寂寞开无主"的寥落。

夏天快要来了，可是他还没有回来。

心情顿时变得有些微妙，一种前所未有的情绪蔓藤般悄悄攀上她的心房，让她不禁想念起他清隽的面容、柔和的嗓音，她的脚步轻缓地踏上青砖垒成的台阶，小叩门扉久不开，唉……

其实，她只是一个人突然矫情那么一下，谁知耳边"当啷"一声轻响，低头看去，只见一串亮晶晶的钥匙躺在脚边。林摇光转头，四周并没有人，石头低叫一声，黑黑的眼睛充满期待地望着她。

敢情门口藏有钥匙。

林摇光欢喜起来，拿起钥匙打开了那把样式古老、看起来像是青铜铸就的门锁。

踏进院子的瞬间，林摇光不禁想起第一次从这里醒来后看到的景象，那时院子姹紫嫣红美不胜收，一树繁花倚着竿竿碧竹，风吹过，满地都是粉色的樱花，而他立于弯月小桥，恰如天人。

来回穿越数次，兜兜转转，时间恰好又回到彼时，园中繁花美景依旧，只是少了那人。

这晚弯月如钩，一颗耀眼的星不远不近地陪伴在新月身旁，犹如一对知心伴侣。

林摇光抱着石头坐在长廊下看月亮，她不知道池寒究竟去了哪里，可这一刻，她特别希望有他陪在身旁。

最好再来一壶温热的酒，月下对酌——哦不，他不喝酒，那就独酌吧，对影成三人，想想也是不错的。

就着月光沉沉睡去。在池寒的房间，她睡得很香，还做了不甚清晰的梦，仿佛是有人抱着她，暖暖的胸膛很舒服，她伸伸胳膊想要将对方搂得更紧，怀里却突然空空，人不见了，她惊慌地叫着醒了过来。

石头从林摇光怀里跳出来，甩了甩被她口水弄湿的耳朵，立在床头盯着她。

面对狗子黝黑且仿佛洞穿一切的眼神，林摇光企图用一声咳嗽掩饰心中的害臊。

"那个……我要回学校了，你乖乖在家等我哦。"林摇光起床，本想找点狗粮什么的，发现这个家里并没有可以供狗食用的任何东西，于是只好先出门，打算上完课再去超市采购些物品回来。

匆匆在校门口买了份早餐边吃边往学校里跑，没想到千不愿万不愿，碰到的第一个熟人，居然是苏露。

苏露穿了露肩的浅绿长裙，长长的栗色卷发披着，一双白得发光的大长腿在如波的裙摆里若隐若现，美得像春天里一道令人错不开眼的风景。

林摇光低头看看自己，虽说也洗了澡换了衣服，但比起眼前光彩照人的苏露，还是自觉差了一截，她别过头去，打算匆匆走过。

"摇光，恭喜你啊，这么快就被放出来了。"

好死不死的，她偏偏走过来，挡在了面前。

林摇光低头吸了口热牛奶："托你的福，人生体验又丰富一层。"

"怎么跟我扯上了。"苏露笑得妩媚，"早说了这事跟我没关系。不过我倒是奇怪，你跟罗教授什么关系啊，他怎么对你的事那么上心？我在警局上班的表哥都奇怪……我那两个室友，平时可是和睦得很哪，怎么就忽然变成毒杀同窗了？"

"你这话是什么意思？"林摇光冷眉，一把将手里的牛奶盒捏扁道，"我警告你苏露，江遇我已经放弃了，你最好知趣些，离我远点！"

说罢，她扬臂一丢，牛奶盒越过苏露的头顶，准确飞入垃圾箱，几滴残奶顺着苏露的脸庞淌到了脖子上。

"林摇光——"苏露跺脚尖叫，伸手便要抓林摇光的脸，一只手从旁边及时拉住了她。

"别闹了，参加测试的名单定下来了，去看看吧。"

林摇光回头，瞥见苏露身旁那抹熟悉的身影，心口一痛，迅速回过脸，大步冲向教室。

教学楼门前的公告栏贴着一张通知，与此同时，项目组群里也发布了参加罗教授项目测试的人员名单。

自己的名字赫然在列，另外还有9人。林摇光有些怔怔，她还没有给罗教授回复，他怎么就把名单公布出来了？

心中微微有些不悦，但在其他人，尤其是苏露眼里，林摇光又是拔得头筹，风头压过了自己。

"凭什么她能去，我们就不能去？她跟那个外国人之间有什么猫腻，难道别人都眼瞎？"

苏露的抱怨引来快快的附和，林摇光扭头看到江遇，两人目光接触的一刹那，他似乎有话要说，她却没给他机会，转身奔向教室。

阳光很好，她坐在靠窗的位置，翻开一本书挡住脸，不想被任何人打扰。

上课时间快到了，教室纷乱起来。一阵脚步声在她旁边停下，有人坐在了旁边的位子上。

林摇光目不斜视，注意力落在一行文字上：生命中总有那么一些时刻，你明知迟早会到来，却永远无法做好准备。

教室里忽然一阵骚乱，她被这句话勾惹出莫名的情绪，再抬头时，发现所有人的目光齐刷刷盯着自己。离自己半米远的教室过道上，一个男生单膝跪地，托着一只精巧盒子的手伸到了自己面前。

教室里的气氛高涨起来，有人坐到桌子上，有人吹起口哨，"林摇光，江遇向你求婚了！"

"劈腿男还有脸求婚？开玩笑，摇光才不会那么卑微！"

"那可是江遇啊！物理系男神……"

许是听到周围的议论，江遇白皙的面皮微微泛红，他本不是这个班的，做出这样的举动，也是鼓起了莫大勇气。他微微仰头，眼神恳切而自责：

"摇光，我知道，因为证明的事，我伤了你的心，可是，在你面前，我不想有一丝一毫的欺骗，我不愿意对你撒谎……"

林摇光定下神来，微微松了下僵硬的面部神经："你不愿对我撒谎，却脚踩两只船，江遇，我是喜欢你，为了追到你，我付出的努力比你知道的要多得多，但我没想到……也许是上天注定吧，我们之间，没缘分。你回去吧，不要在这里影响大家上课。"她坐回位置，重新拿起书。

"不不，摇光。"江遇把盒子递到她面前，一枚深黑色的戒指静静躺在银色丝绒上，"摇光，还记得我们一起去星空古堡那次吗？你说，你永远都会记得那一晚的星光。摇光，我用我的记忆发誓，我的想法和你一样，我想和你在一起，从现在，到永远……你知道我向往星空，热爱宇宙，这枚戒指是我十四岁那年，用陨石打磨成的，你就是我的星空，我的宇宙，摇光，我爱你！"

这番表白情真意切，不少女生发出感动的唏嘘，林摇光心中也是一阵波动，尤其是她看到江遇用颤抖的手把那枚拙朴但不失润泽的陨石戒指试图往她无名指上套的时候，她的眼底猛地一热——这不就是她一直心心念念想要的结果吗？想要和江遇谈恋爱，想要他和自己一样深爱着彼此……还有星空古堡的夜晚！

可就在她的思绪回流到星空古堡的画面时，另一张脸出现了，那个和她一起站在塔顶的人，不是江遇，身形、面容、声音，全部被另一个人替代，关于江遇的那段记忆，像被人拿橡皮擦抹掉一样，慢慢地，居然消失了！

而再转眸看江遇，尽管他目光深情语调恳切，全身的每一个细胞好像都写着真挚，可她内心的触动却像涟漪，荡开之后，渐渐消失，平静的心湖似乎结了冰，他往里投掷的石子，硬邦邦重又弹了回来。

当所有人都以为一对情侣的矛盾由此化解，结局皆大欢喜的时候，林摇光陡然把手抽了回去，"江遇，谢谢你说了这么多。但，我想得很清楚，我们还是分开吧！"

江遇的手顿在空中，原本微红的脸，刹那变得煞白。他张张嘴，面色颓然："你不肯原谅我？"

"不是那样的。"林摇光摇摇头，似很疲惫的样子，"我只是……"

她捏捏眉心，一个身影在脑海里穿梭着，医疗舱里头一次见他冷清的脸，海岛山洞里他失血苍白的脸，那天大雨里他如从天降的身影……

"我……我爱上别人了。"

此语一出，一片哗然。江遇手腕一颤，陨石戒指骨碌碌滚到了地上，他缓缓站起来，因为跪得太久，身子晃了一下，"我不相信。摇光，根本没有那个人……"

林摇光抬眼看着他，在冷清中带一丝怜悯的目光里，江遇的表情节节败退，最终挤出一抹惨笑："好，我看出来了，你心里，确实有了别人，所以，不管我再怎么做，都没用了……"

他弯腰捡起戒指，转身大步走出了教室。

叮叮当当的音乐声响起，老师走进教室，喧闹的氛围渐渐平静下来。

林摇光像被抽空了所有力气，重新坐回座位。一整节课，讲台上的人说的什么，她一个字都没听进去。

什么时候下的课她也没在意，恍恍惚惚地跟着人群走在校园里，连晴子是什么时候陪在她身边的，林摇光也没有注意。

直到晴子将她拉到小花园里散步，一名项目组里的同学气喘吁吁地跑过来叫她：

"林摇光，罗教授通知，下午两点钟在 A 栋教学楼下集合，出发参加测试。"

林摇光猛然清醒过来，通知她的同学已经跑得没影，身边站着的只有晴子。她环顾四周，小花园，一株金黄的银杏正在风中轻轻晃动叶片。

似曾相识的场景。

"晴子你刚才说什么？"她脑中一闪，赶忙拉住晴子问。

晴子叹息道："可怜的孩子，我是想问，摇光，你真的爱上别的男人了吗？其实劈腿的不是江遇，而是你。"

像有一块巨幕在她面前豁然拉开，林摇光猛地站在原地，突然明白了什么。

穿越到 3 月那次，她看到江遇和苏露在一起，她无法理解，拉着江遇要解释，却遭到冷眼，那时也是在这片小花园，晴子告诉她，江遇之所以和苏露在一起，一部分原因在她林摇光，因为她当着全班人的面说，自己爱上了别人……

急于弄清原因，她重新回到了前一年的 9 月，而没有想到，最后依然是这样的结局，而她爱上别人的预言成了真，不，也许那不是预言……那是过去，也是未来，又是现在……

　　穿回红月亮那晚之后，她以为一切都回到了正轨。然而事实是并没有——她依然深陷在时间脱轨的混乱之中，并且承受着这混乱带来的后果。

　　一辆中巴停靠在 A 栋教学楼下，林摇光登上车时，所有人都已经就位，许是这次测试的补助条件诱人，报名参加的人很多，顺利通过的自然兴奋异常，于是一些按捺不住性子的学生便在车里叽叽喳喳，好不喧闹。林摇光坐到一个角落里，待车启动，便拉下帽子遮住脸，陷入了深思。

　　手机上传来罗教授的信息，大意是未经她同意就公布了名单，希望林摇光不要生气，这项研究真的很需要她云云。林摇光没往深处想，只觉得欠了对方人情应该还，便回复道：我愿意参加测试，一切听教授安排。

　　十人小组中，一个叫文隆的男生被任命为组长，他建了个群，尽职尽责地发布着此次任务的相关信息。从文隆手中接过自己的护照和机票，林摇光愣住，反复看后，确认是自己的证件，便问：“你怎么会有我的证件？”

　　“是你妈妈送来的。”文隆道，“这次任务是临时发布，还好大家上交资料都比较及时，只有你的最晚。”

　　“我妈妈知道我要参加测试，而且还要出国？”林摇光不可思议道，“她连招呼都不和我打一下？”

　　文隆摊手，“她说接到了罗博士的电话。具体我也不清楚。"

林摇光抄起手机给母亲打电话，听筒里响了许久也无人接听；她又给罗博士打，奇怪的是，刚才还给她发过信息的号码，此刻居然关机。

这时，原本晴朗的午后已经变得阴云密布，大巴驶出市区的时候，天下起雨来，噼里啪啦的雨点打在玻璃上，远处天际有隆隆雷声传来，似乎昭示一场不平常的旅程的到来。

雨下个不停，中巴一路往机场开。风雨交加中，一群年轻人登上了飞往印度尼西亚的航班。

得知要飞往印尼，林摇光先是吃了一惊，但看同学们都一副见怪不怪的样子，她先是认为自己似乎掉进了一个陷阱，随后又感觉是自己的时间出了问题，仿佛那些应该经历的过程，悄无声息间消失了……

飞机上，她依然联系不到林仙姿和罗教授，想了想，她打电话给晴子，让她帮忙去照料石头，另外再去找一趟林仙姿。

结束通话，邻座叫朱莉的女孩把一包薯片递给她："吃吗？"

林摇光说了声谢谢，却没心情吃，朱莉自顾自地嚼着薯片道："摇光，这次测试的报酬究竟是多少？文隆说是五万，可我听别人说是八万，不会有人想吃回扣吧？"

"你在说什么？"林摇光似乎压根不明白她的意思。

朱莉瞪着她："你没问过罗博士？"

"没有啊。"

见林摇光双眼懵懂，朱莉一笑，"原来你和罗博士也不像他们说的那样嘛……"

"他们说的哪样？"林摇光越发不解。

朱莉笑笑："就这样那样呗，男女之间那些……"

林摇光简直无语，气极反倒笑起来："我自认为还没那么大魅力吧。"

"那他为何对你格外关照？"朱莉不死心，眸中射出星星点点的八卦之光。

林摇光想了下，的确是，自打罗博士出现，就好像一直对她格外关注，"也许和这个测试有关。我最近出了一点问题，记忆有些混乱，也许是时间感知，我闹不明白，罗博士说可能是时间感知综合障碍……罗博士的研究似乎与这个有关。"

朱莉眨眨眼睛："我有点明白，可又有点不明白，你看起来很正常啊，那个……障碍会有什么表现？"

"比如现在是2119年3月21日，我和你坐在飞往印尼的飞机上聊天，而在我的脑海里，就在同一个时间，我在砚城发生的一次化工厂爆炸中受伤了……"

朱莉的脸色变得不可思议，眼神像在看精神病人，"那个，你是不是真的在某次爆炸中受了伤，脑子坏掉了？"

林摇光：……

摇光

虽有风雨，好在航班平安到达，一辆半旧的巴士接上他们，由一名印尼当地司机开着驶离机场。大约两个小时后，汽车来到一片海岸，司机指着岸边的一个小型码头，叽里呱啦说了几句话。

学生中有懂印尼语的，给大家翻译道："他说，那里一会儿会有船来接我们。"

暮色将至，巴士掉头离去，一群学生拉着行李箱站在空空的海边码头，虽然二十几摄氏度的气温很适宜，但眼看着视野之内无一只船，学生们不禁担忧也疑惑起来："这实验室也太偏僻了吧？这一路我都快累死了。"

另一名学生叹息道："我的胃都快吐出血了，一想到还要坐船，简直太恐怖了！"

"果然钱不是那么好挣的……组长，罗教授联系上了吗？"朱莉一屁股坐在路边的石头上。

林摇光遥望水天相接处，隐约有个黑点越来越近，于是喊道："船来了！"

船渐渐靠近，是一艘中型豪华游轮，船体上印着"A-byss"字样。在学生们的欢呼声中，游轮靠岸，门缓缓打开，一名身穿白衣的亚裔男子走了下来。

组长上前交涉，确认是罗教授派来的船，便招呼一声。大家松一口气，排队上船。

Abyss，深渊。

不是个好名字，林摇光一边想着一边往船上走，脚下却不慎绊了一下，旁边及时伸出一只手扶住她。

"小心点。"是那个穿白衣服的男人，林摇光稳住脚下，对方帮她将箱子提到船上，面带微笑地看着她，"你就是林摇光？"

"您认识我？"她观察到，他行动的时候右腿似乎有些不便，冲他点点头，"肯定是罗教授告诉你的。"

对方笑而不语，一双乌黑的眼眸藏在略深的眼窝里，"我是罗教授的朋友，你可以叫我云。"

林摇光打量着他，眼前的人大概五十开外，个头中等，头发花白，虽然面容和目光里有着沧桑岁月留下的痕迹，但不失俊朗，尤其是他一笑，竟令她恍惚生出些似曾相识的错觉。

"冒昧问一句，云先生，我们是否在哪里见过？"上船坐好之后，林摇光忍不住对旁边的男子道。

云先生正专心看着前方，听到她的话，没有扭头，淡淡道："十几年来，我从没离开过这座岛。"

林摇光"哦"了一声，目光再次投向前方，霭霭夜色里，一座黑色的海岛出现在眼前。

这时，云先生拿出一只箱子，箱子里是一些黑色的物品，紧接着测试组成员每人分到一只黑色布袋。

"马上就要前往实验室了，现在，请各位受累，把这玩意儿戴在头上。"

"这是什么呀？头套，还是眼罩？"一名男生发出不满的质问，"我们又不是人质，参加测试还要这样？"

"实验室位置属高级机密，我让你们这样做，是保护你们的安全。"云先生语气平静。

"即便不用眼睛看，我们的手机也自带定位功能啊！"有人叫起来。

云先生露出淡淡的嘲笑："你看一下，手机在这里还管用吗？一切通信设备在这里都是死的。这里，不仅是卫星找不到的地方，也是被上帝遗忘的地方。"

快速让这些年轻男女信服且安静是不可能的，船舱里立刻喧闹起来，年轻男女拿着变成板砖的手机惊慌失措，仿佛失联比失去生命更可怕，有人哭起来，有的闹着要见罗教授，说一路上受够了颠簸之苦，现在还要遭受这样不公的待遇，这简直是欺诈、绑架！

一片纷乱中，云先生面无表情地往面前的桌板上，重重拍了一把手枪。

手枪锃亮、光洁，造型优美，船舱里顿时安静下来。

被震惊和恐惧笼罩着的学生们变得乖顺，一个个煞白着脸瑟瑟发抖地坐回椅子，听着云先生的脚步清晰而又缓慢地从身边走过。

脚步经过林摇光身边时，突然停了下来。

林摇光心跳如擂鼓，生怕接下来船舱里一声枪响，自己就消失在了这个世界上，可是，可是……

池寒，她在黑暗里闭上眼，默默在心里唤着他的名字，祈祷他能再一次天神般在出现在身边……胡乱想着，游轮已经靠岸，云先生的声音在船舱里响起："孩子们，深渊到了。"

学生们被要求一个扶着另一个肩膀，在引领下排队下游轮，然后进入一辆汽车。由于恐惧，一些女生哭了起来，想起那把枪的威慑力又不敢大声，只能小声抽泣。

林摇光的肩膀被朱莉掐得很紧，她想回身安慰两句，这时组长冒死发了话："云先生，我不明白你为什么要绑架我们这些穷学生，我们千里迢迢到这里，一来基于对罗教授的信任，二来不过是为几个报酬。现在既然我们已落到你手里，请你不妨把企图告诉大家，我们便是死，也死个明白吧！"

他话音刚落，朱莉就"哇"一声哭起来："我不要死，我奶奶还等着我回去用这五万块钱给她看病呢……"

学生们被压抑的情绪再次失控，顿时哭闹吵嚷一片混乱。云先生没有说话，只是猛地踩了一脚刹车，大家感到"嘭"地一阵震动，汽车停了下来。

汽车不是在平面上行驶，林摇光想，估摸一下从进电梯到车停止的时间和速度，现在这地方，至少在地平面以下 2 公里。

天，这是名副其实的深渊啊！

电梯门打开，一道洪亮的笑声传进每个人耳中："宝贝们，欢迎光临深渊！天哪，云！你怎么能这么对待我的学生？会吓到他们的，快，都把头上戴的玩意儿去掉，去掉！"

林摇光还没来得及动手，一双手已伸过来轻柔地替她摘去了头套。"见到你真高兴，摇光啊，让你受委屈了。"

罗教授湛蓝的眼眸里洋溢着一贯的热情，见她一脸不信任，他做出夸张的表情："怎么了，大家都不认识我了？是我，罗奇，你们的罗博士！"

学生们从刚才的情绪里慢慢缓和出来，战战兢兢地指着云先生："他，他……"

罗奇看向若无其事的云先生，忽然哈哈大笑起来："他又拿你们寻开心了是吧？"说罢从他身上一摸，指尖勾出一把枪，半嗔半怒地瞪向云先生："你居然拿这小玩具吓唬我的学生，再有下次，我可不饶你啊。"说着把枪往远处随手一丢，枪滑到了一个角落里，云先生的脸上也露出一丝薄薄的笑容。

学生们松了一口气，文隆叹道："罗教授，原来这是个玩笑，可把大伙儿吓坏了。"

"来，参观下我的实验室。"罗奇引着大家往实验室里走，这里空间超大，银白色的四壁，一条长长的通道伸向远方，林摇光仰头看向天花板，一个个圆形的灯状物密密麻麻望不到边，将整个空间照耀得亮如白昼。

只是路过墙角的时候，她看到被罗奇扔掉的枪，几颗子弹散落在枪旁——那并不是玩具枪。

热情地领大家粗略参观之后，罗奇便以舟车劳顿为由，安排他们用餐休息。学员们住进了一个个造型似太空舱的房间里。

林摇光躺在四周雪白的舱内，拿出手机查看，果然没有任何信号，这里没有窗户，也没有任何能显示时间的设备，想知道此时几点几刻，显然很困难。忽然，她想起什么，起身打开自己的行李箱，从内层里翻出一枚古铜色泛着微微光泽的怀表。

奇怪的是，多年来一直不曾出过故障的这块表，如今停止了走动。

建在地下深处的实验室，林摇光不禁联想到暗物质探测实验，由于地下深处能够在很大程度上免受宇宙射线影响，所以地下实验室是进行暗物质探测实验的理想所在。

既然让这么多学生参与，那应当是人体实验了，可是为什么罗教授之前不提这次测试与暗物质研究有关呢？既然是时间主题的测试，时间与暗物质之间有何关系？

她咬着嘴唇想，也许事情没那么简单，罗教授让他们来的企图到底是什么必须弄清楚。

林摇光悄悄溜出房间，长长走道两侧住着已经休息的同学，她没有穿鞋，踮着脚往来时的方向走。行至实验室入口处的墙角时，她发现，之前被罗博士丢掉的枪不见了。

摇光

而且入口处严丝合缝，不见一丝大门的踪迹，仿佛这里原本就是一个密闭的地下空间。

　　说不恐惧是假的，若放在以前，她必定慌乱不已，但经历过时间穿越，甚至被丢到海岛上过夜之后，她对这些常人难以理解的事情有了一定的接受力，于是她折返回去。走廊上的灯依然亮着，头顶一盏盏圆灯像一只只眼睛，她悄然走过那些房间，眼前豁然开朗，一间极大的实验室出现在视野里，参观时罗博士只匆匆指了指那些仪器，并没说做什么用，现在她悄悄走过去，发现都是设计复杂、精密的仪器。在一台医疗舱模样的仪器上，她忽然发现了两个字母：TS。爆炸中昏迷那次，林摇光从池寒家中的医疗舱中醒来，她清晰地记得，那上面就有和这个一模一样的标记："TS"。

　　她想起舍友妙薇说过，原本要到学校对接合作项目的人是池寒，后来因为池寒临时出差，才换了罗博士来。

　　这么一想，所有事情都对上了号……这么说，罗博士没有欺骗他们。如果这件事从头到尾都是阴谋的话，池寒也是参与这个阴谋的一员。

　　"你在干什么？"

　　清冷的声音在背后响起。

　　林摇光放在字母上的手连忙缩回来，回身正好对上云先生幽深的目光，她支支吾吾地想着找个什么借口，只见他淡淡瞥来一眼，道："请随我来吧，罗教授找你。"

巨大的房间里，四面墙壁上的虚拟屏滚动变换着景色，使得这间地下深处的房子看上去辽阔得犹如森林原野，一座长长的吊桥在屏幕上微微晃动，吊桥两端是莽莽森林，一条瀑布从吊桥一端的绝壁上银练般奔泻而下。

罗奇静静站在房间中央，久久望着这一场景，脸上浮现出因回忆而产生的温柔，两只休眠舱停放在这一美丽场景下的地面上，像两具华丽的棺木。

他走向其中一只休眠舱，目光投向其中沉睡的面容，缓缓启唇，语调哀伤："还记得这座桥吗？那时，你像一只迷路的精灵，没头没脑就撞进了我怀里……你怪我没有放你走，现在想，我的确是错的，为了一己之私把你留下，结果却害了你……"

"嘀"，一盏信号灯在眼前一闪一闪，罗奇扭头看了一眼，露出一抹微笑："不过用不了多久，我们就又能见面了。"说罢他深吸一口气，轻轻一按舱体，墙壁上一个洞口打开，将舱体缓缓收了进去，消失在虚拟屏上一大片绿油油的树冠中。

接到基地的紧急呼叫后，池寒甩掉天枢星的追击，一刻不停地飞回了地球。

总算平安抵达，他将飞船高度降低，缓速落地，驶入巨大的停机库。

这一来回，虽然自己在太空中仅用了几十个小时，但地球时间已经过去了两个多月。他离开前将猎时犬石头留在林摇光身边，是为了让它随时报告她的情况，没想到飞船遭遇撞击之后，飞船和他体内的通信器都无法和外界连接。回到地面，他想到的第一件事，便是给林摇光打电话……

或者跟石头联系更合适。

脚步踏进时间管理局大楼的时候，他心头掠过小小的纠结，这么突兀地打过去似乎不大好……

大楼里，除了守卫不见一人，难道今天是休息日？他仰头看了下大厅墙壁上显示的各地时间，周三，正常工作日，人都到哪儿去了？

管不了那么多，他大步走向自己的办公室，直接往一部电话机旁冲——只有在和平凡人类联络时才需要这个，基地内部联络都用体内植入的通信器。

手指刚刚摁下号码，一个人影匆匆闯进来，端起桌上的一杯水仰头咕咚咚喝了个尽兴。

"天哪，六个小时，我要死了……"艾克抹着嘴巴自言自语，一转头看到池寒直挺挺地在窗边立着，吓得"哇"一声后退一步，"S，你什么时候回来了？"

"就在刚刚。"池寒把举起的电话放了回去，"看你的样子，是被琳达蹂躏了？"

"琳达对我只有宠爱，绝对没有蹂躏一说……"艾克又拧开一瓶水喝了几口，一脸灰败，"基地出事了，你还不知道吧？"

"我预感不妙，天枢星人袭击了飞船……看来天枢星上有异能者的消息是个圈套。"

"当然是圈套，而且我们都中计了！"艾克一拍桌子，迫不及待要把最近的遭遇告诉池寒，"这就是个调虎离山计，安特局长收到各星系有时间异能者的假消息，于是把大家都派出去寻找，结果你猜怎么着？"

"时光茧……丢了？"

池寒迟疑地说出自己的猜测。

艾克一拍大腿，脸色激愤，声音奇大："可不是嘛，真不明白这次安特怎么会这么……"

碍于局长的威严，他把那个喉咙里冒出来的"蠢"字又咽了回去。

"查出可疑人员了吗？"

艾克摇摇头，"大家都认为是散播异能者消息的人干的，但安特死活不说自己究竟是从哪里获知的信息，只把所有人撤回来，一个个审查……既然你说遭到了天枢星人的攻击，我猜这事可能跟天枢星人有关。你想啊，时光茧项目虽然机密，但放眼各星系，知道的、盯着的眼睛不知有多少，重启时间啊，这个噱头多厉害，哪个星球不想让自己在宇宙里活得更久……这下好了，太急功近利急于求成，反而把东西丢了……如果夏星博士和奇博士在，就算丢他一百个，咱们也能再研发出来，可如今，这两大研发骨干，一死一失踪，这下我们的项目啊，可算是完了！"

艾克絮絮叨叨说了许多，池寒的脸色渐渐凝重，他沉默了一阵，忽然拿起电话，快速拨出了林摇光的电话。

　　如果说时光茧的试验品已经被旁人得手，那么用不了多久，他们就会发现这个东西还不能投入使用。要想彻底完成，必须找到那个时间异能者。

　　真是这样，林摇光可就危险了。

　　电话里一片茫然，连信号都没有。他连续打了几次，依然如此。他开始快速调整手臂里的内置通信器，好在没多久，通信器显示正常，池寒接通了石头的信号。

　　"石头，林摇光呢？"他语气急促。

　　"哇，这么久不联系，你开口就问一个认识不到三个月的女人，而不是陪了你无数年的我。"石头愤愤不平。

　　"你是一只狗。"池寒口吻冷静且无情，石头表示被伤害："我发誓等找到林摇光以后，我宁愿被做狗肉火锅也要跟她去住米线店，而且那里有天底下最好吃的鸡胸肉……"

　　"等等，你说什么？找到她以后，她去哪里了？"池寒拦住它的喋喋不休。

　　"我……不知道。"狗子怂了，语气乖巧起来，"她去上学，把我锁在家里，然后再也没回来……"

　　池寒暴怒起来："你不是一只狗！你是猎时兽啊大哥，你拥有超能力，想找到她很困难吗？"

　　石头喃喃地说："我也是后来才发觉事情不对劲。对了，来帮她喂我吃狗粮的小姐姐说，林摇光去印尼参加一个测试，过几天就会回来给我买更好吃的肉骨头……"

"吃吃吃！你马上给我滚回来，找不到她，我第一个把你炖了！"

他"啪"地中断通信，火冒三丈的时候，发现艾克瞪大双眼盯着他："最后一个时间异能者……也丢啦？"

简直是灭顶之灾。

池寒没理会他，步入办公室内间，找了件平时放在这里的干净衣服换上，抄起桌子上的电话便往外走。

"你去哪里？安特局长应该马上就会要见你。"艾克大声喊。

"回来再见吧。"他大步走向停机库，跳上一架小型直升机。

接上猎时兽，他驾着直升机径直飞往印尼。

飞机上，石头把趁林摇光睡觉或者不注意的时候捕获来的时间碎片回放给池寒看。由于频频看到自己的脸，池寒的面颊莫名觉得有些烧，石头则故意把林摇光梦里的场景播放出来，池寒耳畔一遍遍响起女孩的温柔呢喃，禁不住脸红耳热，胸口被一股情绪涨得满满的，眼前浮现起她的面容、神态、一颦一笑。

"喂，你再不把高度升上去，我们就要撞机了。"石头眼瞅着前方逼近的一座座山头，冷漠提醒道。

池寒猛地一推操纵杆，直升机猛地上攀，石头的脑袋

摇光

"咣"一下撞到玻璃上，瞬间由一只机器犬变回了乖萌黑卷毛，发出了抗议的叫声。

"活该。"池寒瞥它一眼，道，"你说总向她献殷勤的那个外国男人是罗奇？"

石头点头，"他没认出我，可我认得他的味道，绝不会错。"

这就糟了，池寒正想着，通信器响起来，安特局长的声音传过来："S，夏星博士的安眠仓被盗了。"

"局长的意思是，有人偷了夏博士的遗体？"池寒一惊。

安特的声音带着沮丧："是的，而且似乎已经有一阵子了。"

"会是什么人干的，会不会和偷时光茧的是同一伙？"池寒问。

"如果这样的话，我就不明白了，时光茧需要异能者完成，而异能者已死，除非用时光茧复活，这是个悖论……"安特叹息道："先不管那些，现在追踪到时光茧的信号在北纬54°东经27.3°处消失，S，你立刻前往明克斯，务必追查到时光茧的下落。"

"局长，我现在必须……"

"不管你现在在干什么，追回时光茧是第一要务，你手头的事情可以交给别人来做，就这样。"

安特不容反驳地收了线，石头看着面色僵冷的主人，不由伸出舌头舔了舔自己的鼻头——呸，自己怎么越来越像条狗了呢?

过了一个多小时,发现直升机仍然没有调转方向的征兆,石头道:"你打算违背局长的命令吗?"

"找不到林摇光,谁拿着时光茧也没用。"他侧颜本就迷人,被天光一映越发迷人,石头眼见征途茫茫,于是缩回椅内呼呼大睡。

直升机穿越云层,径直往南飞去。

第八章　逢云

看到林摇光睁着一双不安的大眼睛怯生生立在门口，罗奇露出微笑："来，摇光，我等你多时了。"

云先生也跟着走了进来。

流动变幻的光线在房间里营造出神秘莫测的氛围，林摇光望着只有一只医疗舱的偌大空间，露出犹疑："罗博士，您找我有事吗？"

"本来应该先让你好好休息的，但这不是心急嘛，云先生的时间机器研制已经到了最后攻关阶段，只需要找到合适的时间能量，就可以完成——摇光，一旦成功，这可是开天辟地的一件大事，摇光，你是要被全人类，不，或许全宇宙都要将你的贡献载入史册……"

"等等！"林摇光打断一脸兴奋的罗奇，"我不明白您的意思，什么时间机器？时间能量，和我又有什么关系？"

"啊。"罗奇小小地惊叹一声，"我知道你和池寒接触已久，难道他没有告诉你吗？"

"告诉我什么？"林摇光听他提起池寒，心中轻轻扑腾一下，"这跟他又有什么关系……"说着忽然想到自己时间轴混乱的事，吃惊地抬头："莫非你是为了……"

罗奇笑了："我就说嘛，你怎么可能不知道自己是个稀世宝贝，S，哦，你可能习惯叫他池寒，那家伙向来是眼睛朝天看的，怎么会对你护得跟眼珠子似的，还不是因为你是这茫茫宇宙已知星系中唯——个时间异能者嘛！"

事到如今，他什么也不再隐瞒，坦然告诉她这一切，然后让她识相点好好配合。运气好的话，也许还能保她一命。

林摇光如坠深渊，一阵茫然过后开始拼命摇头："不是的，他说我只是得了一点小小的毛病，以后会好的，你说的那什么时间异能，我根本没有啊。你不也说了吗，我只是偶尔会时间混乱，应该是脑神经方面的问题……"

"抱歉摇光，我骗了你！不过，你不用害怕，我把你带到这里，只是想给你做一个测试，确定你身上是否存在这种异能，如果像你说的，你只是个普通人，我明天一早就安排人送你回国。好吗，摇光，相信我。"他湛蓝的眼睛急切地望着她，双手张开，似乎下一刻就要抓起她塞进某个机器。

林摇光心跳加快，四面环顾，只有无动于衷的云先生。她想，要是大声喊的话，她的同学们听到后会冲进来吧？

可是，即便他们救了她又能怎样？自己一行十人也无法从这地下深处平安逃至地面……何况，对手还有枪，这个所谓的测试，如今是做也得做，不做也得做了。

"好，我权且相信你的话。"林摇光盯着罗奇，"但你得保证，等测试结束后，我那些同学必须安全离开。"

"放心，他们此刻已经坐在离开这里的游轮上。"罗奇笑道，"本来他们就是做做样子来陪你的……放心好啦!"

林摇光心中一惊，绝望如潮水涌来，脸色霎时变得苍白，双腿不听使唤地打起战来，她这才明白，罗奇并不是想跟学校合作什么项目，他的目标，从一开始就是自己。

"投……投毒的事，也是你所为?"回想起自己对罗教授的信任就是从这件案子开始，如果这也是他棋局中的一步……她不禁冷汗涔涔。

罗奇不耐烦地摆摆手："那些都不重要，再说人类之间发生这样的事也并不稀奇……说不定很快就有不速之客造访这里，我们抓紧时间。云!"

云先生走过来，在一面墙壁上轻轻一按，原本飞瀑直下的景象悄然消失，错综复杂地盘绕着各种管路的仪器板出现在三人面前。

罗奇拍拍空着的医疗舱，冲林摇光做了个邀请的姿势："请吧!"

"罗教授。"林摇光平复着呼吸，盯着那曾经救过她的命如今看起来却像夺命深渊似的舱体，涩然道："您和池寒果真是同事吗?"

"这件事我没骗你，我们搭档很久了。"罗奇边说边调试仪器。

林摇光心头沉沉，不死心地又问："你们寻找异能者的目的，一定不全是为了用来做项目研究吧……"

罗奇扭过头，似笑非笑地看着她，仿佛要从她的表情里窥探什么，"我该怎么回答你呢，亲爱的小姑娘？十几年前，我和池寒发现过一个时间异能者，并把她带到了基地，后来……异能者死了。"

他的脸色冷下来，蔚蓝的眼睛像凝了霜的湖面，林摇光投过去一眼，立刻被冻得手足冰凉。

是了，如今羊入虎穴，罗奇没有必要对自己砧板上的一块肉撒谎，林摇光心中生出寒凉，像有一堆火被大雪浇灭，只余一地冰冷灰烬。

"我懂了。"她说，"我同意测试，罗教授，开始吧。"

罗奇满意地指引她往医疗舱里躺。

"等等。"云先生忽然开口，"博士，我认为，你应该告诉她这个测试的后果。"

"只是一次测试，不会有性命之忧。"罗奇有些不耐烦，"她是时间异能者这件事，我们都只是听基地的人说过，真假还不一定……"

"万一是真的呢？"云先生似乎神情矛盾，罗奇却正好相反，一股兴奋毫不掩饰地从眉眼间散发出来，"那我就要梦想成真了……别废话了，摇光，快躺进去，我保证你不会有事。"

其实看到云先生的神情，她心中已"咯噔"一声，自知凶多吉少，可眼前再凶险，似乎也比不过心中之火被浇灭，得知真相的失望、绝望让她生出些万念俱灰的滋味，连对未知的恐惧也变得麻木起来。

她木然走向医疗舱，依照罗奇的指示脱掉外套躺进去，闭上眼睛，任对方在自己的额头、太阳穴及脖颈处粘上一个个用以连接仪器的贴片。

然后她听到云先生略显僵冷的声音："时间能量测试，倒计时准备 1 分钟。"

林摇光心中的难过如潮水，涨到极点之后慢慢退去，心中只剩下一片死水般的平静。

贴片凉凉的，起初并没有不适的感觉，渐渐地，似有一股电流从太阳穴处至全身蔓延，肌肤上的凉意渐渐变成了温热，脑中开始出现昏睡前的感觉，晕晕的，一片蒙眬，林摇光感觉自己像漂浮在一片温水之上，暖暖的热意包裹着自己，竟有一丝惬意……

忽然，那热度猛然上升，身下的温水仿佛瞬间变成了岩浆，滚烫灼热，周身的痛感神经被触动，她痛苦地叫起来，蓦然睁开眼睛，隔着封闭的舱体，只是朦胧看到罗奇的背影和他眼前屏幕上不断起伏的曲线，曲线数字变红，显示已近峰值，整个房间的灯光开始忽明忽暗。林摇光不断尖叫，在舱内扭动着身体，奈何手脚全被束缚，她无法取下太阳穴上那些似乎要把她燃爆的贴片，脑中的意识已经混乱，一些残破的片段在脑海中不断闪现，通过这台仪器，化作一个个数据线条在大屏幕上显现。

红月亮，爆炸，江遇，星空古堡，池寒，醉酒，海岛之夜……记忆如一团被猫咪抖乱的线团，胡乱纠缠在一起，林摇光听到了各种纷杂奇异的声音，就像是将一段段视频叠加在一起，混沌的声音变成了噪声，从远到近，从低到高，最终，像是一枚原子弹终于爆炸，她感到大脑里"嘭"的一声，然后，一片澄澈，安静……

　　她似乎能够睁开眼了，耳边的喧嚣也全部淡去，林摇光感觉自己静静悬浮在一片星空中，视野里是无垠的宇宙，无数的星在闪烁，天蝎座，木星，色彩斑斓的恒星像众神一般俯视着无垠中唯一的、孤独的自己……绚烂当中，一片巨大的光团缓缓升起，她眨眨被光刺得微痛的眼，然后看到了一个身影，那个身影在广袤的宇宙中显得那样孤独，又似乎亘古如此。她想要靠近，想要伸出手，去摸一摸那背影，然后告诉他，茫茫宇宙中，还好我们并不孤独……

　　突然，一个巨大的火球如流星般从东方弧形滑落，径直撞向了那个她在宇宙中唯一的安慰……

　　不！她叫起来。

　　嘭，屏幕突然熄灭，房间里的灯也全部熄掉。

　　在一片虚空的绝望中，林摇光流下了泪水。等她意识到那个身影和自己记忆中的某个人完全重叠时，她的悲伤更加难以遏制，池寒，你究竟在哪里？

　　片刻之后，电力恢复。一片明亮中，林摇光缓缓睁开眼睛，舱体打开，罗奇三步并作两步冲过来，脸上是欣喜得近乎癫狂的神情："简直出乎意料，林摇光，你的时间能量比我想象得还要巨大，时光茧成功有希望了！"

"云先生，快去准备，我们马上进行能量转移！"

"不可以！"这一次，拒绝声斩钉截铁。

罗奇脸色一沉，两只细细的触角按捺不住似的从头顶伸出来，随后又消失。

自从五年前认识他到现在，云先生已经摸清了罗奇的脾气，只有在他情绪到达高潮或者低谷的时候，那两根触角才会出现，他明白此刻罗奇求胜心切，但这种情况下对林摇光做能量转移，那么她必死无疑。云先生盯着罗奇，右手下意识地摸向后腰。

"你我合力研制出的时光茧与时间管理局的项目虽原理相同，但毕竟条件设备有差异，且使用时间异能者对时光茧进行能量输入属关键中的关键。在实验没有成功的情况下贸然进行，一旦出现失误，异能者性命不保不说，时光茧成功的唯一希望就没了。"

云先生劝阻恳切。罗奇冷静下来，望着医学舱里慢慢苏醒的林摇光道："你照料好她，让她尽快恢复体力。三天之后，无论如何，我都要拿到时光茧成品。"

不知过了多久，林摇光终于清醒过来。云先生坐在旁边的椅子里，正用奇怪的眼神注视着她。

见她眨了眨黑汪汪的眼睛，他似乎从某种神思中醒来，站起来，道："你还好吗？"

身上的所有贴片线头均已撤掉，她点点头，想要坐起来，但发现全身软绵无力。

"你体内时间能量非常强大，没有经过训练的人很难控制好，单单是做一次测试，就对你本身的体能消耗巨大。"

"云先生。"林摇光声音虚弱，"时光茧是什么？"

池寒驾着直升机一直追到哈达机场的海岸线，在某个港口码头，他发现了林摇光的踪迹。

从他接受任务，离开基地接触林摇光那一刻起，他作为她的时间管理师，就拥有了可以调取其时间流的权利。不过，一个人的时间流涉及隐私，一般情况下他并不随意调取查看，林摇光的时间流他仅仅调看过两次，除了今天，上次是星光古堡——林摇光说自己被他篡改了记忆，其实并不是，池寒只是读取了她的时间流。而不知什么原因，只是旁观的他却进入到了管理对象的时间流之中。

"她在这里上了船，然后驶向了西南边的某个岛屿。"石头根据池寒读取的时间流推测道，"已经过去十几小时了，我们得加快速度。"

池寒瞥它一眼，露出"这还用你说"的神色，加快了飞机的时速。

没过多久，林摇光的时间流突然消失了。不仅如此，直升机的导航系统也开始出现问题。

这片海域上空云雾极厚，直升机雷达信号时强时弱，不一会儿，信号彻底失去。池寒看看四周，云雾苍茫，下方是否有岛屿根本看不清楚。既然蹊跷在这时出现，那么离罗奇的据点估计也不会太远。

他让直升机降低高度，做了一段距离的滑行。

雾越来越浓，天色越来越暗。忽然，漆黑浓重的迷雾中出现了一道淡淡的光。直升机正全速往前行驶，如果不迅速上升高度，会与迎面而来的东西相撞。距离近了，池寒辨出是一艘游轮，他急忙将飞机高度攀升，起落架堪堪擦过游轮桅杆，石头拍拍胸口叫了声惊险，回头又看了一眼游轮，惊叫起来："快快快，S，游轮要沉了，上面有人！"

一群年轻男女惊慌失措地叫喊着，游轮一侧已经倾斜，部分甲板浸入波涛汹涌的海水中。

有人看到了直升机，拼命地向上挥手、呼救。

池寒降低高度，在一片惊慌的哭喊声中，他将直升机停在了甲板上。

手足无措的一群人似看到救星，想要围过来，可船体猛地一沉，大片海水汹涌冲上甲板，又是一片哭喊。池寒迅速跑进游轮驾驶室，发现里面空无一人，他忙扶住舵盘，将游轮方向控制住，匆匆检查一遍，船体并没有任何故障，只是因为无人掌舵，轮船触到暗礁，所以发生了倾斜。

这里离最近的一座小岛只有几公里，他拼力将游轮驶出暗礁区，果然倾斜的船身渐渐回平，漫上甲板的海水也退了下去。

游轮在岛边一靠岸，池寒立刻来到舱内，里面的年轻人情绪已经比较稳定，他快速环视一圈——没有林摇光。是的，若她在，刚才他把飞机降在甲板上，她就该看到他的。

"谢谢你救了我们!"组长文隆看到池寒，赶忙上前，"我们是中国砚城大学的学生，来这里参加一个科研项目，原本我们正在休息，可一醒来，不知怎么就在这艘游轮上了。我跑到驾驶室发现没有船员，吓得赶快喊醒同学们，谁知船在这时触了暗礁，要不是您及时相救，我们这会儿都该喂鲨鱼了，先生，真的非常感谢您……"

池寒眼眸一沉，"砚城大学的，认识林摇光吗?"

"当然，她和我们一起来的。"文隆说着，脸上露出悲伤神色，"可是现在她不在船上……教授带我们参观完实验室就安排大家去各自的房间休息，可大家一觉醒来都在船上，我点了下人数……唯独少了她。"

"你是摇光的朋友?"此刻坐在后排的朱莉忽然看向池寒，指着他脚边的石头，"我在学校见过这只小狗，摇光说是他朋友的狗——你是来找她的?"

池寒"嗯"了一声，"你们在哪里参加测试，和林摇光又是从哪里分开的?"

立刻有七八张嘴叽叽喳喳说起来，池寒朝文隆和朱莉招招手，"你们两个跟我过来。"

既然知道是林摇光的朋友，文隆和朱莉就毫不保留地告诉了他这几天发生的一切，包括罗奇怎样招募人员，一路上的经历以及在实验室里的所见。

　　"所以你们只是进了实验室，并不知道具体位置。"池寒听了二人的叙述后眉头微锁。文隆点头："我说过，我们在船上就被蒙上了头，不过凭感觉，大概船行驶了一个半小时到达的实验室。那个实验室很怪，虽然我们是坐车去的，但感觉不是在平面上行驶，而是向下行驶。"

　　"地下实验室?"池寒问。

　　文隆点点头。"里面没有窗户，也没有任何自然光线，据我推测，大约在离地平面两公里以下。"

　　"我知道了。"池寒根据他的描述，大约推测出了罗奇的实验室所在的位置，他对二人道，"你们在岛上等待，估计一个小时以内就会有人来接你们到最近的机场……需要给你们订机票吗?"

　　文隆摇头："我们订的是往返机票，感谢您的费心。"

　　"好，船我要用一下。"他说着起身要走，朱莉在身后叫住他："那个先生……千万要把林摇光救出来啊!"

　　池寒没有说话，大步走向停靠在岸边的游轮。在组长指挥下，大家把各自的行李和船上的一些紧急物资拿到了岛上。在众人的挥手致意中，池寒开着这艘空荡的豪华游轮掉头驶向了某个岛屿所在的方向。

听完云先生的话，林摇光很久都没能反应过来。

原来这个世界上，真有人类以外的其他星球文明存在，还有时间管理局……林摇光道："我听罗奇说，要在这里拿到时光茧成品……难道，那个没有完成的样品在你们手里？"

云先生脸色变得奇怪，没有回答她的问题，却忽然拉住了她刚刚穿到身上的大衣。

"这是什么东西？"

因为觉得冷，已经可以起身活动的林摇光拿起一旁的大衣穿在了身上，之前装进兜里的怀表不小心掉了出来。

云先生捏着表链轻轻一拉，握住了那块看起来有些年头的怀表。

林摇光"啊"了一声："这是我的怀表，很奇怪，明明一直很准的，到这里却不会走了。大概是年头久了，表芯坏掉了。"

"咔嗒"一声，云先生打开了怀表的盖子。

表盖内嵌着半张照片，一个年轻的女子抱着一个婴儿，另一半则被撕掉了。

他的目光在触及年轻女子时，猛地起了变化。

"照片上是谁？"

云先生的声音有些颤抖，林摇光瞟了一眼，有些奇怪道："是我妈和我啊。本来这是张全家福来着，后来家庭破裂了，我妈把那半边撕掉了。"

"你，你见过……"云先生指着空着那一半，说话有些不利索，眼神盯着林摇光，有难言的复杂。林摇光觉得奇怪，摇摇头道："你说我父亲吗？我没什么印象了，我妈从来不提他，哦，对了，前几天，她新交了个男朋友，说是长得很像初恋。"

"初恋？"云先生眉头一拧。林摇光道："她说就是我爸。"

云先生沉默下来，紧绷的眉目渐渐舒展开，一丝说不清的柔和散发在他的身上。林摇光觉得奇怪，绕过来看他手里的怀表："您是不是认识我妈妈？"

云先生顿了一下，轻轻摇头，把怀表塞回林摇光手里，看了看四周，忽然站起来："罗奇这会儿应该在睡觉，在他醒来之前，我送你离开。"

他不由分说拉起林摇光，在门上输入指纹，实验室的门霍然打开。

门外一片寂静，许是测试对她的体力有所消耗，一走路林摇光才觉得脚下虚软，眼前时不时地出现黑影。

头顶灯光如昼，刺得她眼睛发痛，她摇摇晃晃地跟在云先生背后，穿过那条长长的甬道时，她想起自己的同伴，于是在之前看到朱莉住进的那间用力一推，门开了，果真空无一人，再开旁边其他的门，里面皆如此——罗奇没有骗她，他们的确已经离开了。

她松了口气，紧接着又担心起来，不知罗奇有没有把他们安全送到岸上。

"云先生，我的同伴……"她轻声开口，正径直往前的身影立刻回过来，冲她"嘘"了一声，林摇光会意赶忙跟上去，经过自己舱内的时候她跑进去拿了随身的包。这时，云先生已经站在了整个地下实验室的出入口。

圆形出入口旁边有一排按钮，云先生看了一眼林摇光，忽然淡淡笑了一下，转身用手掌覆上其中一个按钮，一道提示音响起："识别通过，已解锁。"

看起来无比厚重的圆形金属大门缓缓开启，门外似是一条长长的隧道。

林摇光走过来，望着对面那张蕴含慈祥的脸，诚恳道："云先生，我走了您怎么办？罗教授肯定会为难你的。"

云先生摇摇头："在时光茧没有完成之前，他还离不开我。别管那么多了，罗奇睡眠很浅，当心他醒来，快走吧！"

她不再多言，跟着云先生出了圆形门，进入一条斜着向上的隧道。

隧道中虽有灯光，但都比较暗，林摇光深一脚浅一脚地跟着，很快就满头大汗，气喘吁吁，云先生的脸色变得焦灼："再走一段，上去的汽车就在前面。需要我背你吗？"

林摇光摇摇头，云先生虽然看起来还算健壮，但毕竟双鬓已白，若父亲还在，约莫也是这般年纪了。

又勉强走了一段，林摇光忽然眼前一黑，"扑通"一声栽倒在地，云先生转身看到，叫了声"摇光"快步跑过来。

林摇光再次睁开眼的时候，已经在一个宽阔的背上。

隧道黯淡，她的身体跟随着云先生的步伐在稀薄的空气里摆动，她又忍不住想起自己的父亲来，他究竟是什么模样？如今过得好吗？是否还在这世上？

从前，她几乎没有想过这个问题。林仙姿从来不在她面前提，她懂事之后也从来没有问过关于父亲的事，因为那会令林仙姿生气——生很久的气，她会不理她，不让她叫自己妈妈，也不许她晚上和自己一起睡觉，这是林摇光童年觉得最恐怖的事。

渐渐地，林摇光就把"父亲""爸爸"这样的词汇从自己的生命中剔除了。

"从来没有人这样背过我。"她忽然喃喃道，心中忧伤与温暖交织，"云先生，你有孩子吗？"

云先生的身体僵了一下，"没，没有。"

"您为什么要帮我？"

云先生在黑暗中笑笑："可能是因为我没有孩子吧。"

林摇光"哦"了一声，"你以后如果离开这里，可以去砚城找我。"

云先生笑了："那得是很久以后的事了。"

"没关系呀，到时我可以给你养老。"林摇光笑着道，"你没有孩子，我没有爸爸——你就把我当成自己的孩子好了！"

沙沙的步履声在安静的隧道里显得异常清晰，云先生半晌缓缓道："好。"

"对了，您真的不认识我妈妈吗？她叫林仙姿，开了家米线店，性格泼辣干脆，嗓门奇大，动不动就跟人吵架……"

性格泼辣，动不动就吵架……呵，这不就是记忆中的那个林仙姿吗？可是自从两人赌气要离婚，林仙姿带着两个孩子回娘家，而他最喜欢的大女儿夏星在伏虎山离奇失踪之后，他与她彻底翻了脸，他恨她没照顾好夏星，她却说这一切都是他的错……后来，他为了寻找夏星，不慎坠入伏虎山的断崖，罗奇救了他一命，却也将他的后半生彻底改变……

脑袋里电影般回放着过去的片段，这时眼前的一片开阔处停着一辆汽车，云先生把她从背上放下来，"好了，上车吧。"话音刚落，突然一声惊叫在耳边响起。

云先生抬头一看，迅速从腰间拔出了枪。

黑洞洞的枪口从车窗里伸出来，抵在林摇光的脖子上。

"云，你是不是老糊涂了？"罗奇蓝色的眼睛幽幽透着森森寒意，"她走了，我们怎么办？"

"罗奇，林摇光不能死。"云先生虽然拔出了枪，但不敢轻举妄动。

"我没有让她死！"罗奇吼起来，他的脸因为气怒而有些变形，"我只是需要她身上的时间能量。"

"那跟杀了她没什么区别。"云先生淡淡道，"我不会让她再受一丝伤害。"说着手指扳了一下枪栓。罗奇冷笑起来："我们合作十几年，你为了一个小丫头和我翻脸？云，你不是疯了吧？"

"我从未像此刻这般清醒，罗奇，放她走，我答应帮你完成时光茧……"

"你答应顶个屁！我需要的是时间异能者！"罗奇气急败坏地叫着，手里的枪在云先生和林摇光之间晃动。就在此时，云先生扣下扳机，银色手枪射出一颗子弹，"嘭"一声射向罗奇，若是平常人这一枪必然要中，但罗奇竟然闪避开来，子弹穿进车玻璃，碎片顿时四下飞溅。

林摇光被带得摔倒在一旁，头磕在隧道的石壁上，险些晕过去，蒙眬中只见罗奇开始回击，他像疯了一样，拿起枪毫不犹豫地射向云先生。

"不要！"眼看出膛的子弹就要击中云先生的胸口，林摇光大叫一声，拼命往前一扑，推开了云先生。

"扑哧"一声，血花飞溅，林摇光只觉得一阵剧痛从胸前漫开，瞬间遍传至四体百骸。

"林摇光！"一声呼喊像是从天外穿透而来，熟悉的声音里带着焦急、紧张与足以将天地粉碎的愤怒。

是谁？

渐渐模糊的意识里，一个身影从一辆汽车中跃下，飞快地朝她奔了过来。

漫长的黑暗。

有雨，簌簌而下，一个身影走在黑暗里，周围有摇晃的树影。

第八章　逢云

身后是渐渐远去，渐渐消失的骂声、哭声。

林摇光追着那个身影跑出去。

从灯光里，到夜雨里。

哭声，撕心裂肺。

"爸爸——"

"爸爸——"

他听不见。

他走远了。

他，没有回头。

十八年了，林摇光第一次做这样的梦，梦境太清晰，清晰到她足以看清那个大雨里的自己：

一个扎着冲天辫的小女孩，三岁而已，摇晃着胖嘟嘟的身子，红裙子被雨淋得湿透，团团的脸上只见一张号啕大哭的嘴巴。

很丑，但足够伤心。

这是个上帝视角的梦，她居然还看到了那个毅然离开的男人，他的怒火，他的眼泪，他越走越快，直到最后迈开双腿，在雨地里奔跑，然后在一条宽宽的深壑前停住。

他双膝跪地，雨水无情地冲刷着他的脸，他在哭，在呼喊一个名字："星儿，星儿！"

他哭喊着，爬向深渊的边缘。

雨，铺天盖地。

忽然，男人不见了。

黑漆漆的夜色，被森林包围的山坳里，一线摇晃的灯光从一片院子里隐隐透出，如遥远天穹里，那一颗最不起眼的星。

第九章　幻境

　　梦境太逼真，以至于林摇光明知自己已经醒来，还长久地沉浸在悲伤里不能自拔。她抽抽噎噎，眼泪热热地从脸颊滑落，耳畔听到有人不停唤着她的名字：林摇光，林摇光……

　　她不情愿地睁开眼皮，朦胧的光线里，一个人影被阳光镀了金边，人影晃动着，一张脸逼近，逐渐适应了光线的眼睛，徐徐看清了那眉眼。

　　有道是"一眼万年"，她听别人说起时，总认为是无稽之谈，如今落到自己身上，方才千种万般认可。

　　这一眼仿佛久别重逢，这一人，仿佛很久以前就见过，初识犹如故人归……等等，他好像也认识自己的样子。

　　林摇光眨眨眼，目光恋恋不舍地离开对面人的脸，看向周围的环境。

　　一间干净的屋子，摆设简单，一人一狗各用关切的眼神盯着自己。

　　而她躺在一个类似于电影中医疗舱样的容器内。

"这是哪里？"她发出干涩的声音。

一只手掌伸过来将她的手紧紧包住，温度直入人心，容颜绝好的男子眼中闪烁着比星子还亮的光芒，"别怕，我们到家了，摇光……你感觉怎么样？"

林摇光愣愣地看着说话的人，大脑飞快地运转着，寻找着关于这个人的记忆……

一帧帧画面在跳动、闪烁，仿佛快速翻动书页，每一页都有同一道身影，翻得快了，那身影便动起来，逐渐地汇聚成清晰的画面：

哦，他竟然在吻她。

林摇光的脸红了，一种异样的感觉自心间漫开，她抬眼看向近在咫尺的男子，迎上他焦灼而真诚的眼神，愈发肯定了自己和他之间的关系，嘴角便弯起笑来。

池寒见她痴痴傻傻，以为是自己的挽救行动哪里出了疏漏，便弯下腰靠近，有些紧张地轻问道："还有哪里不舒服……"

最后一个"吗"字未出口，舱床上躺着的女孩突然抬起双臂环抱住他，然后在他颊边轻轻落下一吻："见到你真高兴。"

池寒浑身僵住。

紧接着，一股前所未有的复杂情绪交织着涌上喉头，堵得他所有的语言都迷了路，他的眼底热乎乎的，双手像有了自己的意识般，紧紧拥住了怀里的人。

差一点，他就永远失去她。

他闭上眼，脑海里是自己赶到"深渊"时看到的一幕：大片的鲜血如怒放的红罂粟从她胸口涌出，他疯也似的扑上去。奄奄一息中，她用满是鲜血的手抚着他的脸，眼中有泪，嘴角却带着笑："你这个骗子，怎么现在才来……"

他猜到那一刻的林摇光已经知道他的身份，了解了他的任务，说不定还会对他心怀怨恨，可是最后一刻见到他，她仍然选择偎在他怀里，不相信真相，不相信世间的丑恶，只相信那一刻的温暖，就像看到晶莹的泪水从他眼中绽放时，她相信那是真的，比珍珠还真……

纤柔的指尖擦掉他眼角的湿润，池寒从回忆中抽离，眼前的女子怯怯地看着他，轻声问"怎么了"，池寒深吸一口气，笑着说："没什么，只是想说……见到你，我也很高兴。"

林摇光笑起来，白皙的脸上跳跃着阳光的影子，宛如他初见时，那个阳光而自信的女孩。

"我为什么会在这里躺着？"随着医疗舱缓缓竖起，她的脚一触到地面，整个人便从那个局促的空间里跨出来，动作有些夸张地舒展着腰肩和手脚，她听到男人有些干巴地笑了下，说："有间化工厂出了爆炸事故，你为了救这只狗，受了点伤……不过现在已经伤愈了……你还有哪里感觉不舒服？"

"没有。"她笑起来，眼睛弯弯如月，有些娇嗔地抱住他的胳膊，"宛若新生，充满力量……就是，有点饿。"

池寒轻轻摸了下她的头顶，眼眸里像藏着万年星河。林摇光有些沉醉：我男朋友简直不要太好看……倒追这么久果真值，妙薇她们肯定不敢相信，我和男神已经在一起了。

她晕乎乎地想着，池寒已经走出去，很快又回到房里，手里多了只托盘。

托盘上是一只青色细瓷碗，碗中是漂着一层金黄浮油的鸡汤。

汤未至，香先入鼻，林摇光脖子伸得老长，池寒把碗放到桌上，递了勺子给她："估摸你这时候该醒，我提前几个小时炖上。听说鸡汤最补，你先喝点儿，想吃什么，我再去做。"

"不用不用了，这不还有肉吗？我吃几块就好。"林摇光欢喜地喝起汤，入口味道鲜美，她冲池寒伸出大拇指，眼见地上蹲着的黑狗似乎垂涎欲滴的样子，便捡了块鸡肉冲狗儿喊，"来，石头！"

石头没想到她还记得自己的名字，顷刻间狗泪汪汪差点扑将上去，被一条长腿适时挡住，池寒柔中藏刀的声音响起来："它吃过了，这些都是你的。"

林摇光作罢，自顾自吃得香甜，池寒担心石头再打鸡肉的主意，转身将它带出了房间。

长廊上，有风吹过，樱花纷纷飘落，石头闷闷地呜咽着，池寒神情幽幽，盯着指尖的一片花瓣道："她忘记了许多事，却还记得你和我……石头，我很高兴。"

"高兴？"适才的小黑犬实在憋不住，摇身化作猎时兽，幽幽道，"她的命是救回来了，可是你呢？你想过自己将要面对的惩罚吗？S，时间管理师守则第一条，禁止利用身份，在未获授权情况下，重启被管理对象的时间流。第二条，时间管理师的时间芯片……"

"别说了，我都知道，可我不能眼睁睁看着她死……她是时间异能者！"

"仅仅因为她是异能者，难道没有别的？"

池寒大概从来没想过，自己会被一只狗质问到语塞，可这句话问到了他的灵魂里，连他自己也想问自己：仅仅是为了时光茧的成功？

在这不计代价的挽救中，难道没有掺杂自己不愿为外人道的秘密和心思吗？

落花纷坠，林摇光一袭白衣翩然从长廊尽头的月洞门走来，乌黑长发，嫣然笑颜，阳光下美得让人眩晕。

他的手按住狂跳不止的心口，喃喃自语道："或许，是为了……我的心吧。"

他说完，快步朝她走过去。

池寒让林摇光在园子里再休息几日，林摇光却急着回学校，一来担心董教授的测试通不过，二来……虚荣心作祟，她迫切想要看到舍友们知道自己追上男神后的反应。

于是，她摇着他的手臂撒娇："我们餐厅的奶茶真的很好喝，烧鹅腿也巨好吃，今天心情好，我请你啊……"

被立了男朋友人设的池寒，此时对她那叫有求必应，眼睛里的宠溺几乎要溢出来。

林摇光心满意足地挽着池寒的胳膊在校园里大摇大摆，路遇熟人，异样的眼光投来，她全视为羡慕嫉妒恨，心里美滋滋的，一路到了餐厅二楼靠窗位置坐下，池寒抽出被林摇光攥得湿漉漉的手，笑道："我去买奶茶和烧鹅，你在这里等着。"

"好。我很乖哦，你快快地回来。"呵，嗲起来真是连自己都怕，林摇光被自己恶寒了一下，看到他翩然离开的背影，又花痴地托着下巴笑起来。

原本想着给舍友们打个电话，又觉得炫耀的痕迹太重，算了，等享受完浪漫情侣餐，带他到宿舍楼下晃一圈。在消息灵通的女生宿舍，很快她们就知道了。

正琢磨着，忽然一个人坐到了对面，她以为是池寒，便说了句"这么快就回来了"，抬头却看到一张郁郁的脸。

"摇光，你还好吗？"一个穿白衬衣的男孩，清秀的脸上有关切和伤感。林摇光愣了一下，过了半晌才想起眼前是谁，笑容消失殆尽，连声音也变得淡淡的："我很好，谢谢关心。"

男孩又道："摇光，我和苏露分手了。"

林摇光的眉头皱起来："你分手关我什么事？江遇同学，

我和你很熟吗?"

江遇神色一黯,半晌道:"我知道你还在生我的气。"说着清隽的脸上浮现愧疚之色,"你拒绝我的戒指后,我的确和苏露在一起了几天,但很快,我发现,我不快乐——摇光,只有和你在一起,我才能体会什么叫轻松和快乐,你请假这段时间,大家都说你是被我伤了心,可没有人知道,我每天过着怎样的日子——我真的很想你。"

说着他忽然越过桌面伸手过来,想要牵她,林摇光一头雾水,下意识地闪避开,正要起身,却撞进一个怀抱里。

"抱歉,请不要碰她。"池寒脸上挂着淡淡薄霜。

江遇一惊,然后站起身,脸色有些发青,问:"你是哪位?"

林摇光看气氛僵滞,生怕二人打起来,赶忙伸手道:"好啦,也没什么事,池寒,要不我们换个地方?"

池寒看向她时眸色转柔,说了句"好",牵她欲走,忽然听到身后的男孩道:"他就是那个人吗?摇光,你拒绝我的陨石戒指,就是为了这个男人,是不是?"

陨石戒指。听到这个词,池寒的剑眉微微一拧。

林摇光的脑海里似乎闪过一些模糊的片断,她敲了下脑袋,又好像理不出什么,于是叹了一声,转身道:"是啊江遇,他叫池寒,是我现在的男朋友,我很爱他。你,今后不要再来烦我了。"

江遇的身体晃了一下,脸色霎时变得苍白,他怎么也想不到，眼前这个曾经苦苦追求自己的女孩，怎么一转眼就爱上了别人。难道这一切，都是她的游戏吗？他如置冰窟，牙齿上下打着战，眼底一片通红："好！林摇光，算我瞎了眼……"

他话音未落，掉头即走，踉跄的背影看起来像一头被射伤的野兽。

林摇光不知该说什么，忽然觉得腰上被人一揽，便轻轻跌入池寒的怀抱。

他的眼如星河长夜，幽深中藏着密密光芒，林摇光心跳突突，彼此鼻息相闻，她一动不敢动，只觉得他眸色灼热如火。

"你，你干什么？"她结结巴巴道，池寒忽然一笑，牵起她的手，飞快地穿越人群，离开了餐厅。

暖风在耳边伴奏，他们奔跑在春天里，又像奔走在漫漫的时间长河中。

时间若如流，那么无论顺流而下，抑或逆流而上，我都应当与你并肩。

在盛开着大片粉色蔷薇的花园边，池寒的脚步停下来。

林摇光气喘吁吁，手扶膝盖，话也说不利索："你……你这是干什么？"

池寒轻笑看着她："你拒绝江遇，是他送的陨石戒指你不喜欢？"

林摇光:?

还未待问，面前男人微微一笑，朝她摊开手心。

一块核桃大小的石头在眼前熠熠发光，金色的质地中散落着不规则形的透明晶石。阳光穿过晶石，整块石头展现出燃烧于星空时的斑斓色彩。

林摇光被绚丽耀目的颜色吸引，忍不住用指尖轻轻触碰，许是带了池寒的体温，石头触感温润，并无坚硬冰凉之感。

"这是一块来自45亿年前陨星内部的石铁陨石。在古代，石铁陨石常被人们认为是上天给万物生灵传递重要信息和神秘力量的载体，甚至被一些民族视为圣器、法物。而实际上，它不过是地球以外未燃尽的宇宙流星，脱离原有运行轨道散落的碎块，像这一块，就来自火星和木星之间的小行星，是我亲手捡的。比起陨石戒指，怎么样？"

林摇光抬头，原本她被陨石的绝美震撼，听到最后一句，才意识到什么，于是笑起来，握了陨石在掌心，道："噢，原来你在吃醋啊。"

"我为什么吃醋？"

"因为你喜欢我啊，刚刚有人对我表白……"林摇光得意道。

"我没记错的话，刚才仿佛听到有人说……很爱我。"他低着眉勾唇瞧她。

林摇光的脸红起来，心尖成了一口泉，有甜蜜源源不断地涌上来："明明是你在吃醋，不然为什么送我这块陨石？

哼，明明就是你喜欢我，看你刚才急眼的样子，想必爱我爱得不要不要的呢！

他笑起来，忽然握住她的手，将她轻轻拉进怀里："你说得都对。"

"你爱我？"

"唔。"

"爱得不要不要的？"

"嗯……"

"哈哈！"林摇光得意地大笑起来，忽然感到她的脸被人用手托住，紧接着一声呢喃传入耳中，池寒温柔的脸低下来，吻轻轻地落在了她的双唇上。

"林摇光，我会守护好你。"

池寒从未想过，有一天，他也会对着自己心爱的女孩，说出这些肉麻的情话。可事情就是那样发生了，他受着本心和欲望的驱使，接受了她的爱，又吻了她，仿佛一切水到渠成，他和她之间的种种，天注定。

进进退退，辗辗转转，林摇光只觉得天旋地转，此刻的自己就像一颗小行星，只想依偎在他身边，永远地围着他转……不知过了多久，她被轻轻放开，池寒平复着呼吸，离她稍远了一些，林摇光却不甘心地又凑进他怀里，红着脸喃喃道："今晚，我去你那里。"

池寒愣了一下，一时未咂摸出她语中深意，道："好。"

林摇光却红了脸，笑着从他怀里跑开，挥挥手："晚上做点好吃的，等我哦！"

说罢便风也似的奔去教学楼上课了。

景致优雅的庭院里，石头冷眼看着自己的主人像个被爱情冲昏头脑的青年，为了迎接心爱的姑娘，一会儿洒扫庭院，一会儿修剪花木，刚过下午三点就冲进厨房，叮叮咣咣地忙活起晚餐来。

石头守着一碟鸡胸肉无奈地叹气，又念了句被人们叨叨得烂俗的话：问世间情为何物，只是一物降一物。S啊，算是栽到这小丫头手里了。

下弦月，细若银钩。星光倒是慷慨，碎钻似的倾撒了整片天空。

春夜旖旎，池寒剪了几枝飘香的茉莉花，插进水瓶摆在园中的石桌上，满满当当的各色菜肴，是他亲手烧制；一只细颈白瓷青釉瓶中，盛了淡味的竹叶酒，不醉人，恰好适合她这种酒胆壮量却浅的人。

他想起自己曾经鄙视林摇光喝酒，而今夜，他却想与她一起体验一次前所未有的醉的滋味。

从前，十年、二十年，对他而言都不过是须臾瞬间，而如今，因为等一个人，一分一秒，甚至每一记心跳，都显得格外漫长。

直到月亮升至中天，门口还是没有任何响动，风把竹叶吹得飒飒作响，他身上新换的衬衫里灌满了风，林摇光的身影依然没有出现。他拨了她的电话，是通的，只是无人接听，他心底莫名升起一阵不安。

好不容易熬完最后一节课，林摇光匆匆收拾好书包，就要冲出教室，一个身影堵在了面前：

"林摇光，能跟我来一下吗，有些事情，我想和你聊聊。"

不轻不重的声音，不阴不阳的表情，一看到苏露，林摇光就头皮发麻，"苏学姐，真不巧哦，我今天……"

"有些话当着大家面说，谁的脸上都不好看。"苏露冷冷打断她，身子一扭，径自往前走去，"我在操场西北角等你。"

操场西北边紧挨一条河，说是河，其实更应该算是人工渠，因修建年代较早，渐渐被不断发展的城市抛在了身后，水面不宽，水也不清，上游是一片破败的城中村，水上常年漂浮着塑料泡沫、旧鞋子等生活垃圾，靠得近了便能闻到隐约的腥臭味。

约人说话也不选个干净地儿，可见此行不会很愉快。林摇光略觉忐忑，转念又一想，自己拒绝了江遇，对苏露而言是件好事，待会见面只要把对方情绪安抚好，应当是皆大欢喜。

看看时间已近六点，她加快步子跑向操场。

暮色四合，空荡荡的操场尽头有几株高大繁茂的梧桐树，树间黑影婆娑，树下却不见一人，只有风卷着腥臭的风吹过来，熏人欲呕。

她硬着头皮朝梧桐树下走去。

脚步刚刚在树下站定，"哗啦"一声枝叶脆响，一个黑影从头顶的树杈间跳下来，手里似乎举着什么东西。林摇光本能地后退，迎面已被重重一击。她眼前一黑，仰身倒下，失去了知觉。

哗哗……

哗哗……

如同一条亘古不停的河流，那绵长而富有节奏的声音在耳边萦绕不息，而林摇光此时就在河中，水淹没着她，仿佛幼年和父亲悄悄溜进山里玩，山谷里有一汪泉水汇聚成的清澈池塘，她笑着跳进去，任清凉的泉水将自己包围、托起，父亲蹲在水边向她掬起一朵朵水花。

突然，脚下像被水草缠住，她开始惊慌、挣扎，有水漫入口中、鼻中，身体开始下沉，父亲蹲在岸上的身影越来越模糊，越来越遥远……

"爸爸！"

她大叫一声，睁开眼来。

湿漉漉的身体，口中犹有河泥的腥味，林摇光吐出一口水，直直坐了起来。

一个头发花白的男人半跪在地上看着她。

"终于醒了。"他长出一口气，朝身后路边停着的一辆黑色汽车招了招手。

车子开过来，一名司机模样的人走下来，喊了声"云先生"，并在男人的指示下，抱起林摇光放到了车里。

"你是谁……咳咳，你要带我去哪儿？"林摇光叫起来，她看着周围，光线暗淡的夜晚，一条僻静的道路。路边不远处，是学校操场后面那条河。

看来还在学校附近，难道自己被人击昏后扔进了水里？林摇光心中恼怒，冲正要上车的男人重重一推，"你们想要干什么？把我打晕扔进水里还不够，还要带我去哪里？你们究竟是谁！"

她语气恶狠狠的，动作也大，云先生冷不丁差点被推个趔趄，但他没有生气，而是扶住车门，饱经风霜的脸上浮出疼惜之色："摇光，我不是坏人。我是特意从很远的地方赶来找你的，没承想遇到你被人袭击，幸亏我及时赶到，否则你不知要被这河水冲到哪里。"

林摇光皱眉，警戒地瞪向他："别说得跟真的似的，难道你不是苏露的人？别再打什么歪主意，我男朋友等不到我，很快就会找过来，你们识相的话马上放我……"

话没说完，她突然住了口，眼前一串闪闪发亮的怀表让她表情大异："你……我的表……"

"深渊的事你都不记得了？"云先生苦笑，眼中泪光晶莹，"傻丫头，为什么要替我挡那一枪？我这样的人，根本不值得。"

林摇光愈发一头雾水："你在说什么？"

云先生看看四周，天黑如墨，他拿出一把银色手枪放到林摇光手上，"这是上过膛的，如果你担心受到任何伤害，随时可以开枪。现在，我要带你去一个地方。"

"可是，我男朋友……"林摇光拿着手枪像拿着烫手山芋，不知如何是好。

云先生摇摇头："傻姑娘，那个人，不是你男朋友……他是被派来，抓你的。"

林摇光当然不信他的话，她现在开始怀疑眼前此人不是苏露而是江遇派来的。甚至懒得反驳，她推开他就要下车，然而就在脚尖触到地面的一刹那，脑袋里像有电流穿过，一阵战栗的疼痛中，一些残破的画面闪电般划过，霍然照亮了一些潜藏在黑暗中的记忆。

雨中的高速公路、直升机上被抛下、荒岛之夜、时光茧、红月亮、深渊、中枪……

也许是因为头部受击，也许是因为落了水，又或者是云先生的提醒，忽然间，她想起了一切！

被子弹击中的痛感似乎尚在，她顿时变得脸色煞白，一串冷汗从鬓角缓缓滴下。云先生见她摇摇欲坠的模样，伸手将她扶进车中，吩咐司机开车。

林摇光开始头疼，脑中画面越多，疼痛就愈烈。她呼吸加快，手脚冰凉，嘴里喃喃发出声音："不会，不可能……一定有哪里不对！"

　　云先生拿出叠得整齐的手帕替她轻拭额上汗水，语气中有心疼："看你这样我真的很难过，可是丫头，我不能眼睁睁再看着你被人骗，被人利用。"

　　林摇光把嘴唇咬得出血，双手紧紧抠着膝盖，身上的衣服本就被河水浸湿，如今更是冷得她如置冰窟，什么话也说不出来。

　　车在一栋小楼前停了下来。四周僻静，一株株茂密的树冠暗夜里似乌云汇聚，林摇光木偶似的被扶着下了车。云先生引她进了一道门，在一间房门口道："你先去洗个澡换件干衣服，一会儿我有东西要交给你。"

　　林摇光接过司机不知何时买来的衣服进了房间。

　　不久，她披着湿漉漉的头发默默出来，云先生瞧着她眼圈红肿的模样暗暗叹了口气。

　　不是他狠心，摇光对那个时间管理师的感情他看得真切，与其长痛，不如短痛，这个恶人由他来做，就算她会生怨，可只要能保她余生平安远离纷争，他也就心满意足了。

　　"饿吗？"他问道。

　　林摇光摇摇头，哑声道："我的手机不见了。"

　　"想必是掉进河里了。"云先生道，"想要给家里打电话吗？你妈妈……"

林摇光再次摇头，"我一般周末才回家，没事一般也不给她打电话。"

那么是想跟池寒联系了。

云先生猜到却不说。林摇光也不再开口，她心知上午说过晚上见面的事，池寒必定会等她，可现在想起了从前，她忽然不知该怎么面对他。更不明白，他对她的亲密和爱意，究竟有几分真几分假。

思绪纷纭间，云先生站在一扇门前冲她招手："丫头，过来。"

随着一扇地中海蓝的木门被推开，一片熠熠发光的星空出现在林摇光眼前。

浩瀚茫茫的太空中，悬浮着无数或明或暗的光团，渐渐地，一个通体火红的星球在视野里放大，燃烧，一个又一个星球围绕在它周围缓缓运行。

"这是太阳系？"她惊讶地问。随着话音消失，眼前的一切也戛然消失，白亮的日光灯替代了方才的唯美星空。

"这只是一个模拟投影。"云先生淡淡道，"我把深渊的一部分实验器材搬到了这里。"

灯光下的一切才是真实的，高高低低的几台仪器，一把椅子，一张跟池寒家中类似的医疗舱。

林摇光盯着那台医疗舱心有余悸，云先生心知她必定想起了深渊中做测试的经历，于是安慰道："别担心，这里不会有任何人伤害你。"

说着，他走到椅子前坐下，在其中一台仪器上操作了几下，眼前缓缓升起一张仪器面板，一股幽蓝色的液体在面板上缓缓流动，最后形成"∞"形。紧接着"咔嗒"一声轻响，面板下方的平台开启，一枚鸽子蛋大小的蓝色茧形物体呈现在两人眼前。

　　茧形物中似有液体不断流动，隐隐散发出蓝色光芒。

　　"好漂亮！"林摇光不禁发出惊叹，"这是什么？"

　　云先生微微一笑，"这就是时光茧，我们称它为TC2。"

　　林摇光一下愣在那里，"怎么可能？不是说唯一的时间异能者就是我，没有我根本无法完成吗？"

　　云先生点点头，面色沉重："是啊，没有时间异能者，再先进的科技也无法完成时光茧……摇光，你还记得中枪之后发生的事情吗？"

　　林摇光迟疑着摇摇头："我只记得池寒来了……"

　　云先生眸光晦暗："他们提取了你的时间能量，完成了TC2……这也是你丢失一部分时间的原因。"

　　心尖像被虫子猛噬一口，林摇光瞳孔骤然一缩，半天才咬牙道："您说的……是真的？"

　　"我没有理由骗你。"云先生慢慢从衣兜里掏出那块怀表，用颤抖的手指打开表盖，抚摸着那被剪去一半的全家福，饱经风霜的脸上悲喜交集：

　　"摇光啊，还记得你问过我是不是认识你母亲？现在我回答你……孩子，我当然认识，这照片上，被剪掉的那个人，就是我啊！"

云先生，云先生竟然是自己的父亲？

林摇光又一次震惊，呆呆地看着眼前泪光闪烁的老人，脑中回闪着从第一次见他之后的种种，莫名的亲近感、奋不顾身的相救……原来，原来这一切都是因为，自己身上流淌着他的血啊。

她的眼睛被泪水模糊了，可是一切来得太突然，她摇着头："怎么会，你怎么会是我爸爸？他从我三岁时就离开了家，我根本不记得他长什么样子……"

云先生老泪纵横："是我对不起你们，摇光，我那时还年轻，你三岁了还不会说话，我们跑了很多医院花了很多钱，也没能找出原因，后来我和你妈妈就经常吵架。有一次争吵之后，我负气离家，你妈妈带着你们姐妹俩去了伏虎山你的外公家。谁也没想到，你姐姐突然失踪，外公在找她的路上意外坠崖……从此以后，我和你妈妈再也没有了和好的可能，她带着你离开伏虎山，还为你改了名字，我伤心至极，浑浑噩噩，一心想着寻找你姐姐，却把你忽略了，孩子，爸爸对不起你……"

他说着，捧着怀表哭了起来。林摇光像置身巨大的梦境中，突如其来的一切，让她对此刻身处的环境产生了不确定，她甚至怀疑自己是在做梦，或者是又穿越到了某个从未去过的时间节点。

真相扑面而来，压得她喘不过气。

云先生擦擦眼泪，把TC2放到林摇光手中，"从此以后，这东西是你的了。不管今后发生什么，记住紧要一条，什么都可以放弃，保住性命最重要。"

林摇光至今仍无法将云先生与"父亲"画等号，但她感受得到对方眼中的关切与疼爱。她心中藏了太多，一时却觉得茫然无措，手握时光茧，心中竟一片荒凉，无端又想起池寒。

若将此物送他，是否便可了结他的心愿？

正恍惚间，耳边一阵剧烈咳嗽，云先生面色苍白冷汗直流，咳嗽声接连不断，羸瘦的身体弓成虾状，看起来是万般憔悴落魄。她忍不住抬手去帮他抚背顺气，他摇手表示没事，唇间却有一丝殷红漫出。林摇光轻声惊叫，他擦了下嘴，眸光在发现血迹的刹那顿时一黯，半晌却笑起来："无碍。"

林摇光道："你应该去医院。"

"不用。"他转身从一格抽屉里取出一只紫色绒盒。打开盒子，取出里面的银色项链，拿过时光茧往那链子上轻轻一挂，手中便多了一条绝美的宝石项链。

他把嵌着时光茧的项链递给林摇光，"把它戴在身上，从今往后，你就是这世界上第一个拥有时光茧的人。哼，时间管理局自以为招募一批天权星人就可以掌控时间，岂不知，拥有时光茧的人，才是真正的时间管理师。丫头，有了这个，你就拥有了掌控时间的能力。"

"什么意思？"林摇光难以置信地盯着他，"我也成时间管理师了？"

他神秘一笑："你和他们自然不一样。先前你出现过多次穿越时间的现象，很多烦恼是因为自己不能自由掌控时间而产生，有了这枚时光茧，你不仅可以稳定自己的时光流，而且拥有了穿越过去和未来的能力……简单来说，它就像一把钥匙，能打开你过去和未来的大门。不过切记，若非性命攸关，不要随意使用，因为时间机器这玩意儿，古今中外有无数人为之疯狂，可大多没有获得满意的结果，一旦时间大门被打破，我担心会出大乱子。"

"您的担心是对的。"林摇光把项链接到手中，指尖轻轻摩挲那团冰蓝的晶体，"我知道您是一片好意，可既然他们费尽心机完成了这东西，你拿走了它，肯定会引祸上身。"

"福兮祸所伏，祸兮福所倚。我半截子入土的人了，不在乎生死，唯一的愿望就是你和你妈妈能好好活下去……"

见他说得动情悲切，林摇光心中触动，便将那项链戴到脖子上，说："云……云先生，如果您说的都是真的，我向您保证，一定不让这东西落到坏人手里。"

见她叫不出"爸爸"，他无奈笑笑："来，我告诉你使用的方法，一旦发生危险，你可以用它来保命。"

天光熹微时，林摇光离开了小楼。

天地间弥漫着牛乳似的薄雾，娇艳的月季影影绰绰盛开在晨光里。林摇光摸摸悬于心口的时光茧，指尖触到曾经被子弹洞穿过的肌肤，那里光滑如旧，并无一丝伤痕，可她心里此时此刻却像有万道裂纹，不知该如何缝补。

一直走到双脚酸痛，等回过神来定睛看的时候，她蓦然发现，自己竟站在他家门外。

庭院宁静，金色的阳光从两层小楼的屋脊上升起，投射下根根金芒，整座院子静美得像浮于天际的海市蜃楼，也许眨眨眼就会消失。

可它并没有消失。

林摇光不知自己为什么要到这里来，也许是为赴昨日的约，可如今心境全变，她犹豫片刻，终是抬脚进了那扇并未关严的门。

院中一切照旧，摇曳的花，飒飒的竹，似美人君子，相映成趣。

石桌上有酒有菜，菜冷了，凝成难言的形状；酒壶倾倒，壶中空空如也，一枝茉莉正袅袅吐着芬芳。

四周杳无人声，连石头也不知所终。

她径直往他的房间走，屋子里也是空的。她四处走动，拉开一格格抽屉，打开一扇扇柜门，不知哪里来的力气，连床垫也翻了起来，什么也没找到。她颓然坐在椅子上，目光投向摆着书架的墙壁，蓦地顿住。

按下一个不起眼的按钮，整面书架墙缓缓翻转，各式各样的武器摆了满满一墙。透明格子里，摆放着一块块奇光异彩的陨石，每一块的色泽都不亚于他送自己的那个。

最后，林摇光的目光在摆着一枚圆形勋章的格子前停住，那上面只有一些简单的文字，用了好几种语言来翻译，其中一种是汉语，她念了出来：S，天权星人，地球用名——池寒，职务——时间管理师。

第十章　逆旅

真相大白，无可辩驳。

林摇光伸手取出那枚圆章，这大概是他的工作证吧，不知用什么材质打造的，沉甸甸，却冰凉，冷得直透人心。

"摇光！"池寒的声音猛地响起，林摇光扭头，圆章"当啷"一声掉到脚下，看似坚固的东西居然碎成了两半。

两人都滞在原地，林摇光弯腰去捡，被池寒一把拉住，他面容憔悴，神色急切："你去了哪里？我找你一夜，还以为你……"

"抱歉，弄坏了你的东西。"林摇光舔舔嘴唇，把摔坏的圆章递过去，"时间管理师S，你是可怜我，还是戏弄我？这样的游戏，你究竟玩过多少回？"

池寒心口一窒，脸色霎时难堪，道："摇光，发生什么事了，我……"

"你一次次帮我，就是为了有朝一日，让我爱上你，让我心甘情愿地跟你去做牺牲品，对吗？"她微微笑着，眼泪却不争气地滚下来，池寒心知她已知晓一切，却误会了自己的心，不免紧握拳头："我从来没有这样想过。"

"那你是如何想的？"她仰起脸，逼视他的眼睛，"我中枪之后，你对我做了什么，你敢说吗？"

"我……"池寒突然语塞。私自将时间芯片植入林摇光体中这件事，他对谁也不能说。

在林摇光眼里，他的沉默却成了默认利用自己来完成时光茧的证明，她擦擦眼泪，为自己付出的感情感到可笑和不值。她拉起池寒的手，将那两片金属放至他掌中，道：

"S先生，我对你已经没有利用价值了，去追寻你想要的东西吧，就此别过，再见……哦不，再也不见。"

说完她起身就走，飞快地走出房间，穿越整个庭院。池寒在原地愣了良久，忽然反应过来，转身追了出去。

"摇光，事情不是这样的！"他大声喊着，追上前去，在弯月桥上，林摇光被他抓住手腕，池寒眼底通红，"我没有向你坦白身份是我的错，我的任务也的确是……带你回基地。"

林摇光挣了挣手腕，眸中怒光迸现："所以你想怎样？像那位朱雀小姐一样，强行把我绑走吗？池寒，算我求你，放我一条生路，我还年轻，我不想死！"

"我不会让你死。"他抓住她的肩，眸光破碎，语带痛惜，"我说过会好好守护你，就绝不会食言。摇光，只要你相信我……"

"啪啪啪——"忽然，拍掌声和着冷笑的女声响起，"好一出动人的情感大戏！S，局长的命令你没有接到吗，为什么还不带这个女人回基地？难不成真动了凡心？你可别忘了自己的身份！"

大门里径自走来窈窕的女子，是朱雀，她的身后，黑塔似的跟着几个彪形大汉。

池寒把林摇光往身后一挡，冷声道："你已经被停职了朱雀，这里的事情轮不到你插手！"

朱雀嫣然一笑，一身紧身制服更显娇媚窈窕，"局长密令，时间管理师S办事不力，责令返回基地接受处理，手头任务由我接替……来人，给我把那丫头抓起来！"

"谁敢！"池寒低吼，朱雀冷笑一声，一抬手，七八个黑衣人齐齐涌上来，将池寒和林摇光围在中间。

"朱雀，你过分了。"眼见一名黑衣人凶狠扑来，池寒抬脚将其踹飞。

其余人顿时也冲上来，池寒将林摇光拉到身后，灵活地避闪着黑衣人的拳脚。以他的能力，对付这些人并不算什么。林摇光本来被吓得浑身发抖，但看到他三下五除二便将几个彪形大汉打得满地乱滚，松了口气，正想趁机溜走，却被朱雀一把扯到怀里，黑洞洞的枪口紧紧抵住她的鬓角。

池寒回头瞥见，正要动手，身后一人猛虎似的扑上来将他拦腰箍住，紧接着，一个接一个粗壮高大的汉子将他扑倒在地，拳头与骨肉击打在一起的声音，一声声冲撞着林摇光的耳膜。

看到有血流出来，林摇光的心揪得老高，也顾不得恨他怨他的事情，边大喊他的名字，边叫道："别打了，快住手……"

朱雀看热闹似的冷笑，"别担心，他是天权星人，死不了，只不过到了局长那里，就说不定了。"

"朱雀小姐，我跟你走！放开他……请你向局长求求情，都是我的错……"她不忍看池寒受苦，向朱雀哀求。

"嘭！"重物纷纷落地的声响接连而至，灿灿金光中，池寒如一尊铁塔巍然屹立在弯月桥上，而那些大汉，有的跌入水中，有的被砸到墙上又弹回地面，一个个龇牙咧嘴疼得直叫。

在朱雀还没来得及眨眼的瞬间，她的手中一空，枪口调转方向，顶住了自己额头。池寒的眼睛冷得像万年雪山，曾经对她释放过的那些温暖光芒不见一丝踪影，他一手揽着林摇光，冷声对朱雀道："我警告过你，林摇光的事，不用你插手。"

朱雀眼眶湿润，恨不得咬碎一口银牙，却笑起来："好，好！果真是局长看中的好苗子，池寒，你有种！咱们走着瞧！"

说罢一扭身，吼了声"走"，地上狼狈不堪的黑衣人连滚带爬地跟着朱雀溜出了门。

一切回归平静。

池寒拉着林摇光上下打量："你没事吧？"

林摇光抽出手，后退一步，目光在他脸上流转，看到他眉梢、脸颊都有伤，想抬手去摸，却又止住，最后摇摇头："没事。我……走了。"

"摇光。"他从身后牵住她的手，声音像丝线，柔中牵扯着旖旎，"刚才……为什么向朱雀求饶？"

林摇光心头一动，脸却转向一边，不去看那双乌沉沉的眼睛，说："没什么，怕死而已。"

"我说过你不会死。"他语声沉沉，却被风吹散，林摇光抽出手，匆匆地下桥，往门外跑去了。

朱雀空手而归，一定不会善罢甘休，林摇光意识到危险，决定带母亲外出躲躲。

回到学校，她以身体不适为由请了一个月的病假。学院领导倒没为难她，只是董教授表示，养身体期间要抽空把论文完成。林摇光乖巧应下，回到宿舍简单收拾了东西，便回家去找林仙姿。

店里生意如常，才过下午五点，就陆续来了不少食客。看林仙姿一个人在店里忙活，林摇光拉了她便往僻静处走。

"今晚早点收铺，我先回家收拾东西，明天一早带你去旅游。"

林仙姿听她说完，便提着嗓子吆喝起来："哎哟，好好的旅什么游啊，又不到暑假，你是钱多花不完还是怎么着？"

林摇光示意她低点声，"反正机票都订好了，一张好几千，你不去我找别人了。"

这是她一贯的伎俩，以前屡试不爽，没想到这次人家哼了一声，"你跟男朋友出去玩呗，我又不是不同意，本仙女开明得很，只要别冷不丁给我弄个外孙来就行，我这还得替你挣钱买嫁妆呢。"说罢，拨拉开自己闺女的手，乐呵呵地去给客人添水了。

林摇光无奈，亦步亦趋地在母亲大人身后循循善诱："你看咱俩有多久没好好出去玩过了？咱把店一关，行李箱一拉，飞机一坐，海滩上一躺，天天拍美照，玩个尽兴，等回来了再继续攒嫁妆不好吗？你就不期待咱俩美好且短暂的母女时光？"

林仙姿走进厨房，嗤之以鼻："一点儿也不期待。"

把水壶放到案板上，林仙姿脸上露出甜蜜的期待："要是把你换成小叶，我还可以考虑一下放弃挣钱。"

林摇光气得差点窒息，她一把拉住母亲的手，目光灼灼地瞪着她："实话告诉你吧，有人要抓我，你必须跟我出去躲一阵子。"

看着女儿一点也不像说笑的神情，林仙姿愣了一下，旋即在她额头上摸了摸："你最近这是怎么了，神神道道的，犯什么事了，谁要抓你？警察还是黑社会？"

"总之你跟我走就是了。"林摇光一时没法给她解释，解释了林仙姿也不会信，"要是想看我被人大卸八块，那你就继续在这卖米线吧!"

最后这句话杀伤力太大，林仙姿脸色一下白了，即便不知道发生了什么，牵扯到女儿性命，她是万万不能冒险的，于是六神无主起来："那，要不要报警啊……"

林摇光摇头，搓了搓母亲发凉出汗的手："等这几位客人走了就关门吧，回家收拾一下，明天就走。"

林仙姿弱弱应了一声，见林摇光已跑到门口把暂停营业的牌子挂了起来，于是追过去："小叶怎么办?"

"凉拌!"林摇光没好气道，现在亲爹已经找着了，怎么可能带一个外人，更何况，他还是亲爹的情敌!

当然，她没有跟母亲提起云先生的事。

夜晚已至，林摇光收拾好行李坐在卧室的窗户前发呆，她在想是否要告诉池寒自己离开的事，转念又想，既已说了不再见，何必再跟他发生纠葛? 手机握在掌心，那个号码烂熟于心，却终究没有拨出去。

正当她准备睡下时，手机却响了起来，是一个本地的陌生号。

林摇光接起来，听到一个不甚熟悉的声音："请问你是林摇光吗? 我是江遇的朋友，他受了点伤，人不太清醒，一直叫你的名字，你能来一下吗? 我们在长安路18号。"

"受伤了，严重吗? 赶快送医院啊!"林摇光一听受了伤，不由急起来，别说是江遇，就是普通同学，出了事她也不能置若罔闻。

"120 急救车都来了，可他死活不肯去……你还是来一趟吧，要不这血流一地……"

林摇光一听血流一地，立刻翻身下床，"我马上过去。"

出门打了辆车。眼看夏天要到了，风温暖宜人。到了长安路 18 号，才发现那里是个酒吧。

车把她放在门口就走了，林摇光拨通江遇的号码，没人接，只好又打刚才那个男生的电话。对方说就在里面，让她往一个叫"星梦"的包间走。

酒吧里一派喧闹，她以前也来这种地方，自打出现了时间紊乱的毛病后就再没来过。目不斜视地穿过人群，林摇光被服务生领到一扇门口。

推门烟雾缭绕，音乐放着，四五个年轻男子歪歪扭扭靠在沙发上，面前的桌子上各种酒水齐全。见她站在门口，一个青年立刻站起来："是林摇光吧？"

她点了下头，眼睛往里面打量，不是说受伤流了好多血吗，这看着是一片祥和啊！

"哎，哥们儿，你女朋友来了，快起来！"一个有些胖的青年推了推沙发上横着的人，冲站起来的男青年道："我赢一千，小光，你刚才押多少？"

"八百。"叫小光的男子伸手一比画，两人相视大笑起来。

林摇光顿时明白了当下情形，心中不悦，声音也冷起来："既然人没事，我就走了。"

"等等，美女。"小光忙上前拦她，脸上带着歉意，"兄弟们开个玩笑，别生气。江遇他是真的受伤了，手上好大个伤口，血把衣服都染红了！"

胖子把江遇拖了起来，林摇光目光投过去，只见江遇低垂的脑袋下方，胸口一片殷红，于是两三步冲进去，伸手将他的头抬起来，恼道："你们几个大男人，抬也把人抬到医院了，值得等我……"

"摇光！"一只手忽然抓紧了她。

那手修长均匀，淡青色血管从白皙的皮肤中隐隐凸起，有湿黏的血渍从指缝中渗出。林摇光这才发现，他胸前衬衫上的血渍是手上的伤口弄的。

大概是酒醉的缘故，江遇一向清秀白皙的脸色酡红一片，眼底也红红的。发现眼前的人是林摇光，他露出狂喜，不由分说就将她往怀里拽，"你来了，真好，你来了！"

看到墙角里的一堆酒瓶碎片，林摇光彻底明白，这就是个骗局，她伸手把江遇推开，面若冷霜："喝多了就让他们送你回去，我不是你女朋友，没有接你回家的义务。"说罢扭身往外走。

江遇挣扎着站起来，喊着她的名字摇摇晃晃追出去。

林摇光憋着闷气直冲到酒吧门口，门外就是马路，她站在那里挥手，半天也没拦到车。

回身看到江遇已经追出来，她不想与喝醉的他纠缠，看了看路上没车，迈开大步就往路对面跑去。

不承想，一辆汽车忽然呼啸着从不远处的路口转了出来，没来得及跑到对面路边的林摇光一扭头，远光灯刺进眼睛，她眼前顿时一片模糊。

"摇光当心——"一声惊叫，身后一道身影扑过来，猛地将她一推，林摇光"砰"地摔进了路边的绿化带里，身后响起汽车急刹时刺耳的声音，她抬起被震得发晕的头，只见江遇的身影像一棵树般轰然倒地。

…………

接近子夜零点，江遇的入院手续终于办理妥当，小光他们一副疲惫的样子，又喝了酒，办事也不灵光，林摇光便让他们回家休息，自己一个人待在病房里，看护尚在昏迷的江遇。

是不是前男友都不重要，谁让他是为她被车撞的。唉，这事闹的！

她叹了口气，看看病床上的人，安静睡着，脸上擦破的伤痕犹在，头上也缠了一圈厚厚的纱布。

真是作孽啊！

手机屏幕亮了一下，她眼尾一扫，看到一条信息：

"睡了吗？"

是池寒。

她犹豫一下，没有回。

紧接着一条信息又发了过来："我要回总部处理一些事情，走之前找了个安全的地方，你去躲一阵儿，等我办完事就去找你。"

　　想法倒与自己不谋而合，紧接着又收到他发来的位置信息，林摇光看了一眼，似乎是在中国极北的一个地方。她关掉手机，叹了一声，抬头却见床上的人不知何时已经醒了，一双眼睛怆然看着她。

　　"醒了？有没有哪里不舒服，要喝水吗？"她起身去倒水。

　　"你走吧。"江遇哑声说了一句，脸冷冷扭至一边。

　　"等你家人过来，我自然会走。"林摇光把水递到江遇唇边，"你是为我受的伤，我照顾你是应当的。"

　　"我让你走，没听到吗？"江遇手一挥，纸杯翻倒，热水悉数洒到林摇光胸前。

　　刚倒的热水很烫，林摇光"嘶"了一声，江遇慌了，忙伸手想替她擦拭。林摇光猛地一退，扭身快步出了病房。

　　不知过了多久，门被轻轻推开，林摇光重新走进来，江遇心头一热，忍不住拉起她的手，抱歉道："对不起，刚才我不该那么凶。"

　　林摇光抽回手，面色十分平静："江遇，有些话我本不想再说，但看你这样，我也放心不下。也许你说得对，我的心，是完全变了，我们之间没有任何可能了，希望你能早日走出阴影，找到属于自己的幸福。"

　　江遇瞧她冷冷的样子，刚热起来的心再度沉入冰窖，他苦笑着说："心变了，不爱了？林摇光，你说得好轻巧啊！

当初明明是你先追的我，你给我写情书，请我看电影、听音乐会，为什么突然间，你一句'变心了'，就把我推到十万八千里？你这样对我，难道不会愧疚自责吗？"

林摇光哑口无言。

江遇说得对，从前——在遇见池寒之前，她真的很喜欢他，物理系的高岭之花，有一张清隽文秀的脸，一副挺拔高瘦的身材，最打动她的是那张脸上轻如薄雾的浅浅微笑。林摇光记得，有一次在图书馆，她急着上洗手间，跑出去的时候撞翻了他桌上的书包，里面的东西掉得乱七八糟，江遇什么也没说，宽容又轻柔冲她一笑，说了句"没关系"。

就是这一笑，让她决定，无论如何也要把男神追到手。

只是没想到，后来一切都偏离了轨道。

她的心，她的感情，似乎都不再受自己控制了。

愧疚自责自然是有的，她叹了口气："上次在教室里当那么多人的面拒绝你，的确让你很没面子，你怪我也应当。"她琢磨着措辞，抬起黑汪汪的大眼睛，"你要是恨我，我心里能好受点……你今天救了我，我很感激，以后如果再遇见这样的情况，你别管我，别那么傻，自己把命搭进去，不划算！"

江遇听了她的话简直要被气笑："我倒想恨你，可是在爱还没有消失之前，你告诉我，要怎么恨？"

他的声音陡然压低，黑亮的目光透过长长的睫毛射过来，林摇光心头一沉，有些颓败地在床边的椅子上坐下来，喃喃道："江遇，你喜欢别人去吧，天底下好女孩多的是，你一定找得到配得上你的人。"

"可我若是就认准了你呢？"他直勾勾地盯着她，病房的灯光给他的脸庞镀上一层晶莹轮廓，林摇光只觉得头痛欲裂，掌心攥出湿汗，"已经半夜了，你快睡吧，我也困了。"

说罢头扭向一边，双臂搭在床沿，做出要睡的姿势。

江遇不再言语，坐了一会儿看她呼吸渐渐平匀，便熄了头顶的灯，窗外有月光，浅淡的银色漫入，落在她的后背上，像新娘头顶洁白的披纱。

一觉醒来时，眼前已是大亮，看看表刚过六点，林摇光打算出门给江遇买点早餐，刚迈出病房，就看到一对中年夫妇急匆匆奔了过来。

"小遇，你怎么样了，小遇？"

某次穿越中，林摇光和江遇的妈妈打过交道，而且彼此印象都不太美好。所以这次她一看到江妈妈出现，便立刻贴着墙根打算遁走。

没想到江妈妈看了自家儿子缠着纱布瘸着腿一脸哀痛，转身就挡在了林摇光面前："就是因为你，我儿子才被车撞成这样的？"

若这句话还可勉强接受，第二句话就让林摇光简直无言以对："要不是看在你是小遇女朋友的份上，我定饶不了你！"

"阿姨，我不……"

林摇光话刚吐出半截，江遇就挡在了前面："妈，我们还没吃早饭，你去看看外面有没有好点的粥，我胃里难受，再带一笼牛肉烧麦，摇光爱吃。"

江妈妈应了，转身出去买粥，临走没忘打量商品似的把林摇光上下审视了一遍。

"既然阿姨来了，那我就走了，卡里已经存了钱，8点会有护士来叫你去做CT。"

"你就这么讨厌和我在一起?"江遇冷着脸。

抬头看了下走廊上的时钟，已经六点半，林摇光犹豫片刻，呷呷嘴还是没有把自己被苏露约到操场遭袭的事说出来。

"抱歉……"她目光干净，如一泓可以看到底的清潭，却又寒凉得令人无法靠近。

江遇被那目光击得心寒如霜，兀然垂了双肩，无力摆摆手："走吧，林摇光，我今后再也不想见你了……"

夜里没休息好，坐在回家的出租车上，林摇光竟迷迷糊糊睡了过去。不知过了多久，脑中像劈过一道闪电，一阵针扎样的疼痛骤然将她刺醒。她跳坐起来，以为是脖子靠在出租车椅背上太久所致，歇了一会儿那疼却直往太阳穴蔓延，同时还伴有一阵阵耳鸣、恶心。她忙抬手叫停出租车，司机在路边停好车，林摇光冲下去在路边蹲了一会儿，说也奇怪，没多久，那种奇怪的感觉就慢慢消失了。

重新回到车上，手机响起来，她以为是林仙姿，接起来才发现是个陌生人。

"是林小姐吗？我是云先生的司机，昨天咱们见过的。"

"我是林摇光，有什么事？"

"云先生出了些状况，你现在能过来一趟吗？"

"他怎么了？"林摇光一慌，是生病了吗，昨天就看他脸色奇差，不会出什么事了吧？

"你过来看一下吧，他现在的情况……很危险。"对方语焉不详，林摇光想了想，虽然又累又饿，但实在担心云先生，只好让出租车司机掉头，往郊区的白色小楼驶去。

其间，林仙姿打电话催问她到了哪里，林摇光把池寒给的地址转发过去，让她买三张去那里的机票。至于为什么去那里，多余那张票是给谁，林摇光一律没有解释。

匆匆赶到地方，院子里却空无一人，安静得像从来没有人住过。

一楼的大门却是敞开的，她走进去喊了几声"云先生"，没人回应；打了司机的电话，竟然关机。明明半个小时前还和自己通过话，两个大活人，凭空蒸发不成？

隐隐的灯光从朱红色楼梯上泻下来，二楼天花板上的水晶灯有着长长的流苏，洞开的窗户进了风，水晶流苏摇摇曳曳，碰撞出风铃般的声响，愈发显得周围安静。

扑通，扑通，心跳的声音清晰入耳。正当她小心翼翼地准备迈进云先生带她参观过的实验室时，不知哪个房间传来一声痛苦呻吟，她循着声音找过去，发现正是云先生的司机。

只见他躺在地上，双眼紧闭脸色煞白，全身瑟瑟发抖，一副痛苦的模样。林摇光喊了两声，没有得到回应。她心呼不妙，赶忙起身去找云先生。

"东西在哪里？"一声愤怒的咆哮突然从走廊尽头传来，林摇光脚步一顿，仔细侧耳，似乎听到一声微弱的痛哼，那道沙哑的咆哮又响起来，伴随着某种器物击打皮肉的声音。

"十七年前我救你一命，现在，你就这样报答我吗？"

林摇光认出那道声音的瞬间，周身泛起一层冷栗——是罗奇，真没想到，这么快他就找到了这里。

林摇光贴着墙根慢慢往二人所在的屋子移动，云先生的咳嗽声不时入耳，说话的声音虚弱却不失风骨："救我一命？罗奇，如果不是你早有野心，想利用我研制时光茧，你会那么好心留我活到现在？这十七年，我被你当囚犯一样困在小岛深处，你可知我每一天都是怎样熬过来的？"

"我看你是疯了！云，我们约定好的，等时光茧研制成功，你我就是这世界上最强悍武器的拥有者！到时，你想要什么，会没有？你有天赋的时间异能，而我有最先进的研发技术，我们两人就是全宇宙最强的组合！只是我怎么也想不到，你会在这紧要关头，带了时光茧私自溜走！云，你真的太让我失望了！"

罗奇的一番话让林摇光惊讶不已，什么？云先生也有时

摇光

间异能？不是说她是这世间仅存的时间异能者吗？难道是因为他们有血缘关系，所以他把这种异能遗传给了她？

"云，告诉我，TC2 在哪里？"罗奇的声音又响起来，林摇光此时终于溜到了门口，从门边悄悄往里看，只见头发凌乱的云先生跌坐在地上，额头和嘴角淌着鲜血。林摇光拳头攥紧，按住想要跑进去的冲动，却见罗奇高大的身影靠近云先生，在他腿上踢了一脚，紧接着用枪抵住云先生已染银霜的鬓角。

"识相的就赶快交出来，否则，等那丫头过来，我把她带去'深渊'，照样能得到时光茧！"

"罗奇，我已经说了很多次，我一离开"深渊"，TC2 就被人抢走了……你与其在我这里浪费时间，不如……咳咳……不如去……"

"满口胡言！根本没人知道我在秘密研制时光茧……云，你不想救活你的女儿了吗？你要知道，我们两个的目标是一致的，只要有了时光茧，我就有希望让夏星活过来！"

夏星？

夏知云？

像是有什么东西突然在脑海中爆炸，林摇光瞬间只觉气息紊乱，脑中有无数声音和碎片汹涌而来，冲得她胸闷脑涨，方才在出租车上产生的不适感再次袭来，冲得她几乎站立不住。

"谁？"罗奇察觉到门外有响动，起身奔出门来。

林摇光慌忙转身，却一头撞住一个坚硬的胸膛。未来得及抬头看清对方的样子，一手迅速捂住她的嘴，在罗奇出来之前将她拖离了原地。

四周很黑，脚下的地板在移动，发出隆隆的声音——昏迷了不知多久的林摇光清醒过来，过了好一阵，才察觉自己身处一辆行驶的车上。

双手双脚都被绑着，虽不知抓自己的人是谁，但能这般对待自己，必定不是善茬。

过了一会儿，眼睛渐渐适应了黑暗，她也看清了周遭环境，这是一辆房车，靠里的酒柜里码着一瓶瓶洋酒，两侧是宽阔的皮沙发，车顶悬着一晃一晃的水晶灯。

林摇光挣扎着爬起来，伸出双脚在车身一侧上锁的位置一阵猛踩，哗啦啦的声顿时响起。

车停下来，门打开了，明亮的光线投进车中。

炽烈的日光刺得她闭上了眼，一道陌生男声在头顶响起："小姑娘醒啦？别着急，再忍一会儿，等上了飞机，就不会这么难受了。"

逆着光，林摇光看不清说话人的脸，只觉得他如一座铁塔，笔挺而坚实地矗立在那儿，挡住了身后的日光。

"你是谁？"她大声问。

"也罢，路上无聊，就陪你聊会天吧。"他低笑一声，一矮身进入车中，铁门随之紧闭，头顶的水晶灯瞬间亮起。细碎斑斓的暖黄灯光下，他身子一歪，坐进了林摇光旁边的沙发里。

他的腿拂过她的身侧，林摇光忙往一旁躲闪，盯着对面的男人，尽力掩饰住紧张道："我只是个穷学生，不管你想从我这里得到什么，恐怕都只能让你失望。"

男人一身黑衣，身材健硕，虽有一副令人见之难忘的英俊五官，可右颊一道两寸长的伤疤破坏了整张脸的完美，再加上浓眉深目下两道鹰隼般的眼神，林摇光看着他内心不寒而栗，再看看这密不透风的环境，想要逃走真是异想天开。

发现她打量自己，男人低笑一声，弯腰向林摇光伸过手来。

"你干什么？"林摇光慌忙后退，男人没理会她的惊叫，手绕到她背后，几下便解开了她双腕上的禁锢。

"我叫兰石，是个商人，放心，我请你过来，只为求财，不伤你性命。"他淡淡说着，复又坐下，顺手取了支威士忌，启开倒了小半杯，轻轻呷了一口，向林摇光扬了扬下巴："脚上的自己解。"说着丢了把短匕首到她面前。

揉着手腕的林摇光盯着那把匕首。

亮闪闪的刀刃看起来极锋利，她捡起来握在掌中，眸光向对面瞟去，叫兰石的男人半个后背对着她，两只手分别握着酒瓶和酒杯，如果现在她一刀刺过去，他未必来得及反抗吧？

"甭想拿这玩意儿对付我，我这脸，从前被女人划过一刀，这辈子不可能再重蹈覆辙。我要是你，就老老实实割了脚上的绳子，吃点东西喝点酒，人生苦短，及时行乐要紧。"他眉眼未抬，却把林摇光心中那点小算盘毁了个精光。

解开双脚，她把匕首老老实实地交还给了他。

"兰先生，既然你是求财，那么要你绑架我的人，出了多少钱？"林摇光说着琢磨起自己的家底儿，连家里的房子和林仙姿的米线店也算进去，估摸了一个数字，咬咬牙报出来："你把我放了，我给你100万，可以吗？"

兰石端着酒杯的手微微一顿，转头看着对面女子清丽灵动的脸，一瞬有些恍惚，脑中竟浮起一片模糊的影子来。

"你把我放了，我给你100万，不300万！我把我家所有的积蓄都给你……你想要什么，我都给你，求求你，放我离开这里吧……"

——光影模糊的深夜里，那道幽怨哀泣、楚楚可怜的目光再次浮现在他心头……

"兰先生，兰大哥！我还有一个孀居的妈妈，我要是死了，她老了都没人送终啊！您发发善心，只要我一回去，就立刻给你打钱，我发誓，绝不报警！"

兰石从回忆中猛地醒过神，只见膝边的女子小心地拽着他的衣角，清澈双眸楚楚动人，他心头一动，抓住那只手，恍惚以为是抓住了记忆中那团影子，"星……"

"兰先生！"林摇光被他手掌一裹，吓得忙往后退，那人的脸上浮出一丝茫然，但顷刻恢复了冷清，他抽回手坐进座椅，点了支雪茄。袅袅青烟中，林摇光听见他说：

"有人要和我做一笔大买卖，我既接了这单，就不能半途而废。不过你放心，在完成任务前，我会好好照顾你，有什么需要你可以告诉我。"说罢屈指敲了敲车身，车子再次停住，他从车里跳下，临关门时扭头道："前后都有看护，别妄想逃走，还有阵子路程，省点力气比较好。"

恢复宁静的车厢里，林摇光也平静下来。

她给自己倒了一杯酒，威士忌入口辛辣，却让她紧张的情绪稍微得到了平缓，手指不禁抚上颈间的项链，还好，兰石没注意到这东西。

第十一章　囚鸟

云先生说过，紧急关头，时光茧可以保她性命，这是否意味着，她可以利用这东西逃出樊笼？

她把项链取下来，手在时光茧上来回摩挲，回忆着云先生教她的使用方法：轻轻拨动时光茧上一个不起眼的开关，然后闭上眼睛，集中所有注意力，默念想要穿越的时间节点。

2057年10月1日晚上9点，她登上星空古堡的日子。

她不知道，这一次，命运会选择让她在那里遇见谁。

一股股热流自握着时光茧的左手手心中漫延开，随即流水似的往整个身体里传输，渐渐地，她觉得全身都温暖起来，眼前的黑暗渐渐变得稀薄起来，不知哪里投来的光一点点地将眼前的视线擦亮，仿佛是在一条河中，耳边渐渐漫起水流的清脆响声。

像是有雾被光芒驱散，远山轮廓一点点露了出来，再接着是油画般的暗绿，深邃的星空，呀，她看到塔尖了，高高耸入夜空，那不正是星空古堡？她真的回来了……看来，没有池寒，她照样可以用时光茧开启时间的大门。

疼痛如乌云，猝不及防地到来，让刚刚清澈起来的视线顿时混沌起来。光芒消失了，温暖消退了，遍布四体百骸的只有疼，明亮的、刀割似的骤疼。

她叫了起来，抱着头从沙发上跌滚至地上。

兰石不知什么时候出现，喊了她很多声，终于将昏昏沉沉的林摇光唤回到现实中。

见她白玉样的脸庞沁满汗水，兰石忍不住往她额上摸了一下，"怎么，病了吗？"

林摇光的意识已恢复几分，看到他凑得极近，生怕时光茧被抢走，忙攥紧拳头，扭脸避开，"我没事。"

兰石眼眸一转，看到那抹蓝光，于是指尖一勾将项链扯出来，冰蓝色宝石幽幽发光，上面留有林摇光的体温，他暧昧一笑，眸子亮了几分："这是什么？"

林摇光伸手去夺，可疼痛尚未全部退散，身子软绵绵的。兰石坐到沙发里，低头把玩着时光茧，"这么紧张干什么，不过就是块石头。"

林摇光抿抿嘴，道："兰先生，女孩子贴身的东西，不值钱的，你还我吧。"

兰石嗤笑一声，把项链扔到地上，"仿得再逼真，也是冒牌货。不过猛一瞧，还当是矢车菊蓝宝石哪！"

林摇光松了口气，挤出抹干笑，"我一个穷学生，哪配有什么蓝宝石。兰先生，我这又累又饿的，您什么时候让我下去透透气？"

兰石伸个懒腰："上了飞机，里面一应俱全。"

"那我先上个洗手间行吗？"

"我说过了，飞机上什么都有。"他转身下车，没过多久，果然有两个身形高大的男人走来，将林摇光押着，送上一架飞机。

三四个小时后，飞机落地。

已是半夜，一下飞机，林摇光就被人前后夹护着送进一座小院。四五月的天气，这里的夜晚却有些清寒，林摇光抖抖索索地被推进一间屋子，扭头去看时，门已经从外面锁上。她扒着门缝看看，门口站了两排高大的看守，想逃出去，可能性微乎其微。

好在在飞机上吃过了饭，头疼偶尔还会出现，程度已减轻许多，她坐到床上，从窗口看出去，一轮圆月悬在天上，月光下可见远处突兀奇峻的山脊线，群山环抱一片湖水。月光映在山脊上，隐隐闪着白光，像是一片雪山。

夜晚温度在十摄氏度左右，四周有雪山，还有湖……她把这些信息一一记在脑中，大致判断出了所处的地理位置。

可是又有什么用呢，现在真是人为刀俎我为鱼肉，叫天天不应，叫地地不灵！

万幸的是，兰石并没发现项链就是时光茧，如果那个该死的头疼不再出现的话，说不定还有机会利用时光茧逃走。

亮汪汪的月色里，林摇光安慰着自己。

接下来的几天，她一直被关在这间屋子里，三餐有人定时送来，门口守卫森严。她提出想到外面透口气，被拒绝。

糟糕的是，每次她试图用时光茧启动穿越都被一阵剧烈的头疼打断，最终导致她只能被继续关在这间屋子里。林摇光终于沉不住气，她使尽各种办法，砸东西、绝食，试图走出樊笼，与兰石当面交涉。

只是那个鬼魅一样的人物迟迟不肯露面，林摇光砸了茶杯，把手臂划出一道口子，造成割腕的假象，这才惊得守卫赶快上报，消失数日的兰石终于姗姗而至。

他一袭黑色长风衣，脚上的半高皮靴踩得地板霍霍作响，手里拎了只通体雪白的鹦鹉。守卫开了门，他看到林摇光半死不活地躺在床上，手臂上缠着纱布，不由说了句"脾气不小"，随即拎起林摇光就往门外走。

一辆越野车上，兰石扶着方向盘冲抱着鸟笼的林摇光笑嘻嘻道："小姑娘，才两天不见，你就想我想得要自杀？"

车子沿着雪山下的湖泊缓慢行驶，车窗半开，略带轻寒的风吹到脸上，令人脑中清醒许多，林摇光"呸"了一声，"抓了人要杀要剐也说个明白，把人关着算怎么回事？"

"等买家啊。"兰石咧嘴，开车的间隙不忘逗弄笼里的鹦鹉。

"兰石，兰石！"那鹦鹉忽然叫起来，兰石一听愈发开心，车停在了路边，连声夸"乖"。抬眼看到林摇光咬牙切齿的神情，兰石说："这鸟很聪明，你无聊的话可以教它说话……来，小白，你说摇光……摇光！"

林摇光冷眼瞧去，觉得关在笼子里的鸟儿就像自己，于是，打开鸟笼抓住鹦鹉就往天空扔去，扑啦啦一朵白影升起，那只叫小白的鹦鹉被她成功放归大自然。

"你——"，兰石被她一系列动作弄得目瞪口呆，眼瞅着他养了两年的爱鸟头也不回地飞进了湖边密林，他气得直拍方向盘。

林摇光不知从哪儿摸出一块碎玻璃，趁兰石扭头的瞬间，一下将锋利边缘抵向他的喉咙。

"放我走，否则杀了你。"她做出恶狠狠的样子。兰石一扭头，玻璃的锋刃划进皮肤，顷刻有血流出来，林摇光心中微颤，却强迫自己没有松手，玻璃扎进肉中，殷红的血很快淌进她的指缝。

"不许动，你想死吗！"她大叫起来，有掩不住的紧张。

兰石笑得轻蔑，仿佛那伤口跟自己没半分钱关系，"别玩了，你杀不了我的。"

林摇光手上力度加大，眼前的人眉头几不可见地蹙了一下，旋即又笑："我若死了，你也不会活着离开这儿，你的家人也得跟着陪葬……话说回来，我虽不是什么好人，可对女人一向温柔，在把你交给卖家前，我对你算是够好的。你是什么身份自己很清楚吧？外界有多少双眼睛盯着你，盯着时光茧，你也知道吧？一旦落到七星联盟那些人手里，会有什么待遇，会是什么下场，小姑娘，你想过吗？"

"什么是七星联盟？"

"哟，你不知道？我以为那个天权星人……罢了，把这玩意儿拿开，我们找个风景宜人的地方坐下来慢慢聊！"他依旧一副玩世不恭的样子，林摇光哼了一声，正要说话，只觉手腕一酸，抵在兰石颈下的碎片无声掉入脚下，他像什么也没发生一般，将她往车下一拽，径直走向湖边。

男人气力奇大，林摇光被扯得脚几乎不沾地面，一直被拉到湖边的空旷处，他把手松开，自己在一块巨石上坐了，拿出打火机，"啪"地点燃一支雪茄。

"时光茧计划是七星联盟整出来的玩意儿，据说可以重启星球时间。"他悠悠吐出一口烟，"东西是整出来了，可就在临门一脚的关头，最重要的那个时间异能者死了。这就是大家都在找你的原因，除了时间管理局和我，七星联盟也在找你，所以你乖点，识时务点，起码我保你短时间内性命无虞。"

短时间内性命无虞，林摇光笑起来，眼里却流出泪水，"这么说我迟早是要为时光茧献祭的……那么兰石，要你拿我做交易的，又是哪方势力？"

兰石弹掉烟灰，眼睛看向远处雪山："谁能满足我的要求，我便和谁交易。奇货可居，你明白吗？"

他看向林摇光的时候，想到对方可能会骂自己"卑鄙无耻"，没想到她却只是沉沉叹了口气，然后跌坐在一块石头上，无声地流下眼泪。

命运为什么会选中自己呢，那个唯一的时间异能者为什么是自己？她只是个平凡的姑娘，只想拥有平凡姑娘的生活：温暖的家庭、美好的恋情、踏踏实实的日子……可是别人眼中最普通的一切，于她而言都成了奢望。

命运的齿轮，从某一天开始，就转向了她不可预知的未来。

隔着烟雾，兰石看着林摇光，发现她有着堪比雪山碧湖的动人眉眼，那郁郁的侧容莫名与记忆中某个瞬间重叠，竟又一次勾起他的回忆。

那个叫夏星的女子死后，他遗憾过，叹息过，但从来没有真正为她哀伤过，因为他知道，那短暂如昙花一现的际遇和交往，不过是他顺水推舟的敷衍和利用，自己从未对她动过心，尽管那些个夜晚，伏虎山的密林中、月光下，她曾娇柔地依偎在他怀里，诉说着和他离开基地后的计划和憧憬……

他自认为是个有大野心的男人，他的野心大到可以不在乎生命和一切准则。在他心里，目标大于一切，所以感情、女人、愧疚什么的都不是牵绊，没有什么能够阻挡他走向巅峰。

可是这一刻，在这个年轻漂亮但又有些粗鲁的姑娘面前，在她旁若无人松手就放了鹦鹉的那一瞬间，他的心忽然柔软地陷了一下，仿佛一直以为的铜墙铁壁，在这一刻才发现也是有缺口的。

她的目光转了过来，凛然的，带着泪水洗过的通透和决绝。

烟头烧到手指，兰石抖了一下，把雪茄扔掉，讪讪笑起来："湖里有不少鱼，来看看？"

林摇光霍然站起来，径直往湖边走去，兰石眯着眼跟在她后面踱步，目光也闲闲在水里搜索鱼儿的影子。

突然，只听"扑通"一声，眼前的影子猛地扑向水面，林摇光居然跳进了湖水深处。

兰石低骂一声，随即扎进水中，快速朝那下沉的身影追去。

不知过了多久，兰石将湿淋淋的林摇光抱上了岸，岸边早已集聚了一队守卫。见他浑身湿透，立刻有人上前接过昏迷的林摇光。

"带回去好好照看，别让她死了。"

"是！"

手下簇拥着将林摇光带走，他脱下上衣黑着脸刚坐进车里，一个手下便匆匆跑过来，道："兰哥，买家到了，正在东厅等您。"

"知道了。"

兰石显得并不着急，回房冲个澡换了衣服，简单处理好林摇光在他脖子上割出的伤口后，才慢慢往东厅踱去，一路上还顺带察看了驻地的安防。宝龙山历来险峻，易守难攻，不仅风景优美，还是个驻兵的好地方。立在一处高点上环视，周围高高低低都埋伏着自己的武力，他略放下心，步子也加快了一些。

东厅里，一个年轻的黑衣女子正坐在右手的椅子里喝茶，身后站着两名异常高大的壮汉。

兰石大马金刀地在上首的镶纹嵌金黑木椅上坐了，眼神往女子身上一瞟，露出几分不屑。

"是你?"女子霍地站起来，似乎不敢相信眼前的人就是和自己交易的卖家。

兰石端起茶碗，垂眸道："我也没想到，有勇气应下我兰石条件的人，竟是个微不足道的黄毛丫头。"

"我的确微不足道，可总比某些叛徒、骗子要强些，最起码，我朱雀做事靠的是真本事，不像某些人，坑蒙拐骗，为了达到目的，不惜利用色相……"

"你给我闭嘴!"茶碗的盖子被"啪"地摔得粉碎，兰石沉着脸目光如隼，"别以为我不知道你是个什么玩意儿，在老子跟前斗嘴皮子，当心被拔了天线丢进垃圾堆!"

拔了天线丢进垃圾堆，这是什么威胁?

朱雀身后的两个随从刚刚蠢蠢欲动，门口就哗啦啦响起一片拉枪栓的声音。若再意气用事，势必弄巧成拙，朱雀冷静下来，稍敛了锋芒，口气放软："兰队长消消火，今日我既来了，就要把事情办成。我一个小女子口无遮拦，兰队长别跟我计较。"

兰石看也没看她，起身便往外走："这生意老子不做了。来人，送客！"

朱雀赶忙追上去："别啊，兰队长，兰哥，人和设备我都带来了，就等着您下令开工，时光茧就完成了，到时您就是第一个拥有时间机器的人……"

"我不跟你合作。"

兰石抬脚迈出朱红门槛，走到长廊上，朱雀紧跟上来："为什么？"

"你分量不够。"

朱雀气恼，却又不得不道："那你想怎样？"

兰石驻足，几条柳枝随风袅袅轻舞，他扯扯嘴角，眼神幽深："我要和七星联盟做交易。"

朱雀以为自己听错了，一脸不可思议地大笑起来："你也不怕风大闪了舌头，和七星联盟做交易？兰石，你不知道自己是谁了吧？"

兰石也笑："自己是谁不重要，重要的是知道自己想要成为谁。朱雀，劳驾回去传个话，时光茧和时间异能者都在我手里，想要完成项目，就让七星联盟找我谈判。"

"七星联盟……"朱雀摇着头笑，仿佛兰石说的是个天大的笑话，她讥笑道，"别说七星联盟，就单单一个摇光基地，想要踩死你，就跟踩死一只蚂蚁一样容易。"

“好啊，那就连时光茧和异能者一起蹍死吧，伟大的计划就此消亡，七星联盟等着寿终正寝，大家一起完蛋！来吧！”

兰石大笑着转身即走，眼看身影就要消失在一行新柳的掩映中，朱雀咬牙切齿，却不得不将他喊住：“我可以传话。但你必须让我见到时光茧和异能者，确保你能完成交易，而不是说大话！”

兰石转过身，朝她招招手，朱雀虽不满意他的态度，但还是不得不走上前去。兰石用幽幽眸子盯着她道：“我可以带你去看时光茧，至于异能者，在联盟代表没有抵达前，我会将她藏到谁也找不到的地方。”

梦境像一片沼泽，林摇光深陷其中，无法自拔。

她不知这是第几次梦到这样的场景了，大雨倾盆的夜，一片藏卧在深山坳中的小院落，一声声叫喊犹如杜鹃啼血：

“星儿——星儿——”

那是林仙姿的声音。

林摇光看得清楚，泥泞简陋的小院里，林仙姿跌跌撞撞地边跑边喊：夏星，夏星——

东边小屋里的灯光摇晃着，一个佝偻的身影踉跄着冲了出来。

“爸，星儿不见了！”

“赶快找！”

两个身影一前一后奔出院外，外面是无边的黑夜，院子里微弱的灯光只能映出雨水混着泥泞发出的亮光，林摇光站在门槛里面，看着他们的身影匆匆离开，四周只剩下呼啸的风和淋漓的雨。

她蹲在门槛前等着他们回家，她知道妈妈和外公会找回姐姐……是了，她有一个姐姐，名字叫夏星。

"那夏星呢？那可是你最爱的女儿，你难道就看着她白白死去吗？只要拿到时光茧，我就有希望让她重新活过来！"

罗奇端着枪对着云先生的一段怒吼，如一幕意外突兀地插进了画面中，林摇光脑中一阵剧痛，一个个片断潮水般拥挤着往她的脑子里涌：

林仙姿按住她的后脑勺，林摇光的额头重重地磕在大雨过后泥泞的湿土上，眼前是一座凸起的坟包，四周有雨过天晴青草的芬芳——

"给你外公磕个头，这辈子我们大概再也不会回这个鬼地方了。

"爸，若您在天有灵，保佑星儿好好地活着吧。"

…………

林摇光背着崭新的书包，泪汪汪地站在砚城第一小学门口，林仙姿匆匆拽开她的手："记住，从今天起你叫林摇光，夏瞳这个名字不好听，我们再也不叫它了。"

"不要，我不喜欢新名字，我就要叫夏瞳，要叫夏瞳！"

一记耳光响亮地落在脸上，林仙姿将她推进校门，表情冷冷："林摇光你记住，如果再有人喊你夏瞳，你就永远也见不到妈妈了！"

林仙姿转身即走，慢慢升起的朝阳中，林摇光小小的身影被那光逐渐缩小成一个点……

林摇光醒过来的时候满脸泪水，左脸的脸颊上仿佛还残留着母亲那记耳光带来的疼痛，她口中喃喃："我叫夏瞳，原来我叫夏瞳……"

大脑犹自混沌，她目光茫然地盯着天花板，床边的男人走上前来："小姑娘，你醒了？"

林摇光慢慢将目光转到面前的男人身上，看那修长的身形和俊朗的轮廓，恍惚中以为是池寒，口中刚吐出一个字，男人贴近，一道淡淡的疤痕映入眼中——

原来是他。

失望如潮水无声涌来。

一只长了茧的手却移到脸上，替她抹去了泪水。

"醒了就好。"兰石回身，嘱咐手下，"去弄点吃的来。"

"兰先生，可以问你个问题吗？"林摇光忽然开口。兰石扭过脸来，神情柔和："你问。"

"你为什么想要得到时光茧？"

兰石微微一怔，其实这个问题他也没有想得很清楚，他甚至对时光茧计划能否真正成功抱怀疑态度，但他知道七星联盟对于这件事的重视程度，所以，谁率先掌握了时光茧，谁就拥有了在七星联盟的话语权——至少，想要成为地球统领者的目标有了实现的可能。

当然，他绝不会坦陈这个过于宏大的野心，于是道："秦失其鹿，天下共逐之，于是高材疾足者先登焉。群雄逐鹿，胜者为王，历来如此。"

"我可以帮你……但你必须保证，时光茧完成后帮我救活一个人。"

"谁？"兰石眉头一动。

林摇光慢慢坐起身来，兰石拿枕头靠在她身后，又去桌上拿水杯，这时听见林摇光道：

"她叫夏星，是我的亲姐姐。"

"啪！"水杯跌到地面摔得粉碎，兰石神色惊慌，忙弯腰去捡，借机算是稳住了心神，而后故意冷笑道："那说说你要怎么帮我？如今你是鱼在砧板，答不答应都得下锅，根本没资格跟我谈条件。"

林摇光脸色苍白，神情却十分淡定："你虽偷了时间管理局的时光茧，又抓来了我。但是你没有完成时光茧的人员和设备。所以，如果时间管理局坚决不和你合作，你即便拥有这些也没有用。"

"他们没理由不跟我合作——即使他们死脑筋，大不了我把你和时光茧卖掉。茫茫宇宙，拥有研发能力的，一定不止摇光基地。"

"那会耗费很多精力和时日，很可能你根本等不到那天……只要你答应我的要求，我现在就可以带你去深渊实验室，那里一应俱全。最重要的是，他们可以独立研发时光茧。"

"小姑娘，你莫不是骗我?"兰石悠悠看她。

林摇光靠到床头，倦倦看向窗外："我想起了很多小时候的事，现在唯一的愿望就是见到我的家人。兰石，罗奇从时间管理局出走，私建深渊实验室的事，你应当有所耳闻，放着这么好的合作对象不找，你以为，七星联盟真的不会派出大军将你碾成齑粉?"

兰石伸手习惯性地摸了摸脸颊的伤疤，忽然望向她，露出晦涩的眼神："好。不过我警告你，千万别动什么歪心思……这一路我会和你同吃同睡，形影不离。"

整了一支精锐小分队，兰石带着时光茧和林摇光悄无声息地于夜半时分经密道离开宝龙山，但驻地的防守一丝也未曾放松，人手不减反而增加了许多，这不仅是为他们赶赴"深渊"争取时间，也是为了营造他们仍在驻地的假象。

一路上，兰石说到做到，却是苦了林摇光，除了上厕所和洗澡，这个一米八几的大男人几乎不让她离开一米以上。

她原本的那些小心思，果真是没半分施展之机了。

也罢，从上一次偷听到云先生和罗奇的对话，她猜测夏星应该就在罗奇手里。林摇光想起深渊实验室的医疗舱，心中已有打算。只是，自己被兰石掳走前，罗奇与云先生起了

摇光

冲突，不知云先生如今人在何处，是否安好。

寻人查事对兰石来说小菜一碟，林摇光将云先生的信息说清后，兰石便立刻派人去查，他向她保证，除非夏知云已经死了，否则在他们赶到"深渊"前，他一定让林摇光见到人。

池寒赶到宝龙山的时候天蒙蒙亮，湖水映着雪山，一片皎洁的轻寒弥漫在天地间。

他是靠捕捉林摇光身体里的时间芯片信号才找到这里的，只是信号时断时续，直到看清山口和低洼处布满星星点点的哨卡，他才确定，林摇光很可能就在这里。

不知是不是私自将时间芯片放入异能者体内的事情被基地知晓了，安特先派了朱雀来接手他的任务，紧接着又下达指令，要他即刻返回基地述职。原本他已打算启程，谁知临别时去道别，才发现林摇光不见踪影，他原以为她是故意躲着自己，可从林仙姿口中，他得知林摇光其实并没有真正生他的气——她按他给的地址买了机票，只是，还没有出发，人就不见了。

不得已，他利用猎时兽的芯片进入时间管理局系统内部，私自调看了自己的时间芯片，最终确定了林摇光的位置，于是他一路追踪，跟到了这里。

此地守卫森严，方圆数里都是兰石的雇佣军，这些人来自各地区，个个荷枪实弹，野蛮异常，要想顺利通过，深入内部，委实不易。

池寒将几枚无声弹塞到猎时兽身上，朝通道两侧的守卫指了指，很快眼前一道银光闪过，猎时兽所向披靡，冲过的地方，一排身影无声倒下，为他蹚出一条通道。

"好小子！"他拍拍猎时兽的头，立在一个制高点俯瞰，眼中是一片坐落有致的中式建筑，一律是朱红墙面琉璃黄瓦，两进院落呈"回"字形，他的目光落在中心的那座房子上——林摇光的信号就是在那里消失的。

"信号消失已经好几个小时了，S，也许异能者已经被转移了。"猎时兽提醒。

"先进去再说，你继续追踪信号。"他脸色凝重，沿着通道往中心前进。

虽然一路阻挡重重，好在已经进入了第一重院落。这里的把守更多，而且一个挨一个，想要悄无声息地解决掉，根本没有可能，甚至连掩体都没有。

唯一的办法是硬闯。

猎时兽问他："准备好了吗？为了摇光小姐姐，即便手染鲜血也无所谓吗？"

池寒弯腰系紧靴子上的鞋带，目光投向庭院当中的屋顶，霍然站起身，一袭黑衣在晨光中猎猎飞扬。

枪声、爆炸声响起时，刚刚溜进一间屋子的朱雀吓了一跳。她赶忙跑到窗边，只见院中乱成一片，雇佣兵叽里呱啦说着各国语言，随后齐齐往院外跑，没过多久又退回来，紧

256

摇光

接着，武器哗啦啦掉了一地。尘烟弥漫中，她睁大眼睛，从窗缝里看到一人一犬踏光而来。

不知他用了什么手段，总之一大半守卫都乖乖缴了械，主动让开一条通道，池寒风尘仆仆面无表情地直往朱雀所处的这间屋子走来。

朱雀心道糟了，难道他也发现了兰石的密道？

与兰石谈崩后，朱雀佯装离开，却在深夜悄悄潜回。她训练有素，悄无声息地进来并不算多大的难事，只是没想到找遍驻地也没发现林摇光的影子，连兰石也不知哪里去了。她寻摸一夜，刚刚找到这里，发现有个疑似地道的入口，还没深究，池寒就找了过来。

她正想要不要躲进密道避一避，谁知抬眼只见池寒推门欲入，身后原本已经丢了枪的一名守卫，忽然从腰后摸出一把利刃直直朝池寒的后背捅去。

那一刻，朱雀什么也来不及想，大叫一声"小心"，纵身扑了过去。

池寒被推到一边，利刃却径直朝朱雀落下来，情急之下她抬臂一挡，只听"咔嚓"一声，一截纤白柔美的手臂滚到了地面上。

"朱雀！"池寒叫着她的名字奔上前，一脚踹飞又要举刀的守卫，猎时兽也竖起金属鳞片，发出极具威胁性的咆哮。

该有的疼痛似乎并没有出现，朱雀一脸惊慌地看着自己的伤口。齐齐切断的肘部横切面上，既没有涌出鲜血，也没有感觉到疼痛，这是什么情况？天权星人亦是血肉之躯，从池寒一路闯进来身上累累的伤口、血迹就可以证明，难道，自己不是天权星人？

兰石的武装力量成分复杂，不全是地球人，朱雀突然从地上捡起一把枪，左手一扣扳机，"砰"一声，不远处一名守卫倒下，胸口冒出大片殷红鲜血，她调转枪口，朝着意识到危险开始四散逃窜的守卫连续开枪，"砰砰砰"枪声不断，血，各种颜色，深红的、暗绿的，甚至有一名守卫身体里淌出的血是乌黑的，像乌贼逃跑时喷出的墨汁，难看至极……

"停下来，朱雀！快住手！"池寒连喊几声，见她不肯收手，上前强行夺了枪，厉声道："你疯了吗，为什么要大开杀戒！"

"S。"朱雀气喘吁吁，皎洁的脸上被血迹弄得一片斑驳，她一手托着残臂，目光惊恐地对池寒道，"他们都会流血，连你也会……为什么我的胳膊是这样的？"她指着伤口，一层薄薄皮肤的覆盖下，数根细线缠绕在一起，露出被砍断的线头，而皮肤下的一圈被一层金属样的东西包围，阳光下闪着熠熠的寒芒。

"朱雀。"池寒一时无语，俯身捡回那截断臂，"别担心，一切会好起来的。你先闭上眼睛，我很快就会帮你处理好……"说着他向她的颈后伸出手，试图寻找那个可以让程序重启的开关。

"别碰我！"朱雀猛地推开他，碧玉般深绿的眼眸紧盯着

摇光

池寒，声音里带着前所未有的颤抖，"告诉我……池寒，我……究竟是什么？"

十五年前，由七星联盟授权研制的超级人工智能问世。早在 21 世纪初，人类科学家——牛津大学的一位教授就提出，超级人工智能必将诞生，并拥有三种工作模式：先知模式、精灵模式和独立意志模式。

先知模式，指 AI 能准确回答几乎所有问题，包括对人类来说很困难的问题；精灵模式，指 AI 能够执行任何高级指令；而独立意志模式，则是 AI 能够执行开放式任务，能在世界自由活动，可以自己做决定，并且拥有自由、丰富的情感。

朱雀便属于第三种——一个自诞生之日起就把自己当成天权星人的超级 AI。

看着她痛苦且迷茫的表情，池寒决定暂时将她关机，等程序重新启动，她会忘记现在目睹的一切，还会以为自己是那个等待着弟弟回归的姐姐。

看看四周，院外显然赶来了更多守卫，一眼瞥到被推开一半的密道，他拉起朱雀将她塞了进去，对她道："朱雀，你先休息一会儿，等我找到林摇光，就带你一起走。"

说着手指放到她颈后，很快摸到一处淡淡的凸起，多少年来，朱雀始终当它是自己身上的一粒痣。

"闭上眼，醒来后一切都会好的。"他语声温柔。朱雀却流下泪来，她摸着脸上的泪水，忽然道："池寒，我不相信自己是一台机器，我不相信！机器为什么会有感情，为什么会流眼泪？我喜欢你，从看到你第一眼，我就悄悄地喜欢你……我疼爱弟弟，小南的离去，让我每天夜不能寐，满脑袋想着救他出来……"

她用仅剩的左手抓住了池寒的手，眼神痛苦恳切："我不相信……你早就知道这一切，对吗？在你眼里，我只是一台冰冷的机器，所以在你心里，从来没有对我产生过一丝丝的感情，对吗？"

朱雀情绪激动，池寒除了沉默，似乎什么也帮不了她。

拥有感情和自主意识的机器，还能算是机器吗？

他困惑了，手放在朱雀颈后的开关上，却忽然犹豫，不知自己是否拥有那样的权利。

朱雀似乎看出他的企图，慌乱地抓紧他的手，"不要将我关机，S，求你了！也不要告诉安特我知道自己身份的事……我不想再重复那种浑浑噩噩、自欺欺人的生活……现在，我只想见小南，我要去救他……"

"没有小南。"池寒怜悯地看着她，"这个人并不存在，他只是你程序设定的一部分。"

朱雀猛地松开他，大叫起来："你胡说！他是我弟弟，我亲眼见他被抓走，我每隔半年就和他视频……"

"那些都是假的。朱雀，这一切都是你程序里提前设定好的，救弟弟成为你的毕生愿景，也成为主人驱使你完成目

摇光

标的有力手段。"

肥皂泡虽然轻飘，但毕竟色彩斑斓引人入胜，如今泡影碎灭无形，朱雀望望池寒，又看看地上的断臂，忽然笑起来，声音悲怆，说："哈哈，没有小南，怎么可能没有小南？"

她站起来，径直从池寒身边走出去，进入院中，踏过脚下的废墟和鲜血，她边走边道："小南，姐姐这就来救你……姐姐这就来……"

"哒哒哒哒！"一连串的枪声突然从屋顶某个方向射来，子弹全部击中了朱雀的后背。

并没有鲜血流下来，朱雀慢慢转过身，池寒看到，宝龙山清透明亮的阳光照亮了她的脸庞，朱雀眉眼含笑，生动美丽，一双碧色眼珠似孔雀绿宝石般闪耀，然而那笑容仅仅停留数秒，阳光下，她忽然倒下，再也没有起来。

第十二章　作茧

日光渐渐偏西，到达港口的时候，残阳如血映红了一湾海面，一艘不大的游艇泊在岸边。见兰石下了车，穿黑色制服的健壮男人在游艇旁恭敬站成两排，个个手里拿着武器。

到处都有他的人，这个男人的势力果然不可小觑。

"人找着了吗？"登上游艇后，兰石对一个脸膛黝黑的下属道。

"找到了，不过这位云先生的情况不太好，人在后舱……要带过来吗？"下属脸色忐忑，林摇光听到"情况不太好"，心头一跳："云先生怎么了？"

"我们找到他的时候，他的一条腿被人打残了，虽然用了药，但还是昏迷不醒，只怕……"

"你胡说！"林摇光大叫一声冲过去抓住那个下属的胳膊，"快带我去后舱！"

云先生躺在一张小床上，左腿膝盖处上了夹板，又缠了厚厚的纱布，憔悴枯黄的脸上伤痕累累。

"因为伤口发炎，他一直高烧不退。"兰石的下属道。

林摇光上前摸了下云先生的额头，果然烫手，"消炎药用了吗？"

"都用了，一直不见起色。"

她盯着云先生的脸，纵然他此刻瘦得几乎脱了形，但看那轮廓眉眼，自己的确和他有几分相似。林摇光愈发心痛懊悔，知道定是罗奇干的，可恨自己那时被兰石掳走，否则无论如何也不会眼睁睁看他被折磨成这样。

"姓兰的，给我把枪。"林摇光冷声道。

兰石眉头一凛，"你想干吗？"

"他要是死了，时光茧你这辈子就别想了。"冷冷扔下一句，看到兰石腰间锃亮精巧的手枪，林摇光伸手拔出来径自端到了手里。在场的守卫一看不得了，纷纷端枪对准她。兰石抬手止住，微笑看向她："喜欢就送给你。枪嘛，我多得是。"

林摇光望着云先生，神情担忧道："深渊实验室里的医疗舱可以救他，只是罗奇和他闹翻了，肯定会阻拦……姓兰的，你的火力最好猛一些。"

兰石挑挑眉："我这些弟兄，拉去参加星球大战都胜任，何况对付区区一只外星臭虫。"

外星臭虫？

林摇光不禁想起上次在"深渊"，罗奇给她做测试时，因为过于投入，额角伸出的两只细长触角。听云先生说罗奇是天玑星人，于是她胡乱想，不知道像池寒那样的天权星人，有没有长触角？

抵达火神岛上的深渊实验室时，已近半夜。熠熠星光衬着靛蓝色的大海，散发出静谧动人的气质，此刻的火神岛，犹如一位独居的少妇，寂寞却风情。

只是无人赏这美景，兰石带出的队伍作风野蛮，一颗炸弹轰开了岛面上紧闭的大门，三辆车轰隆隆从地道开至实验室。最后一道门前，担心炸弹威力过大毁了实验室，于是五六个人轮番开枪，硬是将门旁的石岩打出一道裂口。不过，一名身形略瘦的守卫刚钻进去，就听到一声枪响，紧接着人便没了动静。

罗奇就在门那边。

兰石示意手下将所有火力集中对准岩石上的裂口，正欲开枪时，林摇光喝道："住手！这样整个实验室都会塌掉，所有人只能死在这里！"

兰石收了枪，问："那怎么办？"

林摇光往前走了两步，对着门喊道："罗教授，我是林摇光。"

她连喊了几遍，里面都没有回应，她又道："我知道你就在里面，我这次来，是和你合作的！"

"事到如今你来有什么用？我耗费半生心血，眼看时光茧就要成功，却被夏知云那老小子给偷了……你现在上门，难不成是他把东西给你了？"罗奇的声音终于从门里传出来。

林摇光镇定下来，道："时光茧的确在我手里，虽然不是你说的那枚，但一样能让你梦想成真……罗教授，你把门打开！"

"哗——"，林摇光话音未落，沉重的大门缓缓打开，一只黑洞洞的枪口对准了她。罗奇蓬头垢面，人看起来瘦了一大圈，两根细长的触角软软地耷拉在额角两边。

几乎与罗奇同时，兰石及其手下也抬起枪口。

林摇光稳稳心神，抬手制止道："大家今天来这里是寻求合作的，剑拔弩张对谁都没有好处。"

罗奇已经认出兰石，因为之前在基地便听闻过夏星与兰石的风言风语，此刻见了真人更是火冒三丈，枪口一调对准兰石道："我跟这个土匪没什么可合作的！林摇光，看在你我师生一场的分上，立刻带这些强盗滚出火神岛！惹恼了我，大不了大家同归于尽！"

"同归于尽？那多不划算！"兰石轻笑起来，"罗奇博士，我今天来，可是带了你梦寐以求的东西，小姑娘说你这里有设备和技术，正好，哥们儿这里有从基地弄来的时光茧——TC1，时间异能者也在这儿站着，万事俱备只欠东风，大业完成后你的愿望尽可满足，博士啊，你还有什么可犹豫的？"

罗奇半信半疑，看看兰石，又看看林摇光，问："他说的是真的？"

林摇光转向兰石："兰先生，方便把 TC1 给罗博士看一眼吗？"

兰石哼了一声："在没进到实验室看到仪器之前，我绝不会让任何人看到时光茧。"

罗奇也哼了一声："那就哪里来的滚回哪里去吧，'深渊'恕不招待！"

"我看你这只臭虫是活腻了。"枪栓"哗啦"一声，兰石手指发力，眼看就要扣动扳机，林摇光厉声道："他死了完成时光茧就没希望了！"见兰石手指顿住，她立于两人之间："云先生伤势过重，罗奇若再死了，就没人会操作仪器了……兰石，罗博士，既然大家的目标是一致的，那么就请放下争执和成见，先完成时光茧再说，好吗？"

她这番话诚恳有理，兰石露出赞许的笑容，率先放下枪，啧啧道："瞧瞧我们的小姑娘，多么勇敢、无畏！我真是越来越喜欢你了！"

罗奇也慢慢放下枪，垂着眼道："万一这土匪卸磨杀驴，我的愿望实现不了怎么办？

"你的愿望……是什么？"林摇光走近罗奇，低声道。

罗奇抬起头，望着眼前这张清丽脱俗却神情坚毅的脸，渐渐将她与脑海中的面庞重叠，他喃喃道："夏……我要救活我的夏博士。"

林摇光心中一颤，"你说的夏博士，是叫夏星吗？"

"对，她九岁来到基地，我没能照顾好她，让她枉死……她死后，我将她的安眠舱带到这里，我在深渊实验室研制 TC2，为的就是有朝一日，复活她的生命……"

林摇光倒吸一口气，一股悲愤涌上心头：她刚刚想起自己有个姐姐，没想到她却已经死了！

"是谁害死的她？"

"安特，时间管理局，池寒……天权星那帮家伙，没一个是好的！"罗奇咬牙道，"只恨我当初手软，放了池寒那小子……"

林摇光脸色煞白，只觉一股闷气堵在胸腔，压着情绪追问道："夏星的死，跟池寒有什么关系？"

"什么关系？"罗奇一拍石壁，几块碎石纷纷滚落，"要不是他在实验室捉住了夏星，她怎么会被安特处死？"说着看向林摇光，语调愈发荒凉："那帮家伙毫无道德底线，卑劣无情至极，夏星在基地十七年，为项目付出了无数心血，做出了巨大贡献。没想到，就因为安特一句轻飘飘的'她有二心'，就被当场射杀！如果说，时间管理局局长是杀死夏星的凶手，那么池寒——你的时间管理师，就是害死你姐姐的帮凶！林摇光，你知道他们为什么敢有恃无恐地杀死夏星吗？因为你——"

他突然指着林摇光，目光露出几分狰狞，"因为发现了你这个新的时间异能者，所以他们不再需要那个难以被自己操纵的夏星！你姐姐死了，池寒这个道貌岸然的时间管理师出现了，听说他对你看得很紧？哈哈哈……是啊，你是他们唯一的希望，基地有一个传言你不知道吧，时间管理局的下任局长人选，已经定下来了，是池寒。林摇光，你就是他成功的筹码。现在你明白了吧，你还迷恋他吗？哈哈哈哈……"

他仰头大笑，神情却凄苦，林摇光像被他的话击中，身子一个趔趄，险些倒在地上，兰石伸手将她扶住。兰石对罗奇的话虽不置可否，但看到林摇光霎时脸色苍白摇摇欲坠，心中十分不悦，拧着眉头道："说这么多废话干什么！想要拿到时光茧，就给老子动作麻利点，别磨磨叽叽！"说罢拉起林摇光，大步走在队伍前头。

在几双眼睛注视下，云先生悠悠转醒。医疗舱暂时将他从死神手中抢了回来，但状态并不理想。林摇光忧心忡忡地等在一边，罗奇说："油尽灯枯，就算他一直躺在医疗舱里，恐怕也活不过三天。"

林摇光跌坐在地，绝望如潮水，刚刚退去一波，更汹涌的一波又涌了上来。她紧紧抓住云先生的手，咬着牙，硬生生忍住喉头的哽噎："没关系，我能救你，一定能……"

"傻丫头，别……"恢复清醒的夏知云用力回握她的手，迟滞的目光缓慢向四周扫视一番，最终摇摇头，露出颓然的苦笑："想不到……又回到了这里……"

囚困他一生的孤岛，"深渊"，真的名副其实啊。

只是，这傻姑娘为何会出现在这里？

林摇光掏出向来随身携带的怀表，递到云先生眼前，声音潮湿而轻柔："认识您之后，我做过几次同样的梦……梦里，有一座藏在山坳里的院子，有一天夜里，雨下得很大，所有人都不见了，我一个人跑出屋子，站在大雨里……四周黑漆漆的……后来，你出现了，可是很快，你也跑出了院子，往黑暗中跑去，大雨里，只剩下我一个人……"

她不知道自己说出这些的时候眼眶会湿，也不知手里的怀表晃啊晃的，早已让病床上形容憔悴的人泪流满面。

"五岁之前，我的名字叫夏瞳……"她指尖轻抠，打开了怀表的盖子，露出一张用手绘拼凑齐全的全家福：年轻俊美的男人、秀丽灵动的女人，站着的面目模糊的小女孩，坐在女人怀里的小婴儿……

"爸爸，有生之年，我一定要让全家团聚……这一次，我们一定不会再分开。"她流着眼泪，夏知云也老泪纵横。他按住林摇光的肩膀，殷殷道："往事不可追，逝者不可留，你忘记我的话了吗？人往前看，路朝前走，你要好好活下去……我用了一生才明白这个道理，摇光啊，不要再重复我走错的道路。"

林摇光笑着摇摇头，泪光在眼里如钻石般闪烁："爸爸，有句诗写得好，你来人间一趟，总要看看太阳。有些路，不亲自走一走，怎么知道哪条是错的，哪条又是对的呢？"

她决绝地站起来，转脸看向兰石和罗奇，平静道："准备好了吗？没什么问题的话，开始吧。"

夏知云挣扎着从床上翻下来，林摇光上前去扶，被他拼力推开："你昏了头！"

他脸色潮红，扶着桌子勉强站住，双眸却厉然地瞪着林摇光："我绝不允许你拿自己去换任何人的命!"

"那是我姐姐!"林摇光也叫起来,"比起她这些年暗无天日的时光,我已算十分幸福!我总该还她!"

"你不欠她什么,她的一切也不是你造成的。"夏知云刚说完一句,便连连咳嗽起来,"你好好活着……还有你母亲……"提到林仙姿,他的眼底禁不住再次酸热,心头也疼起来——年轻时以为放弃的只是一段感情,后来才知道,那是一生。

"我已经做了决定。何况……"林摇光心头荒芜,眼神凉薄,"到了这一步,哪里还有退路呢。"

"云,事已至此,你同不同意,都没有用了。"罗奇在一旁道。

"来人,把云先生带出去休息。"兰石冲两名手下示意。立刻有人上前,左右扶住夏知云,将他拉出了实验室。

"摇光!摇光!"虚弱的夏知云几乎没有招架之力,很快就被带远了。

"设备运转得如何?"兰石扭头问,一名手下称没问题,他便看向林摇光,眼神里莫名多了几分内容,"那……就开始吧。"

罗奇坐到设备前,这时兰石低头解开系在腰间足有四寸宽的特制腰带,在正前方图案的位置轻轻一扳,腰带扣的盖子被打开,一汪冰蓝色的茧形物出现在眼前。林摇光发现,它比父亲之前交给自己那枚略大一圈,冰蓝色光芒更透亮纯粹，看上去就像一块成色绝好的蓝宝石。

这正是时光管理局项目基地丢失的那枚代号为 TC1 的时光茧，自拿到之后，他便一直贴身藏着，纵使这几日林摇光与他朝夕相处，也不曾发现这东西。

在众人关注的目光中，兰石将时光茧放入设备当中的凹槽。当所有的管路亮起光芒，罗奇扭头冲林摇光道："来吧，时间异能者，这只舱体已经为你准备很久了。"

林摇光扫视一圈，忽明忽暗的实验室里，精密复杂的实验仪器泛出冰冷的光泽。她朝罗奇身边的实验舱慢慢走去，准备躺下时，她忽然道："罗教授，时间能量被转移后，我会……会死吗？"

"林摇光！"上前喝住她的竟是兰石，他猛地伸手握住她的手腕，向来狠戾的眸子闪烁着些许细碎的光，"你不会死。"

"你要进行的并不是所谓的能量转移。"罗奇道，"时光茧也并非简单意义上的时间机器。这项研究进行了很多年，在夏星无意闯入基地前，它一直停留在理论层面，因为科学家即便推算出了时间在高维度的状态下，可以扭曲成某些形状，但在现有的星系文明中，我们没有一个可以控制时间流的……磁场。但地球上存在的一些非正常现象提示了科学家：百慕大三角那些离奇失踪又离奇出现的潜艇、飞机都证明了这些超维度的磁场是存在的，时间在这里会呈非线性运动，摇光基地、深渊实验室的选址，都与百慕大三角有类似之处。"

"这与我和夏星有什么关系，难道时间异能者自带超维度磁场？"林摇光忍不住问。

罗奇摇摇头："这么打比方吧，实验室是一个可以扭曲时间的磁场，但能量微弱不易察觉，我们研制的时光茧相当于一个超级放大器，将磁场能量放大至一定倍数。而时间异能者，就是那个开关，打开开关，时间流将从三维空间进入四维甚至更高维度，由线性变成非线性……"

"之后会发生什么？"林摇光觉得有些喘不过气。

"空间坍缩。"

林摇光手脚冰凉，这个名词她听说过，在追求热爱天文和物理的江遇时，为了找到和男神的共同语言，她没少做这方面的功课，什么量子力学、空间坍缩、奇点，但都是只知皮毛，从没有认真思考研究过。

"那是最坏的结果。当然，七星联盟不会让它出现。空间坍缩到极点，宇宙大爆炸发生，相当于重新洗牌，一切要从头再来，这与七星联盟想要苦苦守住现有的高级文明成果，显然背道而驰，所以……"罗奇眯起眼睛，只见时光茧幽幽散发着流光，光芒如丝，时深时浅。看得久了，那光绕着茧体，千丝万缕层层绕缠，像极了正在吐丝成茧的蚕蛹。

"时光茧的精密程度，不亚于一个宇宙。"罗奇说着，脸上露出骄傲之色。

"啰唆了半天，到底会不会死人？"兰石不满道。

罗奇不屑地睨他一眼："时间维度之门被打开，谁都不知道会发生什么，她也许会死，也许会活，也或许会消失。"

兰石不耐烦，一把拉住他的领口，"你究竟在说什么？"

"薛定谔的猫。"罗奇冷笑一声，看了一眼林摇光，"我真的不知道。"

"也许……试试就知道了。"林摇光深吸一口气，往舱体内躺了下去。

那一刻，她在心里默念了两个字，然后轻轻合上眼睛。

但愿再相见时，你我已无前缘。

"嘭！"突如其来的一声枪响，震惊了正准备合上舱盖的罗奇和兰石，只见夏知云举着一把从守卫手中抢来的枪，浑身血迹，眸光骇亮："我绝对不会再让女儿成为牺牲品！"

"该死，那就牺牲你吧！"兰石举枪要打，林摇光大喊"不要"，电光火石间飞扑过去压下他的胳膊。子弹略偏，恰巧打中仪器板后一根线路，顿时实验室里火花四溅，头顶的灯光跳了几下，四周陷入黑暗。

"快去查看线路，马上恢复供电！"兰石大喊一声，手同时去抓方才放在操作台凹槽中的时光茧。一把没有摸到，他心头一慌，只当是找错了地方，继续摸索，却仍旧无果，骂了句脏话掏出打火机，火光下只见罗奇也凑了过来，两人四目相对，皆是脸色突变："TC1没了！"

"封住出口！立刻清点人数！"兰石怒吼起来，这时头顶的灯"唰"地亮了，白昼般清晰的光线里，唯独不见了夏知云。

兰石骂了句脏话，上前将林摇光扯进怀里，"他敢跑我就杀了你！"

林摇光攥了攥手心，把方才黑暗中父亲塞给她的东西藏进了袖口。

"他腿断了，根本跑不远，一定是藏在这里的某个地方。"罗奇在一旁道。

兰石脸色阴森得吓人，"都是死人吗，给老子找！今天就是把这里翻个个儿，也要把这老小子找出来！"

林摇光忍不住有些发颤，脑中不仅浮起他黑暗中的耳语："TC2。"

林摇光明白他的意思，若是非要救夏星，用之前他给她的 TC2 就行，这样一来，她就不必白白牺牲了。

以夏知云的残破之躯，根本逃不出被严格把守的实验室。他之所以这样做，不过是为将注意力转移到自己身上罢了。当他被一位壮汉像拖猎物般扔回到实验室的中央时，林摇光要冲过去，被兰石拽了回来。

"搜！"

几双手在他身上上下仔细摸寻，来回几遍，却不见时光茧的踪影，罗奇冲过去揪住他血迹斑斑的衬衫前襟，怒吼道："该死的，你把它藏到哪儿了？"

"我毁了它……，你们永远也找不到时光茧了，哈哈哈……"云先生大笑。"嘭"一声，在林摇光的尖叫声中，兰石一枪打到他的腹部，顿时夏知云身上血流如注。

鲜血顺着地板漫延，很快就淌到了林摇光脚下，然而她被兰石死死地箍着，她只能哭，只能叫："爸爸，爸爸……"

"丫头……原谅……原谅我……"终于到了这一刻，说出这句话的时候，夏知云脸上纵然伤痕斑驳，却掩不住欣慰和畅快，"十七年前……因为失去一个女儿，我抛下另一个女儿，把半辈子心思用在挽回上，却不知，到了最后，失去得更多……这一生，我步步错……害……害了全家人……现在……我不能再害了你……瞳瞳……"

林摇光哭得眼睛痛，心像被人狠狠地挖去一块。鲜血淋漓中，泪眼模糊中，她拼命地踢打身后的兰石，最后不惜在他胳膊上狠狠咬了一口，这才扑过去跪倒在夏知云面前。

夏知云自知已是油尽灯枯，他握着林摇光的手，苍白的脸上露出欣慰的笑容："瞳瞳，记住爸爸的话……不管发生什么事……活下去。"

"爸，我要救你！"她哭喊着，"你还没有和我妈妈团聚……"

夏知云艰难地摇头："傻孩子，让她永远忘掉我吧，这辈子是我欠她的，下辈子，下辈子再……"那个"还"字尚未吐出，他猛地一咳，嘴角涌出一团鲜血。林摇光再次尖叫起来，他目光留恋在女儿脸上，然后如泰山崩塌，轰然倒下。

"爸——"

林摇光大叫一声，她不能相信，自己刚刚找到的父亲，居然就这样仓促离开了自己，她还没有享受过他给予的父爱，他也没有遵守诺言等到她来给他养老，忽然间他就撒手而去了。

她号啕着，嘶哑的声音在实验室里回荡，然而兰石没有给她太多的时间悲伤，他三步并作两步冲上去，扯起林摇光："老头儿肯定把东西给了你，在哪儿？给我交出来！"

林摇光被他扭着双臂拖了起来，泪眼横飞中，她朝他狠狠啐了一口："姓兰的，我早晚要杀了你！"

众目睽睽中，男人的手肆意在她身上游走摸寻。他险些就要摸到袖筒里的TC1那刻，林摇光拼命扭动身子尖叫起来："别碰我，拿开你的爪子！"

"啪！"一记闪电似的白光划过，兰石闷哼一声迅疾从林摇光身边跳开，紧接着他感到一支枪口抵到了自己脑后，一道压抑着愤怒的男声冷冷道：

"不想看他脑袋开花的，就把枪放下。"

片刻之后，空气中"哗啦啦"响起一阵弃枪声，兰石双手慢慢抬起手转过身来，看清眼前的人之后眯了眯双目："是你？果然不出我所料，时间管理局的人这么快就跑来凑热闹了。不过没什么用，TC1现在不在我这儿。有人故意捣鬼偷走了东西……"说着目光扫向林摇光，"我正到处找呢。"

池寒视线一扫，已经了解现场大致情况，见林摇光眼泪斑驳地立在中央，伸手将她护到身后，同时喊了声"石头"，只见阴影中一道银光闪闪的影子飞跃而来，直冲到兰石面前，低吼一声露出獠牙，凶猛气势竟比下山猛虎还要瘆人几分。

兰石刚喊了句"这什么玩意儿"，要伸手去腰后摸短匕首，猎时兽抬起前爪，忽地一阵疾风，竟将这位一米八几的壮汉扇得直退几步，靠在了角落里。

向来软萌的小狗居然是一头高大威猛的外星犬，林摇光意外之余，看到石头耳后的缝隙，抬手摸了一下。这时池寒已经拉起她的手，说："此地不宜久留，我们快走！"

"放开。"林摇光声音冰冷，脸上泪痕犹在，一双红肿的眼睛看向地面已经没了气息的夏知云。

池寒随着她的目光扫视过去，顿了一下，手却更紧地握住了她："逝者已矣，你总得活下去。"

"让你放开你没听到吗？"林摇光音调提高，猛地甩开他，跑到夏知云身边，"我要带爸爸一起走。"

她蹲下身去，试图拖起夏知云已经开始变冷的身体。被池寒拽起来，他厉声道："你要干什么？安特局长很快就会追来，到时我们就真的走不了了。"

"走？我们？"林摇光扭头看向池寒，这张醒着、梦里忘不了的面庞，此刻正紧紧盯着她，仿佛那熠熠闪烁的眸子里，当真藏着星河般浩瀚的万千情意。

"能走到哪儿呢？池寒，你舍得抛弃一切，带我走吗？"泪眼模糊中，她苦笑着摇头道。

池寒紧紧攥着她的手，深吸一口气，低声道："先别想那么多，你只管跟着我走就好。"

林摇光的眼泪终于不争气地滑落下来，正要说什么，池寒已经伸手将她抱起来，飞快往外冲。

"站住！站住……"被撕咬得浑身是血的兰石挣扎着爬起来，哑声道，"林摇光，我知道东西在你……"他话音未落，被池寒一记飞脚踢过去的其属下尸体击中，"咚"一声又摔回了地面。

"夏星还在里面！"林摇光大吼，拍打着他的胳膊，"我爸爸倾尽半生完成时光茧，为的就是有朝一日救回他的女儿。现在姐姐的遗体就在罗奇那里，我要去救她……池寒，放我下来！"

"你和妈妈好好活着，才是你父亲最大的心愿！"池寒边说边走，丝毫不为所动。林摇光气急，在他胳膊上用力一咬，他竟然连眉都没皱一下，薄唇抿得紧紧，眼睛猎豹般盯着前方。

"我姐是你害死的，池寒，如果救不了她，我会永远恨你！"

她大声哭起来。

池寒脚步顿住，林摇光顺势从他怀里下来，四目相接，她红着眼颤着嗓子道："别让我恨你，池寒，因为我对你……只有爱。"

最后三个字她声音极轻，说完便猛地转身，大步往实验室方向奔去。那三个字落在池寒耳中不啻一道惊雷，他怔了半秒，回身快步朝林摇光追去。

潮湿的空气里弥漫着怪异的气味，池寒追上林摇光，紧紧拽住她的手："别想一个人去送死……从现在起，不管你做什么，我都陪着你。"

林摇光站住，半晌才犹疑地回握他的手。池寒有力的手掌将她包裹着，像捧着世界上最珍贵的一颗星星。

林摇光忽然想起一间实验室，"我知道她被藏在哪里。"她脑中一闪，回想起罗奇给她做异能测试的房间，她记得那里的四面墙壁都被投影成伏虎山的景色，一挂瀑布，一座吊桥，一座断崖……

那里，是罗奇和池寒第一次见到夏星的地方。

从隧道通往实验室的路上，东倒西歪地躺着穿着黑制服的死尸，林摇光跳着脚躲开，皱眉对池寒道："这都是你干的？"

"有几个是石头干掉的。"

"石头……"林摇光没想到最爱腻在她怀里撒娇的小黑狗石头居然是一条威风凛凛的机器犬，她道，"石头没事吧？"

"摇光……"池寒突然把她拉到身后，林摇光抬头，只见前方一扇不易被察觉的门口，罗奇拿着一把枪幽幽盯着他们。

"我知道时光茧在你身上……"罗奇湛蓝色的眼睛布满血丝，金发蓬乱成一团，"我也知道你一定会来找我……摇光，夏星是你姐姐，只有你才能救她，你一定会救她……"

"把枪放下。"池寒冷声斥道。

罗奇扔掉枪，举起双手，转身推开实验室的大门，嘴里喃喃道："没问题，没问题……摇光，你姐姐就在这里……夏，你的妹妹来救你了……"

林摇光和池寒对视一眼，小心踏进门内。

一面瀑布为背景的墙前，罗奇在墙壁上按了一下，一只舱体缓缓从墙内伸了出来。

林摇光快步上前，只见安眠舱四周有小灯在闪，隔着半透明的舱盖，可以看到一张沉睡的年轻女子的脸。

关于姐姐的印象，林摇光模糊一片，隐隐约约的，总算能找到一二分重叠的记忆。林摇光不多说废话，从脖子上取下一直贴身戴着的项链，罗奇顿时双眼放光，伸手欲拿，被林摇光身后的池寒用冷眼止住。

"这……哪里来的?"池寒忍不住问道。他见过基地丢失的 TC1，显然与眼前这个有所区别。

林摇光扭头看他，嘴角微露冷笑："哪里来的你不应该最清楚吗?"

池寒锁眉："这话什么意思?"

此时此刻，林摇光没有心思和他争吵，她转身看向罗奇：“罗博士，我把 TC2 交给你，你确定她能活过来吗？”

“我早该想到云把 TC2 给了你，可他死活就是不承认……”罗奇恨恨道，转眼看到林摇光正皱眉瞪着自己，道，“TC2 的功能与 TC1 几乎无差，只不过云的时间异能远不如你。”说着又向安眠舱，喃喃道：“不管能不能行，这都是唯一的希望……”

“那就开始吧。”林摇光把 TC2 放到罗奇手里，往后退了两步。忽然想起“云的时间异能远不如你”，脑中猛一激灵，想追问他这话是何意思，却见罗奇已经将安眠舱打开，启动了时光茧的程序，便暂时将疑问压了下去。

忍不住看了一眼身旁沉默的池寒，他立在阴影里，脸色沉着，看不出什么表情。林摇光将视线重新投回罗奇这边，只见他将时光茧放进仪器台上一个延伸出多条线路的茧形托盘中，将一条条一端带有贴片的电线贴到夏星的太阳穴、后颈、手腕、脚腕等处。

然后，他的手放到了仪器台红色的启动按钮上，声音略显颤抖道：

“夏，回来吧。”

第十三章　背面

"嗡——"，一道短促刺耳的噪声滑过，托盘上的时光茧从浅淡的冰蓝逐渐转为耀眼的明亮。在所有人都紧紧盯着夏星动静的同时，时光茧开始旋转，千万丝光线在越来越快的旋转中好似蚕吐丝，从一条条线缠绕成一个又一个圆，最终那如丝光芒缠成一只毛线团样的光球，散发出亮白色的光芒。光球越来越大，逐渐使人目不能视，一股灼热感扑面而来。突然，整个房间被照得雪亮，安眠舱上的绿灯转红，发出滴滴的鸣叫声。

数秒之后，那光渐渐变弱。约莫一分钟后，室内光线恢复正常，仪器的嗡鸣声逐渐消失，偌大的实验室里，安静到只听得见几人急切不安的心跳声。

"成……成功了吗?"林摇光转脸看向身侧的池寒。池寒神情严肃，垂下的手伸过来悄然攥了攥她的指尖。

舱盖缓缓开启，罗奇抑制不住微颤的手，轻轻抚摸夏星沉睡中依然完美的脸，心头兀地一沉：没有体温……

监控台上监测夏星生命体征的仪器，没有一丝动静。

气氛异常沉闷，林摇光的手变得湿凉，她喃喃道："一定会起作用的……罗博士，是不是哪个环节出了错？"

罗奇失魂落魄地瘫坐在安眠舱旁边，无力摇头："操作没有任何问题，夏星没有醒来，唯一的原因，只能是TC2……"说着他忽然抬头，目光似捕到猎物的饥兽，灼灼盯向林摇光："夏知云太老太弱，他即便同样是时间异能者，可能量远远不够，摇光……只有你能救夏星了！"

他伸出手，霍霍逼近："TC1在哪里，交出来，我们现在完成它，一定能……"

"你疯了！"罗奇话音未落，池寒将林摇光拉到身后，一脚朝罗奇踹过去。

罗奇摔趴在地上，额头在地板上磕出血，暗红的血迹从眉梢淌过眼睛，再加上骇亮的眼神，看起来极为吓人。池寒抓起林摇光的手，说："他已经疯了，我们得马上离开这里。"

"池寒！"林摇光拽住他，紧紧盯着他的眼睛，"这是怎么回事？难道TC2不是你们趁我中枪昏迷时，利用我的时间异能完成的吗？"

池寒拧拧眉，正要开口，看到罗奇再次朝林摇光扑过来，他拽过林摇光猛地躲闪，同时踢起一张凳子砸在罗奇身上。

"既然TC2你们留着没用，不如让我拿走。"突然，一道声音从罗奇身后响起，兰石的身影不知从哪里跳出来，以迅雷不及掩耳之势取走操作台上的时光茧，手里的枪对准了安眠舱里的夏星。

"不要！"罗奇大叫着爬过来，"扑通"一声跪倒在兰石脚下，"TC2你拿走，别伤害夏星，她已经死过一次了！"

兰石将TC2塞进怀里，枪口没有移开，目光却落到了舱中女子的脸上——她仍如生前一般美好皎洁，甚至添了几分沉静，他不由回忆起已经在脑海中逐渐朦胧成碎片的时光，那些浮光掠影，那些曲意敷衍……他嘴角微翘，泛起一丝嘲讽的、无人知晓的、带着哀凉的笑容。

"好。"兰石说着，枪口忽然一转，对准了林摇光。

幽暗的眼神射过来，兰石看向林摇光道："小骗子，居然骗了我这么久！"他怎么也没想到，当初被自己当成高仿蓝宝石的项链就是夏知云和罗奇秘密研制的时光茧。

"TC1在哪里？夏知云一定把偷来的东西给了你，快交出来，不然今天谁也别想离开这里，大家一起死！"兰石说着举枪打来，池寒手疾眼快，一把将林摇光拽开，堪堪避过子弹，子弹射中屏幕，啪地爆开一团蓝色的火光。

池寒眸光一沉，正要还击，安眠舱中突然发出一道微弱却竭尽全力的声音："S，不要！"

嘭！更大的爆燃声响起，电子屏上的火蔓延开来，火苗沿着线路，很快燃成熊熊之势。

林摇光跑到趴在安眠舱上企图用身体挡住夏星的罗奇身边大喊："这里要烧起来了，罗博士，带我姐姐出去！"

兰石跑出了实验室，池寒追出去几步，回身看到林摇光还在和罗奇一起拖安眠舱中的夏星，只好折返回来。

实验室温度越来越高，噼剥的燃烧声响彻耳边。一片火光中，罗奇欲哭欲笑的声音响了起来："夏，夏，你醒了！你真的活过来了！"

"姐姐！"林摇光冲过去，被罗奇抱出舱的夏星已经睁开了眼，只是目光呆滞神情茫然，太久没有工作过的声带发出干涩喑哑的声音：

"他呢？我刚刚，看到他了……"

突然，她的目光落到池寒身上，蓦地一凛，像是受到惊吓："S，不要杀他，都是我的错！偷时光茧是我一个人的主意，跟他没关系……"

说着她猛地推开罗奇，眼神灼亮地往池寒跟前冲，因为双腿的机能还未恢复，她没能站起来，于是便爬着朝池寒那里去。身后林摇光的呼唤，对她而言像在另外一个世界。

"这里会爆炸。"池寒沉着脸，"摇光，赶快带她走！"

林摇光上前拽住夏星的手，满面泪水地大喊："姐姐，我是瞳瞳啊，我们先出去再说——罗博士！"

罗奇却跟石化一般，双膝跪地，双手还保持着方才环抱夏星的姿势。眼看火苗已经蔓延到他身后，他却脸色灰败目光呆滞。忽然，他扑上去，一把抓住夏星的肩膀，声音温柔，双眸却亮似身后的火光，说："夏，夏，是我，我是罗奇……我是罗奇啊……"

夏星咳嗽了两声，目光淡淡地从罗奇脸上掠过，最后茫然却满是希冀地向四周打量着、寻找着。

"他呢，他去哪里了？"

"没有时间了！"池寒大喊一声，紧接着只听"嘭"一声，仪器台上的一个设备爆出一团光焰，实验室的火烧得更旺了。

林摇光上前拽住夏星便要往门外走，孰料罗奇却跟疯了似的，一把将夏星扯了回来，他像变了个人，紧紧握着夏星的手腕，眼里有沉淀的坚决和无边的疯狂："他是谁？夏，你在找谁？我在这里啊！我是罗奇！"

夏星一把将他推开："不要碰我。"

罗奇僵住，像是被某种力量驱动，他再一次上前，双手紧紧箍住夏星的肩头，眼神里有无声的疯狂："你清楚地告诉我……否则……这一次，我和你一起死。"

夏星的理性慢慢回归，她看了眼四周，实验室，安眠舱，正在被火吞噬的仪器，痛苦的碎片在冰冻的时光流中缓缓消融，她的目光蓦地投向罗奇："你用时光茧救回的我？"

"是的。夏，你被安特杀死后，我活下去的唯一动力，就是完成时光茧，将你复活……"他湛蓝的眼眸被火光映红，有泪水从眼角漫下，他握住面前女子的手，"我从基地把你偷至我的深渊实验室……现在，我终于等到这一天，夏……这句话我很早之前就应该对你说的，我……"

"罗奇。"夏星的声音很平静，她看着眼前形容狼狈却眼神热烈的男人，露出了一丝奇异又凄凉的微笑，"你还记得，时光茧初次实验成功那晚我和你说的话吗？"

罗奇愣了一下，缓慢地点了下头，脸色有些难看："事实证明你的担心是没必要的，它的确让你死而复生了。"

夏星摇摇头，神态异常镇定："这世上没有死而复生。"

"姐姐，我们该走了！"

林摇光大喊起来，夏星却扭转过头，看了她一眼，露出一抹奇怪的笑："没想到还会再见到你们……不过，无论如何，都没有用了吧。"

没人明白她梦呓般的话，罗奇虽觉得这样的夏星古怪异常，却管不了那么多了，他握着她的肩激动得声音颤抖："夏，有句话我早就应该告诉你——我喜欢你，爱你，你不知道，我有多害怕你离开基地、离开我……夏，你死之后我无比后悔，如果之前我不阻拦你离开，也许你不会出事……现在好了，你又回来了……"

"啪！"一记耳光忽然落到罗奇脸上，火光映着夏星愤怒的脸，她的呼吸不再平稳，"竟然是你！"

罗奇紧咬后槽牙，"对不起，夏，是我太害怕失去你……你说过要当一流的科学家，我就为你建了这深渊实验室，只要你还活着，我们就能联手创造出这宇宙最大的奇迹！"

"别做梦了。"夏星神情转冷，"我根本不可能爱你，我只会痛恨你、厌恶你！罗奇，你毁了我……唯一值得庆幸的，我爱上的人不是你……"

火光映在罗奇煞白如纸的脸上，他的眼睛红得像一团血，干裂的嘴唇一张一合："夏，别这么说，你不爱我……你爱的……又是谁？"

"兰石。这一生，我只爱他。"吐出这句话，夏星莞尔一笑，在火光里，像一朵嫣然盛开的曼陀罗。

"不可能。"罗奇松开手，突然笑起来，那笑狰狞、诡异，紧接着，他高大的身形剧烈一晃，重重摔倒在安眠舱上，肆虐的火苗趁机爬上了他的后背。

"夏，夏！"笑声变成了凄厉的哭喊，隔着火焰，夏星看到烟尘中罗奇震惊、质疑、痛苦的脸，"夏，夏……"

他还在叫着，火迅速烧遍全身，他像是失去了痛觉，拼命往夏星跟前冲，向她伸出手："夏，来我这里……"

在大火烧到夏星身上的前一秒，林摇光猛地一拽，身后的池寒伸手拉住了她，这时已经被烈焰彻底包裹的罗奇身后又一次发出爆炸的声响，灼浪扑面、火光四起时，林摇光只觉得脚下腾空，她的身体被一股巨大的力量扯着，穿越灼烫的火焰，冲出了实验室。

只是离开那一瞬，她听到了火海中那声嘶力竭、绝望又痛苦的哀号。

声音很快被爆炸声吞没，在滚滚烈焰的追击中，在不断崩塌的落石中，池寒带着姐妹二人逃出实验室。

关于罗奇的一切，都同他的深渊实验室一起，在这个孤岛的深夜里，粉碎成末，然后飘入天空，和乌云融成一体，再纷纷坠坠，化作冷雨。

地下深处的实验室发生爆炸，使得这座原本就不大的小岛开始解体、塌陷，一块块泥石坠入海中。

几人逃至岛上时，天空下起大雨。乌沉沉的视野里，一时间竟什么也看不见。

脚下的岛石在裂开、下坠，池寒驾来的直升机已经没入海中，只剩下螺旋桨露在外面。

不远处传来一声隐约的犬吠，林摇光侧耳细听，立刻道："是石头！"

池寒打了一声呼哨，那犬吠再次响起，却显得急切无力，渐渐看清的视线里，一艘中型游轮靠在不远处。

"那是兰石的船。"林摇光话音刚落，夏星已大步朝那里跑过去。

游轮上的灯亮了起来，映着甲板上一抹朦胧的身影。

兰石正在擦手，像是那上面沾染了什么他厌恶的东西，他的脸上伤痕斑驳，嘴角却含着一丝介于残忍与柔情之间的笑容。

夏星在他面前站定，像是终于长长嘘出一口气，然后在这个即将天崩地裂并不美好的时刻，她冲他浅浅一笑："没想到还能再见到你。"

兰石微微眯眼，打量了半晌，终于回应："真是难以置信……不过，你活过来了，总归是件好事……"说着张开双臂，嘴角一斜，露出招牌式的痞笑，"来，抱抱？"

林摇光实在想不通，夏星怎么会喜欢这个男人，他张开双臂拥抱夏星的样子看起来轻浮而敷衍，眼神甚至还朝她瞟了一下，可她这个姐姐就跟中了蛊似的，竟然上了船，然后乖巧地靠进了对方怀里。

察觉到游轮开始离岸，林摇光大喊夏星回来。

"扑腾"一声，仿佛有什么东西掉进了水里，池寒眼神一瞟，连忙紧跟着也跳进水中。不一会儿，他怀抱着一只湿漉漉的毛线团似的小狗钻出水面。

很难想象一个地球人居然能打败来自时间管理局的猎时兽，林摇光气得咬牙，恨恨冲船上道："姓兰的，你连只狗都不放过！"

兰石的冷笑隔着夜色传来："那可不是一般的狗，它差点咬死我……不过这个是你藏的吧？"一枚亮闪闪的宝石在他掌中一晃，林摇光大惊：这下糟了，没想到她趁人不注意时悄悄藏进猎时兽耳朵里的 TC1，居然又一次被他偷走了，她大喊："强盗，把 TC1 还我！"

兰石冷笑，游艇马力全开，瞬间远了。

"一切有为法，如梦幻泡影，如露亦如电。"

甲板上的夏星，看着渐渐消失在视线里的黑点——她的妹妹，遥远得就像天边触不可及的星尘。身上的白色长衣在风雨交加的深夜里飘扬如旗，她转头看向身侧伤痕累累却依然目光肆野的男人："兰石，还记得我们的约定吗？

我带着时光茧，你带着我，到另一个世界去。

喃喃吐出这句话，兰石的眉头微微蹙起，他其实根本不明白夏星所谓的"到另一个世界去"的真正含义。但他没问太多，只是上前轻轻搂住她的腰，柔声道："星儿说什么都好，不过，我们是不是先把时光茧完成？那个小姑娘……"

"我不想她被牵扯进来。兰石，有我。"夏星似倦极了，歪头靠到他怀里。

"好，有你，足矣。星儿……"他低声呢喃，手在女子优美的后背上轻轻摩挲，心中竟涌起一阵缓缓的热流，如浪花轻轻冲刷记忆沙滩上那些轻描淡写的情感，他闭上眼，试图回想起从前那些花前月下的柔情片断，可兀然地，画面里却跳出另一张脸，灵动的、有泪有笑的，宝龙雪山下，清清湖水边，她扬手放走白鹦鹉的瞬间，竟让他意难平，心难忘……

四面海水、孤岛下沉，没了交通工具，两人被困夜雨中。

石头情况不妙，腹部被利器刺穿一个洞，暗红血迹洇了池寒双手，它从喉咙中发出的呜咽声越来越弱。

"对不起石头，是我害了你。"林摇光抱着石头的脑袋心痛如绞，回想着它生龙活虎偷吃鸡胸肉时的样子，她愈发后悔，"我不该把 TC1 藏到你身上……这个该死的兰石！"

池寒看看天空，侧耳似乎听到一些嗡鸣声，他将石头放到林摇光怀里，往一块兀立在高处的岛石上攀去，然后站直，于暗黑汹涌的海水之间高高举起左臂。

一道银亮的光芒自他手臂向上射出，遥遥穿透云层天宇，他立在高石上如一座灯塔。

一架闪着灯的直升机嗡隆隆在头顶出现，旋即，飞机降低高度，扔下一架爬梯。

池寒回身大喊："快，上飞机！"

黑夜中的海底深处发出嗡隆隆的闷响，像是有巨龙被惊醒，紧接着脚下的地面裂出一道道缝隙，几人快速登上飞机。直升机披着雷雨怒兽般钻入天空那一刻，林摇光看到整座小岛被自底部向上的力量震碎，裂成数块，然后渐渐沉没，消失在黑暗的海水中。

夏知云、罗奇以及整个深渊实验室，从此沉入这漫漫海水中。

飞机终于越过厚厚云层，变得平稳起来。池寒把石头小心地放到一个座位里，林摇光堪堪坐好，一抬头只觉池寒已靠过来，俊挺的五官险些碰到她的脸，林摇光脸颊一热，却见他伸手过来为她仔细系好了安全带。

四目相对，温热气息相闻，刹那间，皆有情愫在心头涌动，池寒抬手摸了摸她的脸，正要开口说话，林摇光抢先道："我有话问你。"

他顿了一下，眼眸里洋溢着深深浅浅的情愫："好，你说。"

"为什么罗奇说 TC2 不成功是夏知云能量太弱？"

"因为，那是事实。"他语无波澜。

"事实证明 TC2 可用，这是否意味着 TC2 的研制成功与夏知云……无关？"她追问道。

池寒轻轻蹙眉，"你究竟想问什么？"

他倒没有半分心虚，林摇光深吸一口气，干脆直接道："难道 TC2 不是你趁我中枪昏迷时用我的能量完成的？"

两道乌黑的剑眉猛地一跳，他看向她，熠熠眸中闪着震惊："你怎么会这样想？"略一停顿，他平静下来，不禁露出苦笑："我明白了……是云先生这么告诉你的？"

林摇光悲伤地点点头："他是我的生父，不可能骗我。"

"摇光。"他轻轻握住她的手，眼睛里闪烁着痛苦和喜悦交织的光芒，"那晚我等了你很久……你失踪这段日子，我险些疯了。"

"那时候，我以为……你是我的爱人，现在……我什么都知道了……"林摇光说着，喉头不禁有些哽噎，于是扭过头去。

父亲、姐姐甚至自己的未来和生命——她和他之间，隔着的东西太多，单凭那些阴差阳错间滋生而出的情愫，根本不足以支撑起他们的未来。

"池寒，你的身份，我的身份，你的任务，我的命运……我什么都知道了。"她看着窗外喃喃道，周身被巨大的沮丧包围着。

"我知道。"他伸手轻轻托起她的下巴，迫使她的眼睛和自己四目相对，"我知道我这么做全是错的，我不应该一而再再而三地救你，帮你，吻你，不该明知不可为而为之，不该……爱上你。我是一个时间管理师，任务就是抓你，然后将你带回基地，让你成为时光茧的祭品……可是……摇光，我做不到。"

他用两只手轻轻托住林摇光的脸庞，林摇光能感觉得到他温暖的呼吸落到自己的脸上。

"池寒……"她刚吐出他的名字，就听他道：

"我从天玑星执行任务回来，得知你被罗奇抓走，心急火燎地赶到'深渊'，却看到你血流如注不省人事，我那时唯一的愿望就是你能活过来……什么时光茧、基地、任务，全都被我抛在了脑后。"他说着忽然露出苦笑，"我现在已经开始理解罗奇了。从前我什么都不怕，可爱上你，我有了软肋，我成日地怕，怕你被抓走，怕你受折磨，怕你死……你中枪那一刻，我恨不得毁了整个'深渊'。"

林摇光热泪盈眶，手落在他的手背上，笑中带泪，声音发颤道："你这是在表白吗？池寒，还是又一次骗我？"

池寒摇头："这一路走来，我的心你还没有看清吗，需要我剖开取出来？"

他叹息一声，将她紧紧搂入怀里，气息交融，林摇光听到他在耳边道："我用时间管理师的时间芯片重启了你的时间流。"

"时间芯片是什么?"

"就像警察手里要有枪,时间管理师手臂内植有芯片,非卸任不得取出……TC2的事的确是云先生骗了你,我一丝一毫都不愿你受伤害,怎么会趁机取你的时间能量?"

"爸爸骗了我……他一定是不愿我们在一起。"林摇光忍不住又伤心起来。

"也许,他只是不想让你为他担心……摇光。"他叹息着捧住她的脸,"看到你为他挡枪,我无比愤怒、不甘,但看在他也那么爱你的分上,我现在,原谅他了。"池寒正色说完,被林摇光一巴掌拍开,"那是我爸,我愿意为他挡枪,我愿意被他骗,要你来原谅?"

池寒笑起来,抿抿唇,飞快凑过去,在林摇光唇上印下重重一吻。

"你愿为他做的,我都愿为你……挡枪、被骗……哪怕是毁灭。"

他话音刚落,被林摇光用手紧紧堵住嘴巴,她不想听他说这些,更不愿看到这一天,可是以后,以后的以后,又会怎么样呢?

她眼含热泪看向舷窗,暴风雨已经停息。飞机穿越云层,渐渐已可看到微弱的曦明。可她心中明白,真正的暴风雨就要来了。

"石头快不行了，如果没有医疗舱，它活不过明天。"池寒垂眼，看着气息逐渐微弱的石头，神情黯然。

"现在赶快回砚城，最迟中午就能到，石头一定没事的！"林摇光急切道。

池寒看着她："你不去救姐姐了？"

"救。可是石头……"她咬着嘴唇，眼中闪过一丝犹豫，但最终还是下定决心道，"先回砚城，等石头好了，我们再去找姐姐。"

池寒点点头，握了握她的手，"天快亮了，睡一会儿吧。"

林摇光这才觉得周身乏累，连打了几个呵欠，她靠到座椅背上，缩了缩身子，眼睛却巴巴地看向池寒，流露出些许期望。池寒会意一笑，张开胳膊将她搂进了臂弯。

世界上最好的港湾，莫过于爱人的怀抱。

这是林摇光第一次从池寒的怀抱里醒来，初升的太阳从海平面缓缓跳出，橘色的光芒渐渐从舷窗投射进来，映在靠窗依偎的两人的脸上。

她细细看着他熟睡的样子——原来时间管理师也会睡觉，会爱，会怕，会像一只树袋熊一样抱着她的胳膊，紧紧不肯松开。

飞机还在行驶，林摇光的视线一直停留在池寒脸上，只见那根根分明的睫毛微微一颤，俊挺好看的脸动了动，他睁开眼："摇光……"

林摇光"嗯"了一声，低声问"怎么了"，却被他攥住手腕拽回眼前，紧紧抱回怀里："我好像做了个梦。"

"梦见了什么？"

池寒不说话，但从他忧愁的眸子里，林摇光知道，必定不是个好梦。

她不再问，转头看向窗外："天亮了。"

手上有羽毛扫过般轻盈的痒感，林摇光低头一瞧，只见石头抬起毛茸茸的小脑袋，正用粉红的舌头舔着她，她弯腰将它轻轻抱进怀里，轻唤："石头，你好些了吗？很快就到家了，你会没事的……"

石头喉咙里发出低弱的回应，黑油油的眼睛温柔地看着她，只是失却了往日的光彩。

林摇光一直抱着石头，纵然感觉到它软软的身体正在逐渐变硬，身上的温度在渐渐降低，她还是不相信活蹦乱跳的石头会离她而去，她跟它不停地说话：提起米线店里被它偷吃的鸡胸肉，提起狗肉火锅，提起那些个没有池寒的日子，它对自己的守护……

听着她絮絮叨叨的声音，石头动了动爪子，脑袋轻轻扭了扭。当感觉到整个身体已经足以横跨座椅上并排而坐的两个人时，它满意地闭上了眼，似乎开始做一个长长的梦……

在一片青青水田包围的草地上，直升机终于稳稳着陆。

林摇光的喉咙里却发出一声恐怖的叫喊。

她抱着石头，大喊着它的名字，怀里那个小东西却一动不动，任凭她再喊再叫，也没再睁开眼睛。

"池寒，池寒！快，救救石头！它全身冰冷，你救救它！"

池寒从她怀里接过石头，手指拂过它的皮毛，放到它耳后，可是无论他怎么触碰那个机关，怀里的小东西只是冰冷一团，没了任何动静。

"快，我们找辆车，快回你家去，那里有医疗舱！"她慌乱地叫着，目光在四周搜寻。不远处的道路上，偶有车辆驰过。

"车，我需要一辆车！"她急得冲向路边，眼泪漫出来，手臂拼命朝过路的车辆挥舞着。

没有一辆车停下来，广袤的田野间，汽车卷起乡村公路上的尘土，呛得她连连咳嗽。眼泪横飞中，池寒从身后将她拽回来。

"石头已经死了。"他大声告诉她，"医疗舱也回天乏术。"

林摇光甩开他，继续拦车，她吼起来："它不是猎时兽吗，怎么会死？你们天权星人不是有很长的寿命吗？既然它是你们星球上的生物，一定也会活得很长久……石头不会死！"

池寒将她拉回怀中，紧紧抱住她，待林摇光哇一声哭出来，他轻轻拍着她的后背，道："万物有命，这世间本就没有永恒。"

林摇光抽噎着，拿手抚摸石头僵硬的身体，冰凉的触感让她不得不相信，石头真的离开了——就像曾经拥有过鲜活生命的父亲夏知云、为爱执着为爱疯狂的罗奇，不管他们来自哪个星球，属于什么物种，在无情的时间面前，生命终究平等而脆弱。

"我们回去吧，找个地方，让石头安息。"池寒道。

天已黄昏，宁静的庭院里，茂密蓬勃的植物昭示着盛夏的来临，空气中氤氲着各色花木的清香。

池寒将石头埋在了靠近南墙的竹林中，林摇光呆呆坐在石凳上，看着池寒将最后一铲土拍结实，回身向她走来，她忍不住道："我在想……如果时光茧没有被兰石抢走，我们是不是就可以拿它来救活石头。"

池寒眼神复杂地看着她，随即摇摇头："万物有命，道法自然。无论手握怎样的科技，我们不该违背自然法则。"

"想不到这种话也会从时间管理师的口中说出。"林摇光晒笑，"时间管理局、时间管理师、时光茧计划，这些存在不就是想要改变自然法则，投机取巧，谋取利益吗？"

"时间管理局的设置初衷，是为了管理各星球之间因为时间度量不同而产生的问题，至于时光茧……我是项目提案的反对者之一，然而这并不重要。无论人类还是其他星球的高级生命，大家走过充满血泪教训的道路之后，并不会过多反思，而是想要找到一种低成本、快速、一劳永逸的方法，去挽回曾经的错误。"

林摇光摇头，嘴角露出淡淡嘲讽："最是人间留不住，朱颜辞镜花辞树。我们常说，时光一去不回头，可谁能想到，科技发展带来的不是理性的反思、回望，而是对欲望的刺激……单单一个小小的时光茧，已经引发了这么多的争乱，接下来会发生什么，真不敢想……"

这番话从她口中说出，池寒不禁感到惊讶，他很难想象，眼前对人类乃至星际文明发出思考和追问的沉静女子，与数月前那个心里眼里只有帅气男生的冒失丫头是同一人，那时的她简单浅薄，却明媚快乐，而如今，她变得丰厚沉静，却也被痛苦和悲伤包裹、压抑。

而这，并不是他愿意看到的。

池寒感到气氛沉重，明天会发生什么，他猜测得到大半，但那并没有意义，过好眼下的每一刻才是活着的真谛。

石头去了，他感到悲伤，但林摇光还在，这个他等了数百年才遇到、想要和她一直并肩走下去的人，他一定要将她牢牢地守护在身边。

"饿了吗？我去给你做点吃的！"他将她抱进怀里，轻声道。

"我想回去看看妈妈。"

"好，我陪你。"

摇光

两人步行，十指交扣，路边花香四溢，他们走在夏天的人行道上，看起来跟街道上任何一对情侣没什么不同。

晚风徐徐吹过发梢，池寒替她撩起碎发，瞧着她鲜花般莹润的唇，突然心头一动，忍不住低头吻上去。

突然他身子一颤，像被电流击中，但很快，他睫毛微颤，左手臂散发出一圈微微蓝光，光芒稍纵即逝。林摇光也从茫然中睁开眼，皎洁的脸上一片晕红，微微喘着气，瞧见对方脸上的神态，她道："怎么了？"

"你刚刚又差点穿越，我用芯片的力量压制住了。"

林摇光锁眉，旋即哦了一声："看来我又恢复了穿越能力。之前我被兰石掳走，很多次我想利用穿越逃走，可是每当集中精力脑袋就会剧痛……"

"我的芯片在你体内起了作用。"

"怪不得，那芯片呢？"

"我刚才取了出来。"

两人说着，不觉间到了米线店。已经打烊，但里面灯光还亮着，隔着半开的门，可以隐约看到一个忙碌的身影。

看到林摇光脸色露出忧伤的神色，池寒道："要告诉她……云先生的事吗？"

林摇光缓缓摇头，叹道："让她一直这么简单地生活下去吧。池寒，要进去吃点东西吗？我妈妈的手艺真的很不错的。"

池寒点头："好。"

时隔数日，林仙姿看到女儿和一个高大英俊的男人手牵手步入店门，惊得手里的抹布掉在了地上。

直到林摇光喊了几遍"妈"，她才确认果然是女儿回来了，径直朝着林摇光扑过来。

看到母亲悲喜交加的神情，林摇光赶忙张开双臂迎接母亲的拥抱，谁知林仙姿直冲过来，抄起桌边的鸡毛掸子，"啪"一下打在她的胳膊上。

"死丫头，失踪这么久，我还以为你被拐卖了，没想到你带个野男人回来，看我不打死你……"

池寒赶忙抬手拦挡，说："阿姨，你误会了，我们……"

他话未说完，脊背上便觉火辣一片，那鸡毛掸子竟落到他的背上。林仙姿不管三七二十一，边打边骂："我让你拐带我女儿，我让你拐……"

闹腾了一阵子方休，看到女儿完完整整地归来，林仙姿哭了又笑。月上枝头时，她将两份热腾腾、香气四溢的鸡汤米线摆到桌上，又拌了份拿手的酸萝卜丁，外加一份油炒鸡胸肉，眼巴巴地看着林摇光和池寒吃完了，才满意地露出笑容，但很快，她面色一沉：

"说说看，这些天究竟干吗去了？"

林摇光看向池寒，短暂对视后，她信口道："去海岛散了散心。"

"之前还说有人要追杀你，搞了半天自己跑去跟男朋友约会，你说我怎么会有你这么个没良心的女儿！"

"事情有变嘛，本来打算带你一起去的，后来一想，你还是在家给我攒嫁妆比较要紧。"林摇光呵呵笑道，擦擦嘴巴，站起来看向池寒，"吃好了，我们走吧！"

"站住。"林仙姿目光眈眈，"出去这么久不回家，这么晚想去哪儿？"

林摇光故意做出嬉皮笑脸没心没肺的模样："回学校嘛，明天一早要去销假呢，回家住明天肯定迟到，周末我再回家，您早点关店休息！"说罢拉起池寒便走。林仙姿知道她说话不可信，但女大不由娘，这个叫池寒的年轻人看起来斯文稳重，自己年轻过，知道年轻人陷入热恋时的心情。只不过，她希望摇光能够看对人，不要像自己当年一样。

"小伙子，好好对摇光，否则……我饶不了你。"她叹了口气，不知怎的，鼻尖居然有些发酸，像是今天就要将女儿远嫁似的。池寒站起身，无声地向她鞠了一躬，然后牵起林摇光的手出了门。

两人离开这家开在学校对面、看起来永远灯火温暖的小食店，一路走回去。

到了庭院门口，林摇光指指门："你家到了。"自己却站住不动。

池寒回身看她，半晌倏然笑起来，眸中墨色流动："对哦，你要回学校，不然明天会迟到……怎样，我送你？"

林摇光无声翻了个白眼："谢谢不用，我自己认得路！"

说罢甩手作势要走。

池寒一把将她拉进怀里，还没等林摇光开口，就将她抱了起来。抬脚踢开院门，脚尖用力回勾，木门"卡啦"一声从内锁上，他抱着她，一路穿庭过廊，直往房间走去。

院内灯光淡淡，朦胧的树影花间投下二人路过时亲昵的身影。

今晚月色如银，点点星光散布，一切静谧而美好。

第十四章　摇光

　　兰石在孟加拉海岸的一家旅馆，等着与他的各国武装力量会合。

　　天色暗了下来，夏星坐在窗口，乌黑的长发随风飘动。她凭窗远眺，大片弥漫的玫瑰色夕阳正漫照在一座造型复杂的建筑顶端。

　　她转身，对坐在桌子前低头擦枪的男人道："兰石，那里有座神庙，我想让你陪我去那里看看。"

　　"神庙有什么好看的？"兰石叼着雪茄嘀咕，抬头看到夏星直直盯着他，怔了一下，随即站起来，把枪往身上一别，快快道，"最好不要停留太长时间，我估计天黑之后，大部队就会抵达。"

　　两人走出旅馆，血红色残阳映着异域风景，兰石这才发现，夏星特意换了衣服，是一条长及脚踝的红色长裙，飘逸的材质衬着她雪白的肌肤和殷红的嘴唇，漫步夕阳下的女子，美得像一朵怒放的罂粟花。

　　他眯眯眼睛，心想，有这样一个尤物死心塌地爱着自己，也不失为一件美事，只不过他不是那种不爱江山爱美人的痴情种。那种人在他看来，就是傻子。男人嘛，就要有野心、目标和胸怀，再美的女人也不过是过眼云烟。

不过，美人当前，他也不会错过。

他上前两步，将夏星搂进怀中，两人并肩走进了那座夕阳中安静的神庙。

神庙很古老，设计成几匹战马拉着一架战车的造型，这让兰石突然产生了兴趣。

夏星的手拂过战车巨大的车轮，每个车轮有 8 根主辐条，每两根主辐条之间有一根附辐条，车轮外沿还有一圈排列整齐的石子。日暮时分，太阳照到西侧的巨石车轮上，夏星脸上浮出一抹奇异的神色，她看向兰石：

"看到这些，你想到了什么？"

"战争，胜利！"兰石望着气势雄壮的战马战车声音洪亮，"我喜欢这里！是个好兆头！你呢，对着那俩车轮子盯了那么久，琢磨出什么来了？"

"这不仅仅是车轮，还是两个日晷。"夏星指着东边，"很早以前，人类就破解出了时间的秘密，他们从这里读懂时间。"

兰石不感兴趣地哧笑一声，抬眼看到远处一尊巨大的神像，兴奋地大步走过去，"那是战车的主人吗？"

"这是印度教中的太阳神苏利耶。"夏星盯着高大的神像道，"在很多国家的文明中，太阳神的地位至高无上，是绝对的主角。然而在印度教中，苏利耶却只是个配角。"像是带了惋惜，她喃喃道，"配角便配角吧……兰石，你知道，我叫你来这里所为何事吗？"

兰石正对着高大威武的神像暗暗赞叹，于是头也没回道："不就是拜神嘛，这不到了嘛，拜吧！"

回身只见夏星已经跪倒在神像脚下，他哂笑："还真信……"

"你过来。和我一起跪下。"

夏星这一喊，兰石就有些不悦了，晃悠着走过来，他从上衣口袋抽出根烟叼在唇边，"你拜吧，我不信这个。"

"跪下。"她声音不大，却带着不容拒绝的力量，兰石一顿，眉头倏然皱起，唇边多了抹意味深长，声音顿时冷了几分："你这是在和我说话？"

"怎么？"她乌亮的眼睛盯着他，"很难做到吗？"

兰石顿了片刻，突然觉得这并不算什么大事，何况拜的是勇猛善战的太阳神，于是拔掉烟走过来跪在她旁边，冷笑道："这样总行了吧？"

夏星幽幽眸光看了他一眼，然后双手合十，口中念念有词："请伟大的太阳神苏利耶做证，我夏星今日愿与兰石结为夫妻，今生今世，相亲相爱，不背叛、不欺瞒，如有违背，不得好死。"

兰石怀疑自己的耳朵听错了，等夏星说完转身看向他，他已经拍拍膝盖径自站了起来。

"兰石，该你了。"夏星轻声道。

兰石冷笑一声，眉目间隐藏着恼怒道："你这是在干什么？"

"请太阳神为证，我们结婚啊。"夏星说着伸手过来，鲜红纱袖下的纤纤手指还未触到兰石的衣角，男人猛地后退，夏星往前一倾跌倒在地。

"开什么国际玩笑，我什么时候同意跟你结婚了？"

兰石眉头拧成团，脸上的表情像是受了极大侮辱。夏星神情顿住，脸色一瞬变得煞白，嘴唇微微颤抖着。她想要说什么，对方已经决然转身，大步流星往神庙外走去。

夕阳飞快下沉，来不及看一眼它偎在大地上的样子，便被黑暗扯进了深渊。

回到旅馆的时候，兰石正靠在二楼门口的栏杆上抽烟。乍一看他望见夏星回来时流露出的热情眼神，会让人以为他真的盼她、等她了很久。

"我就知道你一定会回来……天都黑了，宝贝。"他掐灭烟头，伸手搂住她，做出亲昵的样子，"快进房来，先洗个热水澡，我让人去集市上买了几条印度女人穿的沙丽，你身材这么好，穿上一定美极……"他话没说完，夏星伸手掩住他的嘴，目光幽深地盯着他，"进屋吧，我想睡一会儿。"

夏星走进房间。在铺着印度地毯的狭小房间里，她抬手开始脱衣服，朱红色的纱裙从身上无声滑下，最终呈现在兰

摇光

石面前的，是一具完美无瑕的洁白胴体。

然后她缓缓转身，眼睛里像藏着一泓秋水，红唇微启，她冲呆立在门口的兰石道："还不过来吗？"

兰石感觉自己全身僵硬，大脑一片空白。虽然之前在摇光基地时二人有过一段时间的交往，但因为他怀揣着别样的心思，夏星又是基地有地位、有身份的女科学家，他不得不慎之又慎，做出小心翼翼敬她、爱她的姿态，从未与她发生过实质性的关系……

奇怪的是，此时此刻，作为一个正常男人，他竟然没有任何异动，直到夏星攀上他的脖子，柔软温热的身体紧紧依偎在他怀里，他还是雕像般杵在房间中央。

"怎么了……是我不美吗？"夏星意识到他的冷漠，心中张开的风帆瞬间干瘪下去，她从床边的架子上拉过一件白色沙丽松松掩在身上，眨了眨眼，把想要涌出的泪水掩去，嘴角却翘起笑道，"那么，也许是你从来就不曾爱过我……"

被真相击中，兰石欲否认，想要走上前热情地将她拥抱住，然后说些甜言蜜语，直到自己拿到真正的时光茧为止，奈何他的双脚像在地板上生了根，身体的每一个细胞都在抗拒着这个女人的热情，他听到自己喃喃道："星儿，我们来日方长……"

"没有来日方长了。"夏星说着走上来，柔软的身体蔓藤一般将眼前的男人紧紧攀住，两人跌倒在厚厚的地毯上，海水一样的柔情淹没了彼此。

夜幕降临，崎岖颠簸的路面上，半米高的尘土被一辆辆越野车宽大的轮胎卷起又落下，消失殆尽的红霞退隐入层层灰云，一粒星闪闪烁烁，和初升的月亮一起映着这群泛着冷光的钢铁猎兽。

"兰石……我知道，你从来未曾爱过我……"

呓语从耳边消失时，兰石猛地醒过来，好半天才分辨出现实和梦境。

枕边是空的，房间里没了夏星的影子。他起床找了一遍，整个旅馆里，也没有一个人见过她的影子。

仿佛昨晚的一切都是一场梦，可他知道，那不是梦……

天边漫起橘红的晨光，兰石站在二楼栏杆处眺望，只见旅馆门外停了整齐一排装甲车，队伍一齐就可以启程了。至于那个傻女人，她那么痴情，怎么舍得离开自己？想到这里，兰石起身回房更衣，系皮带的时候忽然察觉异样，他连忙打开腰带上暗格的开关，里面是空的，TC1不见了！

冷汗霎时从后背沁出，他连忙去床上翻找，衣柜、抽屉，连地毯下面都翻了个遍，哪里还有时光茧的影子。

他跌坐在地上，瞬间明白过来：夏星！一定是这个女人趁他睡着时偷走了时光茧！

混蛋！他以为，这个女人不过是个为爱痴狂的傻子，谁想到自己竟被她无辜的外表所骗，她才是天底下手段最阴、最狠的小偷、骗子！

兰石咬牙咒骂着，拿出枪大步冲到门口，朝天开了一枪，装甲车中立刻跑下来一排武装到牙齿的雇佣兵。兰石面如阎王，冷声大吼："有个女人偷了我的东西跑了，马上给我分头追！掘地三尺，也要把她给我找出来！"

夏星消失了，如同她从来不曾出现过一样。不同的是，连带着时光茧，也从此销声匿迹。

水仙欲上鲤鱼去，一夜芙蓉红泪多。

月色清磊的夜晚，不想天亮时竟下起雨。

雨声潺潺，像住在溪边。

林摇光醒得早，睁眼的时候，屋里还有些暗，耳边传来悠长均匀的呼吸声，她微微转头，借着昏淡的天光看枕旁的人——做梦也没想到，有一天，这个男人会属于自己。

可他真的属于自己吗？

即便你侬我侬，即便鸳鸯交颈，但彼此的身份并不会因此而发生任何改变——她的时间异能没有消失，而他，仍然是时间管理局摇光基地的时间管理师。

她不是夏星，再深爱一个人，也不会因为对方而迷失方向、失去自己。她坚信，这不是自私，而是爱情甚至是人生天地间应当遵循的基本法则：自由、平等。

即便文明高度发达，天权星上的生命也并不比人类更高贵，就像人类再藐视蝼蚁，自己也并不比一只蝼蚁的生命高贵。

进化论是科学，万物有灵、生命平等也许算得上哲学。

思考了一阵从前根本不会浪费脑细胞去想的问题之后，林摇光忽然一阵头晕，她闭上眼，心想难道又是池寒的时间芯片作祟？不，他明确说过已经取走了芯片。昨晚两人浓情蜜意时，她的时间异能被激发，亦是靠他的时间芯片才勉强压住。

也许是睡眠不足导致的吧。天还不亮，她转了转身子，打算再陪着他眯一会儿——毕竟，靠在爱人怀里睡觉，真的是太美好的一件事。

"想要救夏星的命，即刻前往摇光基地。"一个声音猝不及防地出现在林摇光的脑海。

"谁?"她猛地睁开眼，霍然翻坐起来。一旁沉睡的池寒也仿佛被什么惊醒，几乎与她同时坐起了身子。

那个声音没有再响，但那几个字组成的一句话，却牢牢刻印在林摇光脑子里，且不停地来回盘旋。

"池寒。"她目光慌乱，指着自己的头，"有人给我发信息。"

池寒眉头一凛，并没因她异常的举动感到奇怪，因为就在刚刚，他也接收到了信息。

"你听我说。"他轻轻抱住她，"我必须马上回基地一趟，临走之前，我要把你送到一个安全的地方。"

"不。"林摇光用力摇头，"有人说，我姐姐出事了，要我立刻去摇光基地!"

"不要信，也许那只是个圈套。信息是时间管理局发的，而你姐姐在兰石手里，在时光茧没完成前，兰石不会让夏星出事的。"

"真的吗？可是……"

"别可是了。起床洗漱，我给你做早餐。"

他语声温柔，林摇光虽然心有犹豫，还是依言起床，发现池寒目光异样地盯过来，她才意识到自己未着衣物，脸颊猛地一红，她拽起被子挡住自己，"不许看！"

池寒笑得意味深长，却听话地扭过头。林摇光拿过衣服三两下穿好，池寒问："牛奶、三明治可以吗？"

林摇光点点头，等池寒离开房间，自己站在卫生间梳头的时候，却忍不住握着梳子发起了呆。

池寒走进房来，见林摇光仍对着镜子忧心忡忡，他从身后将她抱住，轻声道："摇光，你曾经问我，天大地大，茫茫宇宙，究竟逃到哪里才是安全的……现在，有一个地方，可以保你平安无恙，摇光，我要把你送到那里去。"

林摇光梳头的手顿住，眼睛看向镜子里的人： "那里……有你吗？"

空气里出现短暂的沉默，过了一会儿池寒道："我不清楚……也许，你去了就知道了。"

"我不去！"林摇光扔下梳子，转身抱住他的腰，"你说过不会离开我，而且我逃走了，夏星一定会死的，她已经死过一次了！"

"摇光，听话，你要相信我，夏星没事，而我……总有一天，我会去找你。"

"那是多久？"林摇光满眼泪光。

池寒握了握拳头，旋即又张开，拉她去餐厅，"我们先吃饭。"

林摇光不动，"你必须告诉我，池寒，你说过，无论如何都会陪着我的……"

看她情绪激动，池寒再次将她揽住，将袖中悄然滑出的一团幽蓝移动至掌心，他抬手去抚她的背，手指却在林摇光的颈后轻轻一按，那一团蓝光似与她颈后的某处发生了连接，一根细细的蓝色光流自他手心流入林摇光后脑中。

一阵微凉的刺痛，林摇光大叫起来："池寒，你在干什么？"

"乖，很快就好，别怕……"他笑着一只手揽着她的腰，另一只手紧紧按在她的后颈，"我正在用 TC2 将你送到 20 年后……那时纷争已息，你只管好好生活……"

"不要！"林摇光叫着，想要伸手去阻拦，可视线已经开始晃动，她觉得像喝醉了酒般，池寒的形象在她面前时而清晰，时而模糊。

"不要……"她无力地拒绝着，同时明白过来，她以为和 TC1 一起被兰石抢走的 TC2，原来落在了池寒手里；而他所谓的护她周全，就是利用时光茧将她送到没有纷争的未来。

眼泪大颗淌下来，神奇的是，泪滴此刻在空气中微微发着光，良久也没有坠到地面，而且林摇光发现，自己的手臂、身体都开始微微发光，此时此刻，她的整个人就像一团快要燃烧起来的火焰。她惊恐地想要叫出口，却只见池寒的脸凑了过来，在她唇上落下重重一吻，然后耳边只闻一声锐利的呼啸，她似置身于一片火海，瞬间的窒息与黑暗之后，一切归于平静。

沉痛如裂的脑海里，隐约回响着三个字：等着我。

回到摇光基地的这个晚上，皎洁的月光与记忆中的那晚，没有丝毫不同。

不同的只是心情。

还有南边石壁上，那一度被横行的青藤所遮掩的巨大刻字：

No begining，no ending.

没有开始，没有结束。

时光茧项目实验室灯火通明，遥望窗口，可见透明玻璃上影影绰绰，那是来自七星联盟各成员的科学家正在为时光茧做测试。

夏星比助手预计得晚到了一会儿，接过工作制服换上，夏星微微一笑："露娜，去准备一下，今晚，大家会在天台举办聚会，你要保证让大家玩得开心。"

"聚会?"露娜惊喜地捂住嘴,大家已经很久没有放松过了。"有什么值得庆贺的事情吗?"露娜道。

　　夏星微抬眼皮,并不解释:　"去吧,可以叫上琳达帮你。"

　　然后她袅袅走向实验室,众星拱月之中,时光茧静静躺在一汪冰蓝色药水中,内部散发出的条条光芒似蚕吐丝,层层绕绕,自成宇宙。

　　一群穿着制服的学者自动为夏星让开位置。笑着迎接她的第一个人,是罗奇。

　　夏星的脚步顿住,数秒之后,她忽然主动走上前,轻轻拥抱了罗奇一下,"对不起。"她说。

　　罗奇霎时惊呆,但迅速露出受宠若惊又得意扬扬的笑:"夏,夏!我就知道你……"

　　夏星不等他说完就走向实验舱体,然后躺了下来,"时光茧项目第 105 次实验,开始。"

　　"夏,错了,是第 104 次。"罗奇在一旁提醒。

　　夏星露出一抹淡淡的神秘的笑:"哦,是吗?"转脸却向坐在监测屏前的艾克道:"今晚天台要举办聚会,露娜和琳达都在,你要考虑下选谁做舞伴吗?"

　　艾克面露兴奋:"聚会吗?那必须是琳达啊,什么时候开始?"

　　"你现在就可以去。"

　　"那怎么可以,我们还在实验。"

"这里留我和奇博士在就可以了。"夏星一说完，艾克立刻"哇哦"一声，心领神会地冲罗奇眨眼。罗奇更是兴奋异常，忙不迭地催促着另外几人离开，"夏博士说得对，你们先回去换衣服，我和夏做完这次实验就赶过去，天台聚会，今晚要多喝几杯哦！"

日积月累，同事们早看穿了罗奇的心思，加之这些天安特局长不在，而同样的实验只不过是在重复着上一次的失败，难有新的进展，于是大家并不是很坚决地犹豫了一下，便离开了实验室，一路嘻嘻哈哈，走上了南边的天台。

"这栋楼里还有人吗？"夏星躺在实验舱中问。

罗奇的脸上露出紧张的、想入非非的神色，有些喜悦又忍不住结巴道："没，我猜没有了，大家应该都在为聚会做准备，除非那个惹人厌的 S 会在办公室加班——对了，我们已经很久没有好好放松过了，夏，你能想出这个主意真是个天才……不过，为什么要我留下？"

湛蓝的眼睛灼灼地盯着夏星，充满了渴求和期待，他的手也忍不住伸过去，想要牵住夏星白净的手。

"罗奇，把实验级别调至 Ⅲ 级，第 105 次时光茧实验，开始。"她不理会罗奇的自说自话，直接施令。

"Ⅲ级？你疯了？你会死掉的！"罗奇叫起来。

夏星微微翘唇："生亦何欢，死亦何苦。不生不死，才是罪孽。罗奇，动手吧，相信我，今晚时光茧会彻底完工。"

虽然并不明白她云里雾里般的话语，但罗奇还是决定按照夏星所说，将实验级别从Ⅰ级直接上调至Ⅲ级。

当夏星身上散发出同时光茧一样幽蓝的光芒时，罗奇惊呆了，他从未见过如此美轮美奂的壮丽场景。整个实验室就像一片幽深的大海，又像一片璀璨的宇宙，从时光茧身上散发出的光芒与夏星周身如烟一般升腾缭绕的光芒徐徐盘旋，而后缠绕，一丝丝、一条条、一圈圈，最后盘绕在一起，分不清哪些光芒是时光茧发出的，哪些是夏星身上散发的。紧接着，那些光线开始呈曲线状将夏星包围，一层接一层，一根接一根，像极了一只正在成形的茧。

那光还在不断增强亮度，忽然像是遭遇电击一般，夏星的身体猛地一阵抽搐，实验室的灯光也忽然熄灭，视线里只有一团被扩大至人体大小的茧形光团。

罗奇心中惊慌，不知发生何事，一心只担忧夏星的安危，生怕她因此而亡，于是喊了句"夏"，只见那光团里伸出一只手来，形状优美的手臂幽幽散发着光芒："罗奇，来，抓住我的手。"

"你没事吗，夏？我们停止实验好吗……"罗奇说着，小心翼翼上前，握住了那只手。

像被一股漩涡猛力吸入，罗奇眼前一黑，顿时没了知觉。

四周湿冷，头顶有连绵不绝的夜雨落下。

海浪拍岸的声音似狂兽怒吼，一波比一波惊心。

罗奇发现自己站在一块凸出海平面许多的岛石上，海风挟裹着大雨拍得人脸颊生疼，他看到，不远处站着一抹窈窕的身影。

夏星黑曜石样的眼睛在暗夜里熠熠生辉："看到了吗？"

"什么？"罗奇不明所以。

夏星手指某个方向，那里仿佛曾是一座小岛，而如今，轰隆隆的崩塌声和着惊涛声从那里传来，一股橘红的火光似岩浆从岛上喷涌而出。

"那是……"

罗奇认出了那地方——深渊，那是他的秘密基地，在那里，藏着他这些年来苦心经营的另一个时光茧实验室。

是的，很早之前，他就生出了独自拥有时光茧的野心。

海风夜雨冲得他眼睛睁不开，可他分明听到，在火光与崩塌中，那绝望而苍凉的撕心裂肺的哭声、笑声。

那是他自己的声音。

"罗奇，看到了吗，这便是你的结局。"夏星声音淡淡的，没有嘲讽，也没有惋惜，有的只是诚恳，"你为我所做的一切，我很感动。"

良久之后，罗奇在夜雨里发出了暗淡的声音："可你依然义无反顾……跟兰石走了。"

此时的罗奇已经看到了这里发生的一切，他白着脸，笑容惨淡："原来你对我没有过一丝一毫的爱。"

"事到如今，我才明白，这世间唯一不可勉强的，除了时间，就是爱。"夏星走过来，认真地看着他，"你看到了自己的未来，回去后该怎么做，一定要想好。我想说的是，罗奇，停止对我的爱，即便我再发生任何事情，也不要去管，也许，你的人生就会流向不同的方向。"

罗奇想要说什么，只觉手腕被夏星握住，一瞬黑暗与恍惚之后，他已不在那个下雨的海边，而是坐在天台上修建的泳池中，手中握着一杯香槟。

耳边音乐沸腾，一群男男女女在绚丽的灯光中欢笑、热舞，释放着短暂的毫不知情的快乐。而他的心中莫名地只有满腔悲伤与失落。

没有发现夏星的影子，他蓦然放下酒杯，跳出泳池，飞快地下楼往北楼的实验室奔去。

彻底完成的时光茧即便不浸泡在药水里，也一样熠熠地闪着光，而且这光泽不断流转回环，没有开端，没有结束，就如永恒。

夏星把时光茧轻轻放进一只黑色的托架上，那是一早就为时光茧量身定制的展示架，平底，内有凹陷。

里面藏着的一块拇指大小的固体，是夏星刚刚装进去的。

她站在托架前看了一会儿，不得不说，看得久了，心中会有欲望滋生，她想起这一生的种种失去：幸福的家庭、真挚的爱情，她似乎都昙花一现地拥有过，却最终如指间沙、水中影——如果这是一个可以圆梦的宝贝，她何不拿它来弥补那些在时间裂隙中丢失的种种？

也许，她可以回到九岁之前，改一改自己孤僻冷漠的性子，多和母亲聊聊天、说说心事；多劝劝父亲放弃对天赋异能的依赖，踏踏实实做一份能养活全家的工作；好好陪一陪那个三岁还不会说话的妹妹……

如果从头再来，父母不会离婚，她不会回伏虎山，也不会闯进摇光基地，更不会有这样惨淡而悲凉的一生。

时光茧内，波光流转，似乎其中周而复始，循环往复的，正是时间。

可她最终选择转身离开，没有再看那东西一眼。

"别了。"她说。

不仅要毁掉时光茧，想让七星联盟彻底放弃时光茧计划，必须连整个摇光基地一起炸毁。

这便是夏星从兰石那里逃走后，产生的唯一念头。

然而完成时光茧之后再去实施计划，其实并不明智，但夏星执意如此，也许只是为了挽救一个人，又或者，算是抵偿对他的亏欠。

不料正要踏出实验室大门的时候，迎面而来的池寒挡住了她，实验室大门缓缓下落。

"夏博士，你……"他刚刚开口，夏星便猛地折身，一下跳到窗台上，身后是六楼夜空，她微微一笑，张开双臂，往后一仰，便如一只破茧的蝴蝶飘出了窗口。

池寒紧跟着跳了下去。

一切发生得太快，快到池寒根本没看清夏星是如何摔在地面，便看到那抹原本轻盈如飞的身体奔涌出大片的鲜血。

然后他听到一声尖叫，熟悉的，带着哀痛与愤恨。

池寒抬起头，看到一个飞快奔来的身影，天光灯影中，他一眼便认出，是本应在 20 年后出现的林摇光。

血是从夏星胸前流出来的，一柄细长的冰雪样的透明匕刃洞穿了她的身体。

林摇光奔上前去，抱住她大哭，声音几乎穿透长空："是谁干的！是谁！"

一群人影在她的斜前方出现，为首被簇拥在中心位置的，是一位白发白衣的老人。

"时间异能者，你居然已经拥有了自主控制时间的能力，真让人意想不到！"老人微微眯眼，一派祥和的脸上露出满意的赞许。

林摇光目光瞪去，声音从牙缝里迸出来："是你杀的我姐姐？"

"我叫安特，是时间管理局局长、摇光基地的主人，有绝对的权力处置基地的叛逃者。"

"瞳瞳。"怀里的夏星突然拽住林摇光的袖子，"我有话对你交代……过来。"

林摇光赶忙将脸贴过去，泪光中两姐妹紧紧地拥抱着。

时隔十几年，儿时的记忆洪水样袭来，两人皆喉鼻发酸，抽噎中，只听夏星道："去找池寒，让他带你离开……在两公里之外，按下这个……炸掉，炸掉摇光基地……"手心被塞进一个硬硬的物体。林摇光正要说话，突然被一声震耳欲聋的炮响打断，安特神色一变，立刻下令集结武力。

南面天台上此刻也乱成一片，一颗不知哪里来的炮弹飞了过来，直接炸塌了半边天台，泳池塌陷，水四下奔流，正玩得尽兴的人们顿时抱头鼠窜，尖叫声连连。

认出来袭者是兰石，正从南楼往下跑的罗奇怒从心头起，夺过一名守卫的武器，便向火力袭来的方向冲去。

也就是这一瞬间，他错过了和夏星的最后一面，坐在装甲车中的兰石将枪口对准罗奇，唇角勾起残忍的笑，手指一勾，子弹正中罗奇眉心。

看着罗奇睁着一双愤怒不甘的蓝眼睛"嗵"一声在眼前倒下，兰石骂了句"莽夫"，然后悠然跳下车，往院子中央走去。

他身后的人马与摇光基地的警卫形成对峙。

看到林摇光和夏星的一瞬间，他眉头一拧，想要发怒，却终是忍住，因为他看到偷走东西的女人已经奄奄一息，他走过去，冷笑道："你们这对姐妹，骗了我一次又一次，把老子当猴耍吗？"说着上前揪住夏星，眉眼狠戾道："时光茧在哪里？说！"

"时光茧已经完成了，想要的……不止你一人。"夏星笑着，鲜血从嘴角漫出来，诡异而艳丽的笑容中，她仰头看向五楼窗口。

眼前一道白影飞过，白袍白发的安特如一道闪电飞入窗口，兰石心中一急，挥手呵斥手下："都是死人吗，把楼梯和院子围住，抢回时光茧！"

说罢将夏星狠狠推到地上，看到基地警卫呼啦啦对着他拉开枪栓，兰石一把抓起旁边的林摇光挡在自己胸前：

"谁敢轻举妄动，我就杀了她！"

"好啊，尽管动手，兰队长，你若想和这姑娘同归于尽，我定会使你如愿——警卫们，不要留情，把这些基地的入侵者一举消灭。"

安特立于窗口，怀里抱着装有时光茧的透明盒子，脸上的微笑介于慈悲与残忍之间。

一阵猛烈的交火在林摇光眼前爆发，奇怪的是，虽然兰石拉了她当挡箭牌，但当一颗子弹从某个方向射过来，眼看就要穿进林摇光胸膛的时候，他身体一转，后背居然结结实实地迎接住了那颗子弹，林摇光则被摔到一边。

一记闪电似的光刃紧追着向林摇光射来，一个身影飞速冲过去，抱住林摇光闪滚到一边。

"池寒？"林摇光认出那个温暖熟悉的怀抱，她叫起来，"你把我送走，就是为了自己回来面对这些吗？"

池寒紧紧揽着她，目光里写满了歉意。

"S，时光茧项目已经完成，虽然你在此次任务中表现不佳，但我依然可以考虑你将功折罪。"安特的声音从某个地方传来，林摇光抬头，只见那个鬼魅似的影子，一会儿站在树梢，一会儿立在窗口，一会儿又屹立于南楼高高的断垣上，似乎，他就是那个可以掌握人生死、命运的至高无上的神。

可是这世上并没有神，每个生命的未来都应该由自己选择。

"杀了时间异能者——杀了时间异能者——"安特如一道鬼影来回穿梭，声音在池寒耳中不断萦绕回响：

"否则迎接你的将是永远的流放……来吧，S，新任局长的位置在等着你……"

池寒的手冰冷若石，在安特魔音一样的蛊咒下，林摇光不知道池寒会不会真的按他所说的，将自己杀掉。她紧紧地攥了攥池寒的手，对方的眼神似乎正在放空，良久，他转头过来，定定看了她一眼。

"我们离开这里。"他嘴唇微动。

"可是姐姐……"林摇光泪眼看向血泊中的夏星，她的身边，躺着中枪倒下的兰石。

她看到夏星的手正艰难地伸向兰石——纵然被骗被伤害，她还是爱着这个男人。

基地的守卫与兰石带来的雇佣军还在激战，不知哪方的枪火引燃了之前夏星安放的炸弹，一声巨响将院子炸成一片狼藉。趁此混乱，池寒将林摇光拉进一个暂时安全的角落，将她塞进一扇门中："听我说，摇光，你已经有了掌控时间的能力，现在，集中精力，利用你的能量，穿越到 20 年后，那里是最安全的。"

"你呢？"见他要走，林摇光忙拉住他道，"跟我一起走。"

池寒摇摇头，手轻轻揩掉她脸上的血迹："安特背叛了七星联盟，我不能让时光茧落到他手里。"

"池寒——"林摇光大喊。已经转身的身影猛地折返回来，在她脸上轻轻一吻："和你在一起的每一天，都很灿烂。"

话音落，池寒消失，像是化作一道光，又像是一阵风，他的身影出现在了尘烟四起的战场上。

这一刻，林摇光的脑海里回想起夏星的话："拿着这个……逃离之后，引爆炸弹。"

看一眼这炼狱似的场景，林摇光拿出一直紧攥在手心的小小引爆器，用力按下。

嘭——一团火光在北边升起，像一朵盛放的金花，实验室的半边楼塌了。

嘭——又一声巨响，实验楼余下的半边也塌了。

又是几声巨响，交火的战场愈发混乱，丢枪的、逃窜的、哭叫的，人影纷乱中，池寒终于来到安特面前。

"你想造反吗？"看到自己一手培养的时间管理师手心拢着天权之火，安特脸色一变，说了句"不自量力"，一记光刀便朝池寒射去，池寒灵活一闪，身形快速直取他手中装有时光茧的盒子。

安特也及时闪身，两人你击我打，打得不可开交，一个不留神，那时光茧的盒子被一脚踢中，飞至空中，若在正常情况下，两人任谁都可轻易将东西扑回，但此时彼此紧紧压制，谁也不肯让对方丝毫，时光茧坠落在一片狼藉的院子中央。

渐渐体力不支的安特开始劝说池寒："杀掉时间异能者，拿到世间唯一的时光茧，七星联盟都要听我们的，S，你是我选中的人，不要犯傻！"

"别想了，安特，时光茧就是个潘多拉魔盒，我们必须毁掉它。"

拼死对峙中，谁也无法抽身去取那盒子。

此时，一堆尸体中，一个身影摇摇晃晃站了起来，是兰石，后背中了一枪的他竟然没死，时光茧就在不远处，他艰难地爬起来，终于将它抱到了怀里。

"哈哈……最后胜利的人……还是我……我才是地球的主人……什么时间管理局、七星联盟……我，兰石，要用时光茧征服世界，我要去唤醒人类历史上最伟大的军事家、战神，我要去未来，带回最先进的军事武器……我要踏平七星联盟，我……才是所有生灵的主宰！"

"这家伙简直疯了！"安特甩开池寒，倏地向兰石冲去。池寒正要追，突然听到耳边一声动人心扉的呼喊："池寒，不要！"

他顿住了脚步，扭身回看，只见林摇光站在不远处的一块断垣上，手高高举起，然后像是按下了什么，"嘭"一声，震耳欲聋的巨响从安特刚刚奔过去的方向发出，升起一片蘑菇云似的巨大火光。

火光中，一大片冰蓝色的光芒在半空中幽幽停转片刻，然后逐渐消散，最终归于虚无。空气里留下的，只有混合了衣服、毛发、皮肉等烧焦的神秘气味……

"摇光！"看到那抹娇小的身影随着爆炸声倒下，池寒飞快地奔过去。

这一晚，伏虎山的天空被火光映亮，数百年来一直沉寂的苍莽山川，像被神从天空丢下了几支火把，火光、爆炸、倒塌，万千鸟儿被惊起，慌乱的翅膀在暗夜里东飞西撞，栖息的野兽们奔出山林，绵延的山火如死神在它们身后紧紧追赶……

天将黎明时，忽然下起雨，瓢泼似的，肆虐了一夜的山火，终于在雨水的浇灌下偃旗息鼓。万物，归于平静。

尾声

七星联盟的星际新闻这一日播报了几则消息。

其一是，曾经濒临灭绝的天璇星重新恢复生机。唯一的幸存者乌娜公主与来自玉衡星的医生甜蜜成婚，并已孕育了跨星际结合的新生命。据悉，新郎是七星联盟为解决天璇星瘟疫问题而派出的医学专家。近年来，七星联盟着力打造宇宙命运共同体，树立"同一个宇宙，同一个家"的发展理念，尤其是在已知文明互帮互助、共同守卫家园方面做出巨大努力。天璇星的复苏，为联盟各星球保护生存环境、守护生存家园，探索出了新路子。

其二是，七星联盟联席会议决定，秘密启动113个太阳年的时光茧项目，即日起永久停止，所有联盟成员不得私自开发或启动此类项目，各星球各国秘密搜集的时间异能者即日起全部释放，恢复其人身自由。

其三是，……

"别看了，出去看夕阳。"手里的条形遥控器被夺走扔掉，池寒拉起林摇光的手，穿过宽敞奢华的内殿，往殿门外走。

一个浑身发光的女子在一名挺俊男子的搀扶下恰好迈进门来。

"要去看看我们的玫瑰花吗？开得可真是美极了，摇光，池寒，下次你们从地球来，再带点别的种子好吗？"乌娜一脸期待。

"当然没问题。萝卜、白菜、卷心菜、南瓜、花生什么的，各种都来一些？"林摇光笑道。

乌娜连连点头，"听起来就很美，开起来一定比玫瑰花还漂亮！"

"那是！不光漂亮，味道也好极了呢！"林摇光嬉笑着去摸乌娜高高隆起的肚子。

"走吧，太阳要落山了。"池寒温声在一旁催促。林摇光扭头，恰恰看到东边落下的夕阳，万道霞光与地平线上绵延盛开的玫瑰融成一匹绮丽的绸缎。她迎着霞光，握紧身边人的手，舒展开眉眼，轻声道：

"没关系，明天它还会再升起来。"

明天，又是新的一天。

没有开始，没有结束

这本书从构思到写成，用了快三年。如你所见，最终成篇，就是这样。

也许并不能令你满意或称赞，但于我而言，它就像一段旅程，开始并不是一切的开始，结束并不是真正的结束。

于是，我将这句话写在了时间管理局摇光基地的石壁上：

No begining，no ending.

时间是一个太过深奥的话题，有人说，这个问题想得多了，人会疯。

在创作这部以时间为主题的作品时，我常常感到吃力、烧脑，时常因知识匮乏而陷入深深的自我怀疑与自我否定中。有时甚至会后悔触碰"时间"这个话题，因为在它面前，我自觉个人的渺小、生命的微乎其微，无论时间如流或如环，它总是强悍地将我们包围。

电影《降临》中有句台词：生命的顺序总是被时间一再

重置，被因果律束缚。看不见的因果变化，让人们在挣扎中滑向落寞。

关于时间穿越的文学、影视作品很多，经典更是珠玉在前。而我写《摇光》并非决意从写言情转型为写科幻，自以为硬核知识欠缺，尚不足以攀登科幻的灯塔，但毕竟这是一次大胆的尝试。创作过程中，我将自己的许多思考融入故事的设定与人物的塑造。思考常常是痛苦的，它就像阳光，让你看清光亮之下自己的无知、卑微与怯懦，我就是在这种战战兢兢中，痛与快乐中，删删改改中，诚惶诚恐中，写完了这部作品。

作品的主体完成后，我用了很长时间才写完结尾。而这个结尾，并不是我想象中最完美的那个，而是目前为止我能完成的那一个。

归宿一早就已注定，消失的终归要消失，即便复活一千次、回转一千次，因为执念，因为所求，还是会做出那样的选择，还是要尘归尘、土归土。

也许，死亡不是消失，只是他们到了时间背面。

时间和爱息息相关，万物之中，能够超越于时间之外的，大概，只有爱。

而爱，则是我文学创作的永恒主题。

希望每个生命都值得被爱，学会去爱。

二〇二〇年六月